KB267056

春曉

봄 새벽

봄 잠에 새벽을 느끼지 못하는데
여기저기서 새 소리 들려온다
간밤에 비바람 소리 사나웠으니
꽃은 얼마나 떨어졌는지

春眠不覺曉
處處聞啼鳥
夜來風雨聲
花落知多小

바깥의 길

바람의 결 3

송진용 新무협 판타지 소설

초판 1쇄 찍은 날 § 2005년 3월 15일
초판 1쇄 펴낸 날 § 2005년 3월 25일

지은이 § 송진용
펴낸이 § 서경석

편집장 § 문혜영
편집 § 장상수 · 이재권 · 한지윤

펴낸곳 § 도서출판 청어람
등록번호 § 제1081-1-89호
등록일자 § 1999. 5. 31
어람번호 § 제2-0553호

주소 § 경기도 부천시 원미구 심곡1동 350-1 남성B/D 3F (우) 420-011
전화 § 032-656-4452 팩스 § 032-656-4453
http://www.chungeoram.com
E-mail § eoram99@chollian.net

송진용 新무협 판타지 소설

Fantastic Oriental Heroes

바람의 길

■ 무정혈로(無情血路)

3

도서출판
청어람

목차

■제1장■
축융전(祝融殿)에서의 일전(一戰)

축융전(祝融殿)에서의 일전(一戰)

다시 서너 차례 짙은 안개가 세상을 덮었다가 슬그머니 사라지고, 그때마다 서 있는 모든 것을 쓰러뜨리려는 듯한 바람이 불어왔다.

무진과 팽조는 그렇게 바람이 휘달려올 때마다 온 신경을 귀에 집중시켜야 했다. 한 번 풍비(風匕)에 놀라고 나자 이제는 바람 소리만 들어도 신경이 곤두섰던 것이다.

그러나 더 이상 풍비는 날아다니지 않았고, 앞을 가로막는 자도 없었다.

천천히 걸어 축융봉(祝融峰) 정상에 이르도록 아무도 나타나지 않았다는 게 오히려 이상해서 축융전(祝融殿)을 앞에 두고 무진과 팽조는 서로를 바라보며 입맛을 다셨다.

"그놈은 대체 어디로 사라진 걸까요?"

팽조가 주위를 두리번거리다가 불쑥 물었다. 이칠이 궁금해진 것이다.

무진은 위기에서 자신을 구해주고 연기처럼 숲 속으로 꺼져 들어가던 이칠의 뒷모습을 떠올렸다. 그러자 이와 같은 안개와 바람과 울창한 숲 속이라면 그 누구도 그를 잡을 수 없을 거라는 믿음이 생겼다.

"그는 어디에 있던지 우리보다 안전할 거요."

"그렇겠지요?"

팽조도 빙긋 웃고 더 이상 이칠에 대한 말을 꺼내지 않았다.

이제 무진과 팽조는 적을 기다리는 입장이 되었다. 이미 내 자신을 미끼로 내던졌으니 두려운 마음 따위는 없다. 노리고 있는 적이 어서 물어주면 좋겠지만 그렇지 않더라도 그뿐이라는 배짱이 되자 초조함이 사라졌다.

그들은 막 사지(死地)를 건너온 사람들이라고는 믿어지지 않는 태평스런 모습으로 축융전에 들어섰다.

축융봉 정상에 화강암을 깎아 지어놓은 전각은 웅장하고 아름다웠다. 마치 산봉우리의 일부분인 듯 잘 어울려서 더욱 신묘한 느낌이 든다.

짙은 구름의 띠가 봉우리 위로 넘실거려서 마치 구름 위에 떠 있는 천상의 석전(石殿)인 듯했다. 옥황상제가 머문다는 천계의 상청궁이 바로 이와 같은 모습이 아닐까 하는 생각이 들 만큼 신비로운 그 모습에 무진은 절로 마음이 숙연해졌다.

일흔두 개의 돌계단을 올라 석문으로 들어가자 거기 천소성제(天昭聖帝)를 모신 제단이 있었는데 도관을 지키는 도사도, 참배객도 보이지 않아서 왠지 을씨년스럽고 음침해 보였다.

기원하면 과거의 업을 지우고 미래를 보여준다고 하는 성제다.

그 앞에서 팽조는 머리를 숙이고 손을 모은 채 열심히 무엇인가를 빌었다. 그의 간절함이 어깨 너머로 엿보이는 것이어서 무진은 한쪽에 조용히 서 있기만 했다. 마치 팽조가 발원하는 동안 잡귀가 침입하지 못하도록 호법을 서주는 사람 같았다.

꾸벅거리며 수없이 머리를 조아리던 팽조가 흡족한 얼굴로 돌아서서 밝게 웃어 보였다.

"주공, 주공은 소원을 빌지 않습니까?"

"내 소원이야 이미 남악묘에서 다 빌었는데 또 빌 게 뭐 있소?"

"그래도 이왕 여기까지 왔으니 성제의 영험을 느껴 보셔야지요."

팽조가 소매를 이끌었으므로 무진도 마지못해 성제의 제단 앞에 서서 머리를 조아렸다.

'하루 빨리 원수들을 찾아 그 목을 치게 해주소서.'

건성으로 기원하는 중에 지나온 날들이 주마등처럼 눈앞을 스쳐 갔다. 아버지의 죽음과 염차목과의 만남, 흑풍객 그리고 흑룡보주와 그 다섯 제자들…….

'그렇지. 저 아래쪽에 흑룡보가 있었지.'

문득 그 생각이 들었다. 흑룡보주는 여전히 웅지를 숨긴 채 형산의 한 마리 음흉한 용으로 웅크리고만 있는 것일까? 하는 의문이 들자 문득 그곳에 한 번 찾아가 보고 싶다는 충동이 일었다.

하지만 무슨 이유를 가지고 방문할 것인가. 불쑥 찾아가서 내가 옛날에 흑풍객을 따라왔던 그 꼬마라고 말하는 것도 우습다.

'나하고는 상관없는 일이다.'

무진은 그렇게 생각하고 그 일을 잊으려고 했다. 하지만 과거의 업을 관장한다는 성제는 집요해서 무진에게 끊임없이 지난 일들을 떠올리게 했다.

염차목이 만든 금룡검을 받아 들고 기뻐하던 보주의 모습을 보여주었고, 무시하고 경멸하던 다섯 제자들의 눈길을 생생하게 보여준 것이다. 흑풍객으로부터 심득을 전해받던 일이며, 흑룡전의 검은 돌바닥 위에 주저앉아 이를 악물고 흐느끼던 소봉의 모습…….

"아!"

무진이 한 소리 놀람의 탄성을 터뜨리고 머리를 흔들었다. 정신을 차리자 비로소 끝없이 빠져 들어가는 상념의 함정에서 홀연히 벗어나 자기 자신을 바라볼 수 있었다.

'지난 일들이다.'

애써 그렇게 스스로를 달랬다. 나와는 아무 상관 없는 일들 아닌가. 기억은 기억일 뿐이다. 쓸데없는 생각에 마음의 평정을 잃는다는 건 어리석은 일이다.

있는지 없는지도 알 수 없는 신에게 소원을 빈다는 것 자체가 실없는 짓일 것이다.

'괜한 짓을 했다.'

애써 흔들리는 마음을 붙잡은 무진이 투덜대고 돌아섰다.

신통력을 빌어서 내 의지를 다지려는 건 비겁한 일이라고 생각했다. 내 뜻과 내 힘으로 운명을 개척해 나가는 것이야말로 당당한 대장부가 해야 할 일 아니겠는가.

그렇게 작정하고 머리 숙여 절하는 것마저 그만둔 채 돌아서자 팽조가 근엄한 얼굴을 하고 나무랐다.

"절실한 마음으로 소원을 비셔야 성제께서 기특하게 여기고 이루어 주시는 겁니다."

"쓸데없소. 나는 처음부터 성제를 알지 못했으니 그도 나를 알 리가 없지."

"주공!"

"그만둡시다. 팽 형은 믿음이 간절하니 반드시 들어주실 거요. 그러면 됐소."

무진은 화가 난 듯한 얼굴이 되어서 석전을 나와 쿵쿵거리며 돌계단을 뛰어 내려갔다.

불이 활활 타오르고 있는 보고(寶庫) 왼쪽으로는 깎아지른 듯한 벼랑이었다. 한 발 아래는 운무에 가득 덮여 있어서 그 밑에 무엇이 있는지 알아볼 수 없었다. 눈이 닿는 곳이 온통 파도처럼 일렁거리는 잿빛 구름의 바다일 뿐이다.

다시 짙은 안개가 밀려와 햇빛을 가렸는데, 그것마저 검은빛이었다.

세상이 온통 칙칙하고 무겁게 가라앉았다. 바람은 불지 않는다. 그래서 모든 게 죽은 듯 고요했다.

새소리 하나 들려오지 않는 그 무거운 적막 속에서 간간이 보고 안에 타오르고 있는 불길이 놀란 듯 화르륵 일어나곤 했다.

"이곳은 왠지 음산하군요. 그리 마음에 드는 곳이 아닙니다."

난간에 기대고 서서 저 먼 구름의 바다를 바라보며 침묵하고 있던 무진이 불쑥 말했다. 팽조가 빙긋 웃었다.

"영험한 신령이 계신 곳이니 적막할 수밖에요. 어둡고 무거운 것은 이곳이 신령의 영토라는 증거입니다."

'과연 그럴까?'

주위의 경물처럼 무진의 얼굴도 어두워졌다.

정말 과거를 주관하고 미래를 만들어주는 신령이 있다면 나의 존재는 그저 꼭두각시에 지나지 않으리라. 그건 비참한 일이다. 그래서 무진은 팽조의 믿음에 동의할 수 없었다.

"그런데 팽 형은 무슨 기원을 드렸소?"

"똑같지요."

"그녀를 한 번 만나볼 수 있게 해달라는 것 말이오?"

"……."

팽조는 대답하지 않았다. 묵묵히 돌난간 너머 저 아래 일렁거리는 짙은 재색의 구름바다를 바라볼 뿐이다. 그 옆모습에 깃든 짙은 어둠과 비감(悲感)이 무진의 가슴마저 아릿해지게 했다.

무진이 지난 일들을 보았듯, 팽조는 천소성제 앞에서 자신의 기억 속에 박혀 있는 그녀를 본 모양이었다. 그리고 미래를 보았을 것이다.

그게 무엇인지 알 수 없지만 그가 지고 있는 무거운 업(業)이 틀림없으리라.

"까짓, 살아 있는 사람이라면 만나지 못할 게 뭐 있소? 누군지는 몰라도 팽 형이 그렇게 원한다면 찾아가 만나면 될 것 아니오?"

"응?"

팽조가 눈을 크게 뜨고 무진을 돌아보았다. 얼굴 가득 의아해하는 기색이 어렸다.

"내가 간절히 원하는 일이라면 아무리 큰 어려움이 있어도 반드시 이루고 말아야 사내라고 할 수 있지 않겠소?"

"하지만 그건……."

"하지만이라니? 팽 형은 원래 이렇게 소심한 사람이었소?"

팽조의 얼굴이 딱딱하게 굳어졌다. 무진은 내친걸음이라고 생각했다. 지금 당장 그에게 용기를 불어넣어 줄 수 있다면 무슨 일이든 다할 수 있다는 심정이 되었다.

"극복할 수 없다면 차라리 칼을 물고 죽어버리는 게 낫지, 어찌 가슴 속에 한을 묻어두고 평생을 괴롭게 살 수 있단 말이오?"

"주공!"

"가시오. 사나이가 목숨을 건다면 이루지 못할 일이 어디 있겠소? 그래도 비겁하게 웅크리기만 하는 건 팽 형답지 않은 일이오. 가서 끝장을 보시오. 그러지 못한다면 나는 팽 형을 비겁한 사람이라 여기고 다시는 상대하지 않겠소."

"으으음……."

무진의 지독한 말에 팽조의 얼굴이 일그러질 대로 일그러졌다.

한동안 거친 숨을 씩씩거리던 그가 겨우 마음을 가라앉히고 무겁게 침묵했다. 그리고 다시 한참의 시간이 흐르고 나서야 길게 탄식하고 중얼거렸다.

"어떻게 된 일인가? 성제께서 정말 여기 계신단 말인가? 그래서 주공을 통해 나에게 길을 가르쳐 주시는 건가?"

팽조의 엉뚱한 중얼거림에 무진이 실소했다.

"신의 뜻 따위는 없소. 내 의지가 있을 뿐이지."

"무엇이 되었든 좋습니다. 나는 이제 결심했습니다. 무당산으로 가겠습니다."

"무당산?"

무진이 어리둥절해서 바라보았다. 팽조가 그 눈길을 피하며 이제는 담담해진 음성으로 차분하게 이야기했다.

"나는 원래 무당 문하였답니다."

"팽 형이 무당파의 문하였다니? 그럼 도사였단 말이오?"

“한때는 그랬지요.”

팽조의 얼굴에 쓸쓸함이 가득해졌다. 이제 그가 바라보고 있는 것은 발 아래 아득하게 펼쳐져 있는 운해(雲海)가 아니라 그의 가슴을 두텁게 덮고 있는 회한(悔恨)의 바다였다.

“어려서 무당산에 올라 자소궁(紫霄宮)의 시동(侍童)이 되었지요. 열아홉 살 때 그녀를 만났습니다. 그리고 스무 살에 파문당해 쫓겨났답니다.”

그것이 바로 팽조가 지금까지 잊지 못하고 있는 ‘그녀’ 때문이라는 건 더 물을 것도 없었다.

무진은 그 안에 숨겨져 있는 사연이 깊고 절실하리라는 걸 알았다. 그리고 그런 일은 함부로 물을 게 되지 못한다.

“주공의 말씀대로 당당한 대장부로 거듭나기 위해 가겠습니다. 그곳에 나의 무덤이 하나 생길지라도 반드시 그녀를 만나고 말겠습니다.”

“잘 생각했습니다. 지금은 그게 팽 형이 해야 할 일인 듯하군요.”

팽조가 무진에게 길게 읍(揖)했다.

“한동안 모시지 못하겠습니다. 그녀와의 일이 마무리되고 나면 다시 돌아오겠습니다.”

“나는 오직 팽 형이 형의 뜻대로 이루기를 바랄 뿐입니다.”

“보중하시기를……..”

뜨거워진 눈으로 무진을 바라본 팽조가 더 머뭇거리지 않고 돌아섰다. 뒤돌아보면 떠나지 못하게 되리라는 걸 아는 듯, 그는 한 번도 돌아보지 않고 짙은 운무 속으로 빠르게 걸어 들어갔다.

드디어 그가 보이지 않게 되었다. 이번에는 무진이 그를 삼킨 운무를 향해 길게 읍했다. 그동안 자신을 따라준 팽조에 대한 감사의 마음에서 였다. 다음에는 저 위에 흐릿하게 보이는 축융전을 향해 돌아서서 다시 길게 읍했다. 천소성제에게 비로소 간절히 발원하는 것이다.

"성제시여, 당신이 그를 보냈으니 그의 앞길을 지켜주소서."

"해치웁시다."

신전의 석문 뒤에서 엿보고 있던 형산기룡(衡山起龍) 문배옥(文倍鈺)이 거칠어지는 숨결을 애써 억누르고 속삭였다. 남악묘의 도사 진성(眞性)이 머리를 가로저었다.

"기다려 봐. 그가 오면 그때 함께 들이친다."

"쳇, 저깟 놈을 두고 그렇게 겁을 집어먹다니. 부끄럽지도 않단 말이오?"

문배옥이 씩씩거렸지만 진성은 함부로 행동할 수가 없었다. 형산도조(衡山道組)의 조장이 아직 도착하지 않았으니 섣불리 움직일 수 없는 것이다.

유명밀부의 형산도조는 조장과 진성, 문배옥으로 이루어져 있었다. 그들은 자기가 속한 조의 인원과 명령 계통만을 알 뿐 다른 조에 대해서는 전혀 알지 못한다. 그러므로 진성이나 문배옥은 직계 상관인 조장 외에 누구의 간섭도 받지 않았다.

진성은 조장이 어서 나타나 명령을 내려주기를 바라고 있었지만 문배옥은 그렇지 못했다. 젊은 혈기의 지배를 받는 탓이다.

그는 아직 강호에 발을 내딛지 않았다. 형산파의 그늘에서 곱게 자라기만 해온 것이다. 그러니 이번 기회에 자신이 갈고닦은 형산파의 무공으로 이름을 날리고, 명예와 권력을 쥐고 싶은 마음이 굴뚝같았다.

그의 숨결이 높아진 걸 안 진성 도장이 강압적으로 말했다.

"저놈은 위험한 놈이야. 아무래도 더 참고 기다리는 게 좋겠다."

"그렇게 기다리기만 하다가는 아무것도 할 수 없을걸? 그리고 나는 저 보잘것없는 놈이 그렇게 대단하리라고는 여기지 않아."

"혼자서 호남 신검문 분타를 들이쳐 문주와 당주를 죽이고 유유히 빠져나온 놈이라는 걸 잊은 거냐?"

"쳇, 신검문에 무슨 고수가 있어? 그 멍청한 놈들이 우습기만 할 뿐이오."

문배옥의 눈 속에는 번쩍이는 투지가 가득 담겨 있었다. 그것을 본 진성이 눈살을 찌푸렸다. 말려도 듣지 않으리라는 걸 눈치챈 것이다.

"게다가 무슨 일인지 팽조마저 떠나고 지금 저놈 혼자뿐이니 이런 좋은 기회는 오지 않을지도 몰라."

그 말에는 진성의 낯빛도 심각해졌다. 이칠이 돌아온다면 기습은 불가능해질 것이니 그렇다.

"도와주지 않겠다면 나 혼자서라도 하겠어."

"그래도 조장을 기다리는 게……."

"이건 정말 좋은 기회야. 저놈을 우리 손으로 죽여 버린다면 단번에 밀부의 총단으로 불려갈지도 모르지."

문배옥이 힐끔 진성을 훔쳐보고 지그시 입술을 깨물었다.

진성의 마음이 움직였다. 만약 그 말대로만 된다면 큰 공을 세우는 것이니 그만한 상도 받을 것이기 때문이다.

총단으로 영전되어 간다면 장차 더 많은 기회도 주어질 게 틀림없었다. 하부 조직원으로 이 촌구석에 숨어 있는 것과는 비교가 되지 않는 것이다.

그때 무진은 무슨 생각을 하고 있는 건지 축융전을 향해 손을 모으고 머리 숙여 절하고 있었다. 기원이 끝나면 떠날 것이다. 망설일 시간이 많지 않았다.

"좋아, 해보자."

진성이 낯빛을 굳히고 나섰다.

"제기랄, 이 얼간이들은 대체 어떻게 된 거야?"

유령대가 몰살당한 현장에는 아직 화약 냄새가 남아 있었다. 십여 명이나 되는 자들이 사지가 찢기거나 불에 그슬린 처참한 모습으로 죽어 있었다. 이칠의 화연란이 그렇게 한 것이다.

눈살을 잔뜩 찌푸린 채 그 참혹한 현장을 바라보고 있는 자는 스물서넛쯤 되어 보이는 사내였다. 긴 머리를 단정하게 뒤로 묶어 늘어뜨렸고, 등에 한 자루 검을 지고 있었다. 키가 훌쩍 크고 이목구비가 단정하며 살빛이 고왔다.

우뚝 솟은 콧날과 신광이 이글거리는 눈은 붉고 얇은 입술과 함께 그가 몹시 자부심이 높고 오만한 청년이라는 걸 짐작하게 해주었다.

그가 살이 타는 고약한 냄새에 코를 쥐고 시체들을 하나하나 살펴보았다.

"없군."

유령대 호남 분대를 이끌고 온 유령마군의 주검이 보이지 않았다.

청년이 흔적들을 유심히 살피며 천천히 숲 속으로 들어갔다. 군데군데 몇 명의 주검이 더 있었는데 달아나다 당한 듯 하나같이 뒷덜미에 비도가 박혀 있었다.

"젠장, 이건 정말 지독한 놈이란 말이야!"

이칠의 잔혹하고 무정한 솜씨가 눈에 보이는 듯하여 혀를 차고 다시 얼마쯤 흔적을 따라 나아가던 그가 흠칫 놀라 멈추었다. 커다란 참나무 둥치에 기대앉아 늘어져 있는 주검 하나를 발견한 것이다.

몹시 훼손되어 끔찍하기 짝이 없는 모습을 하고 있었지만 그자는 유령마군이 분명했다.

"이런 짐승 같은 놈!"

청년이 이를 부드득 갈았다. 이처럼 잔혹하게 당한 주검은 처음 보는 터라 등줄기에 소름이 돋았다.

두 눈알이 빠져서 퀭하게 뚫린 동공에는 검은 핏덩이가 눌어붙어 있었고, 반쯤 벌리고 있는 입 안에 이라고는 남아 있지 않았다. 두 팔의 관절이란 관절은 모두 비틀려 상상할 수 없는 각도로 돌아가 있는 데다가, 온몸에는 예리한 칼로 조금씩 살점을 저며낸 자국들이 가득했다.

"지독한 놈."

두 번 다시 보고 싶지 않은 그 처참한 고문의 현장을 서둘러 떠나는 청년의 눈 깊은 곳에서 분노의 불길이 이글거렸다.

"언제고 네놈의 목을 쳐서 이런 짓을 다시는 하지 못하도록 해주고 말 테다."

거기 이칠이 있기라도 한 듯 음침한 어둠 속을 무섭게 노려본 청년이 성큼성큼 걸어 숲을 벗어났다.

축융봉으로 오르는 길은 적막했다. 가파른 돌계단이 이어지고 있었는데, 머리 위에 자욱한 안개가 끝을 가리고 있어서 그것은 마치 하늘까지 닿아 있는 것처럼 보였다.

"밀부도 이제 망할 때가 되어가는 모양이군."

그 돌계단을 오르는 동안 아직 핏자국이 생생하게 남아 있는 싸움의

 바람의 길

흔적을 대여섯 군데나 찾아볼 수 있었다. 그때마다 청년의 차가운 얼굴에 조소가 스쳐 갔다. 다섯 개의 분조가 떠돌이 한 놈을 잡기 위해 동원되었다는 걸 알고 있기 때문이다.

여태까지 이렇게 소란을 떤 적이 없었는데, 그리고도 그놈은 멀쩡하게 살아서 축융전에 올라가 기원을 드린다니 기가 막힐 일이었다.

저 위에서 팽조가 잰걸음으로 내려오는 게 보였다.

'우선 저놈이라도 죽일까?'

청년에게 불쑥 그런 충동이 생겼다. 하지만 그는 곧 머리를 가로저었다.

'시시한 일에 힘을 낭비할 필요는 없지.'

뛰듯이 가파른 돌계단을 내려오던 팽조가 우뚝 멈추어 섰다. 저만큼 아래에서 여유로운 모습으로 올라오고 있는 청년 때문이다.

'저건 수상한 놈인걸?'

즉각 그런 의문이 들면서 경계하는 마음이 생겼다. 청년이 가까워질수록 그에게서 심상치 않은 기운을 느낄 수 있었기 때문이다.

팽조의 본능이 저놈은 위험한 놈이라고 아우성을 쳐대기 시작했다. 그러나 그가 밀부의 사냥꾼인지, 아니면 축융전에 오르는 참배객인지 가려볼 수가 없다.

망설이는 동안 청년이 유유히 다가와 드디어 팽조를 스쳐 지나갔다. 언뜻 그의 차갑고 깊은 눈길이 팽조의 얼굴에 닿았다가 멀어졌다. 그 순간 팽조는 등줄기를 훑어내리는 섬뜩한 전율을 느꼈다.

'고수다!'

청년의 기도는 그것을 너무 잘 말해 주었다. 흔히 마주칠 수 없는 고수인 것이다. 팽조가 후딱 돌아보았다. 청년은 벌써 스무 걸음 저 위쪽

계단을 밟아 올라가고 있는 중이었다. 그 등짝을 쓸며 안개가 천천히 밀려가고 있었다.

'아닐 거야.'

팽조는 그렇게 믿으려고 애썼다. 무진을 잡기 위해 유명밀부에서 보낸 자라면 저렇게 태평스런 모습으로, 그것도 혼자서 얼쩡거리고 있을 리가 없기 때문이다.

애써 아니라고 믿으면서도 무진에 대한 걱정이 가시지는 않았다. 그래서 팽조는 다시 올라갈까? 하는 생각으로 어깨를 움찔거려야 했다. 그러나 이내 머리를 흔들었다.

무진은 강하다. 지난 두어 달 동안 처음 그를 보았을 때와는 비교할 수 없이 더 강해졌다. 그는 자고 나면 저절로 그렇게 되는 사람 같이 여겨질 정도였다.

무예에 대한 무진의 깨우침과 진전이 그렇게 빠르다는 건 내내 지켜보았던 팽조 자신도 믿기 힘들 지경이었다.

게다가 아직 이칠이 어딘가에 있을 것이다. 그렇다면 무진에게 큰 위험은 없을 거라고 생각한 팽조는 다시 뛰듯이 계단을 내려가기 시작했다. 모처럼 힘든 결정을 했는데, 여기서 머뭇거린다면 그런 자신의 의지가 약해질까 봐 두려웠던 것이다.

무진에게 큰소리를 치고 내려왔으니 어떻게든 내가 비겁자가 아니라는 걸, 내 뜻이 굳세다는 걸 증명해 보여야 한다. 팽조는 그게 지금 자신이 해야 할 일이라고 믿었다.

그때 무진은 진성과 문배옥을 마주 보고 서 있었다.

"이유라도 알자."

무진이 돌난간에 등을 기대고 선 채 무심한 얼굴로 물었다. 검을 뽑아 들고 있던 문배옥이 그것으로 무진의 가슴을 가리키며 날카롭게 외쳤다.

"네가 곽무진이지?"

"그렇다."

"죽어야 하는 이유는 그걸로 충분해."

무진이 머리를 갸웃거리다가 물었다.

"호남 신검문의 사람이냐?"

"아니. 나를 그런 시시한 놈들과 한데 묶지 마라."

"그럼 유명밀부겠군."

"할 말이 고작 그것뿐이냐?"

무진이 태연한 얼굴로 하하, 웃었다.

"너는 지금 나더러 유언이라도 남기라고 말하는 거냐?"

"쳇, 싫으면 그만두렴."

혀를 차고 조금씩 발을 내밀어 다가서는 문배옥에게서 긴장이 느껴졌다.

무진은 당장 이놈이 풋내기라는 걸 알았다. 공을 세우고 싶은 욕심에 사로잡혀 있기만 할 뿐인 애송이인 것이다. 아마도 다른 사람과 이렇게 싸워본 경험도 없을 것이다. 적 앞에서 제 긴장을 감출 줄도 모르고, 가빠지는 숨결을 가릴 줄도 모르는 게 그렇다.

제 실력에 대한 자부심만 대단해서 이쪽은 마치 허수아비라도 되는 것처럼 여기고 있는 것이다.

"너는 죽는 게 무섭지 않으냐?"

불쑥 던진 무진의 말이 막 기합성을 내지르려던 문배옥의 호흡을 절묘하게 끊었다.

"흡!"

그가 한껏 끌어올렸던 기운을 급히 삼키느라 가슴을 부풀리고 눈을 크게 떴다. 숨이 가슴 복판에서 턱 막혔던 것이다.

무진이 그걸 보고 다시 하하, 웃었다.

"너는 조금 있다 하고 우선 저기 저 도사더러 나오라고 해라. 그가 하는 걸 잘 보아두면 도움이 될 거야."

"이 하찮은 놈이!"

문배옥이 버럭 소리쳤다. 무진이 자기를 비웃은 거라고 여긴 것이다.

한 발을 성큼 내딛으며 진기를 가득 실은 검을 힘껏 뿌리려는 순간 무진의 입에서 커다란 기합성이 갑자기 터져 나왔다.

"탓!"

"헉!"

문배옥의 눈이 찢어질 듯 부릅떠졌다. 막 힘을 내쏟으려는 찰나에 부딪쳐 온 기합성 때문에 다시 기혈이 가슴에 꽉 막혀 버리고 만 것이다.

무진은 이미 문배옥의 호흡을 제것인 것처럼 훤히 들여다보고 있었다. 그래서 그 맥을 탁탁 끊어내는데, 그건 한쪽에서 지켜보고 있는 진성의 눈에도 뚜렷이 보였다.

'저놈은 정말 대단한걸?'

무진을 바라보는 그의 눈에 감탄이 어렸다. 형산기룡이라고 으스대는 문배옥을 어린아이 다루듯 하고 있지 않은가. 게다가 손 하나 까닥하지 않고 기세로만 그렇게 하고 있다는 게 더욱 놀라웠다.

"이리 와봐라."

여전히 입가에 한줄기 여유로운 미소를 띤 채 무진이 손짓해서 진성을 불렀다.

"풋내기를 내세우고 너는 뒤에서 구경만하고 있다니? 고약한 도사 아닌가."

"으음—"

진성이 눈썹을 꿈틀거렸다. 새파랗게 어린 놈에게서 그런 소리를 듣자 자존심이 몹시 상했던 것이다. 그건 문배옥도 마찬가지였다. 고작 자기 또래로밖에 보이지 않는 무진이 자신을 어린아이처럼 여기고 있다는 게 참을 수 없었다.

"이얍!"

그가 그런 분노를 한순간에 폭발시키며 와락 달려들었다. 노여움과 모욕감이 범벅이 되어서 상대에 대해 생각할 새가 없었다.

씨이잉—

그의 검이 형산파의 절기인 노호검법(怒虎劍法)을 와르르 쏟아냈다. 맹렬하고 사나운 검격이 한 가닥 질풍처럼 휩쓸어오건만 무진은 돌난간에 기댄 채 무심한 얼굴로 바라볼 뿐이었다.

다섯 가지의 변화를 포함한 제일초 노호출림(怒虎出林)이 무진을 휘감았다. 검봉에 가득 실린 문배옥의 진기가 대단해서 그것이 부르르 떨리며 윙윙거리는 검음을 토해냈다.

검봉이 가슴 앞에 이르자 변화가 불꽃처럼 화르륵 피어올랐다. 부채살을 쫙 펴듯 하는 것이 마치 다섯 개의 검으로 일시에 찔러대는 것 같았다.

"대단하군!"

무진이 진심으로 감탄성을 터뜨렸다. 형산파의 절기가 어떤 건지는 몰라도 문배옥의 검초에서 그의 뛰어난 재능을 엿볼 수 있었던 것이다.

문배옥은 과연 형산파의 검초에 능숙했을 뿐만 아니라, 그 속에 자신만의 변화를 활용할 수 있는 경지에 올라 있었다.

그의 검봉이 부르르 떨리며 찔러가는 곳을 짐작할 수 없게 했다. 그것이 턱 아래 밀려들었을 때에야 비로소 무진이 움직였다.

'싸운다는 게 무엇인지 가르쳐 주리라.'

무진은 그렇게 작정했다.

얌전히 투로를 익히고 초식과 변화를 연마한 것과 실전이 얼마나 다른 건지 절실히 느끼게 된다면 문배옥은 훌쩍 성장할 것이다.

"이얍!"

무진이 짧고 격한 기합성을 터뜨리며 한 바퀴 빙글 돌아 문배옥의 검초 속으로 성큼 뛰어들었다. 한 번 불끈 힘을 쓰자 두텁게 쌓여 있는 그의 자부신공이 불길처럼 일었다.

'이놈이 미친 건가?'

문배옥의 머리 속에 순간적으로 그런 생각이 스쳐 갔다.

예리하게 갈린 검봉을 전혀 무서워하지 않고 맨몸, 맨손으로 부딪쳐 오는 무진의 행위가 그로서는 이해할 수 없었던 것이다.

두려움없는 과감함이 싸움에서 승리를 낚아채는 비결이라는 것을 무진은 이미 체득하고 있었다. 그동안 삶과 죽음을 넘나드는 수많은 싸움을 통해서 얻은 그만의 비법이 이미 본능 속에 녹아들어 있던 것이다.

그것은 또한 옛적 흑룡보주 앞에서 소봉과 싸울 때 흑풍객이 전해준 심득과도 통했다.

이폭제폭(以暴制暴), 이쾌제쾌(以快制快).

사나움에는 사나움으로, 빠름에는 빠름으로 제압하라던 흑풍객의 음성이 뇌리에 울렸다. 그리고 무진의 몸은 그런 생각보다 반 호흡 앞서서 이미 반응하고 있었다.

땅!

두려움없이 후려친 그의 손등에 맞은 검이 날카로운 소리를 내며 튕겨져 나갔다. 한순간에 검로를 잃은 그것이 응응거리는 소리를 내며 요동쳤다.

"으헉!"

손목을 타고 가슴까지 밀려들어 오는 엄청난 힘이 문배옥의 넋을 빼앗았다. 이와 같이 무지막지한 힘은 처음 겪어보는 그였다.

깜짝 놀라는 순간 이미 무진은 그의 턱밑에 파고들어 있었다. 싸늘한 눈이 코앞에서 느껴졌다. 문배옥의 가슴 가득 처음으로 두려움이라는 것이 생겼다. 그리고 자신의 오른팔이 족쇄에 갇힌 듯 아프게 조여드는 걸 느꼈다.

"으아악!"

문배옥은 저도 모르게 찢어지는 듯한 비명을 터뜨리고 말았다. 우두둑거리며 돌아가는 팔목이 눈에 보였다. 그리고 참을 수 없는 고통이 머리카락을 곤두서게 했다.

검이 덧없이 돌바닥에 떨어졌고, 문배옥은 자신의 두 발이 허전해졌다고 느꼈다. 무진이 팔목을 잡아 꺾으며 힘껏 발목을 차올린 것이다.

지푸라기처럼 허공에 떠오른 문배옥이 일 장여나 날려가 처박혔다.

등짝이 딱딱한 돌바닥에 부딪치는 걸 아득히 느끼며 그는 의식을 잃었다.

"으헛!"

순식간에 벌어진 그 일에 중년의 도사 진성이 놀란 외침을 터뜨렸다. 설마 무진이 단 한 차례의 움직임으로 문배옥을 나가떨어지게 할 줄은 몰랐던 것이다.

그를 향하는 무진의 눈길에 차갑고 비정한 기운이 실렸다.

"아니, 아니, 나는 그만두겠어."

진성이 제풀에 놀라 손을 홰홰 내저었다. 무진이 호남 신검문을 들이쳐 피바람을 일으켰다는 소리가 다시 떠올랐다. 그때는 실감하지 못했는데, 지금 이렇게 그의 사나움을 목격하고 나자 전의가 씻은 듯 사라져 버렸다.

주춤거리던 그가 후다닥 돌아섰다. 그리고 다시 깜짝 놀라 '엇!' 하고 우뚝 서버렸다. 그리고 이내 얼굴 가득 반가움과 안도의 웃음이 번졌다.

"조장, 거기 와 있었군!"

돌계단 난간 곁에 한 사람이 팔짱을 끼고 서 있었는데, 팽조와 스쳐 지나간 그 청년이었다.

"너는 비겁한 도사 놈이다."

청년이 비릿한 조소를 매달고 그렇게 말했다.

"이런, 젠장."

진성의 얼굴이 일그러졌다.

무진은 그자가 그림자처럼 계단 위로 솟구쳐 올라왔을 때부터 이미 그 존재를 눈치채고 있었다. 적인지 아닌지 알 수 없어서 모르는 척하고 있었는데 이제 확실해졌다.

청년이 팔짱을 풀고 기대고 있던 난간에서 떨어졌다. 무진을 노려보는 얼굴이 냉엄하기 짝이 없었다.

한동안 이글거리는 눈으로 바라보던 그가 차가운 어조로 말했다.

"대단한 솜씨였다. 네가 곽무진이라는 얼간이겠지?"

무진이 피식 웃었다.

"나는 신검문에서 즉시 쫓아올 줄 알았는데 부딪치는 자마다 유명밀부의 졸개들이니 조금은 실망이다."

"핫하— 그 얼간이들은 지금쯤 산 아래에서 열심히 너를 찾고 있을 거다."

청년의 그 말에 무진은 모든 걸 짐작했다.

이자들은 자기가 형양성(衡陽城)에 들어섰을 때부터 이미 알고 있었으면서도 그 사실을 신검문에는 알려주지 않은 것이다. 그건 이자들이 신검문과 별로 사이가 좋지 않다는 의미이기도 했다.

그날, 여산 철응방에서 그들이 은밀한 회합을 가졌을 때 그곳에는 분명히 신검문과 유명밀부가 함께 있었다. 그건 그들이 철응방주나 남가(南家)에서 왔다고 했던 뚱뚱한 노인과 함께 정체를 알 수 없는 신비 집단에 소속되어 있다는 확실한 증거였다.

그런데 정작 중요한 정보는 서로 감추고 있다.

'알력이 있는 게로군.'

무진은 그렇게 단정했다. 그렇지 않고서야 한 집단에 소속되어 있는 자들끼리 반목하고 경계할 이유가 없지 않은가.

'아니면 하부 조직들은 그 사실을 모르고 있는 건지도 모른다.'

머리를 갸웃거린 무진은 다시 그렇게도 생각해 보았다. 그리고 그

추측도 가능성이 있었다. 워낙 은밀하게 행사하는 집단인지라 신검문이나 유명밀부는 최상위의 몇 명만이 자신들이 속해 있는 집단에 대해서 알고 있을 수도 있는 것이다.

비밀 결사(秘密結社) 같은 조직이라면 충분히 그럴 수 있었다.

어쩌면 철옹방주는 자신이 속해 있는 조직에 대해서 아들인 상여상에게도 감추고 있는지 모른다. 나머지 방회들도 그러하리라.

무진의 머리 속에서 많은 생각들이 빠르게 스쳐 지나갔다. 청년이 그런 무진을 노려보다가 머리를 갸웃거렸다.

"이봐, 너는 어디선가 본 듯한 얼굴이다."

"응?"

무진이 번쩍 정신을 차리고 청년을 찬찬히 살펴보았다. 그의 말대로 자신의 기억 속에도 청년의 얼굴이 들어 있다는 걸 알고 무진은 흠칫 놀랐다.

"너는 흑룡방주의 다섯 제자들 중 사표(四彪)라고 했던 바로 그자 아니냐?"

"엇?"

이번에는 청년이 깜짝 놀랐는데, 그 얼굴에 당황하고 낭패해하는 기색이 어렸다.

"이런, 이런. 그런 말을 함부로 내뱉다니…… 쯧쯧……."

청년, 사표가 손가락 한 개를 세워서 제 얼굴 앞에 흔들며 못마땅하다는 듯 혀를 찼다.

"그런데 대뜸 나를 알아보는 너는 대체 누구냐?"

"그새 나를 잊은 게로군."

무진이 씁쓸하게 웃었다. 하긴 그때의 모습과 지금의 모습에는 하늘과 땅처럼 차이가 나 있으니 그럴 만도 했다. 그때 무진은 꾀죄죄한 시골 소년의 몰골이었다. 하지만 지금은 치열하고 무정한 한 사람의 무인으로 변해 있었다.

사표가 미끈한 그 얼굴에 큰 변화가 없이 자랐다면 무진은 자기 자신이 생각해도 놀랄 만큼 달라졌다. 그러니 그 얼굴의 윤곽만으로도 옛날에 보았던 걸 기억해 냈다는 건 사실 대단한 일이었다.

"소봉은 잘 있나? 그때 다쳤던 어깨뼈는 더 단단해졌겠지?"

"엇!"

무진의 말에 사표가 깜짝 놀라 눈을 크게 떴다.

"아니, 그럼 네가 정말 그때의 그 대장장이 꼬마 놈이란 말이냐?"

"보주께서도 강녕하시겠지?"

무진의 물음에는 상관없이 사표가 일그러진 얼굴로 혀를 찼다.

"쳇, 이건 정말 모를 일이군. 어떻게 된 거야? 흑풍객의 진전을 벌써 다 물려받은 거냐?"

"마음대로 생각해라."

잠시 이마를 찌푸리고 무엇을 생각하던 사표가 다시 물었다.

"그때 너는 염가였던 것 같은데, 어째서 갑자기 곽가가 된 거지?"

"염가이든 곽가이든 그게 무슨 상관이냐? 나는 그때나 지금이나 오직 나일 뿐이다."

"좋아. 그런데 네놈은 대체 무슨 짓을 한 거냐? 어째서 밀부의 표적이 되어서 쫓기는 거야?"

"나는 네가 왜 밀부의 하수인이 되었는지 그게 궁금하다."

"으음―"

사표가 어두워진 얼굴로 침음성을 흘렸다. 그의 눈이 음침하게 번쩍이는 것이 심상치 않았다.

"흐흐흐— 좋다, 좋아. 우리 서로 곤란한 것은 묻지 말기로 하자."

그가 천천히 무진에게 다가왔다. 한 발 한 발에 충실한 기력과 조심성이 실려 있어서 발톱을 감춘 표범 한 마리가 먹잇감을 노리고 조금씩 다가오는 것 같았다.

'위험한 놈이다!'

무진의 본능이 그렇게 소리쳤다. 긴장이 칼끝처럼 날카롭게 일어나 살갗에 소름이 돋을 지경이었다.

"그럼 여기는 조장에게 맡기고 나는 다른 조에 소식을 전하겠소."

사표가 나선 것을 본 진성이 재빨리 구실을 붙이고 자리를 떴다.

그가 사표 곁을 스쳐 지나갔을 때였다.

핏—

한줄기 차가운 빛이 사표의 어깨에서 뿜어져 나와 곧장 진성의 뒷덜미를 후려쳤다.

"엇!"

의외의 일에 무진이 깜짝 놀라 경악성을 터뜨렸다.

사표의 어깨가 움찔거린다 싶었는데 어느새 뽑아 후려친 일검이 진성의 머리통을 허공에 띄워놓고 있었던 것이다.

영문을 모른 채 그의 머리는 돌난간 너머 짙은 운해 속으로 떨어졌고, 매끈해진 어깨로 비틀거리다가 나무토막처럼 거꾸러졌다. 붉은 피가 왈칵 뿜어져 석판 틈으로 빠르게 스며들었다.

"무슨 짓이냐!"

무진이 노하여 소리쳤지만 사표는 태연하기만 했다. 그가 여전히 음침한 눈길을 무진에게 못박은 채 싸늘하게 말했다.

"비겁한 도사 놈이거든. 나는 그런 자가 싫다. 그리고 네가 이렇게 만든 거야. 그러니 사람은 항상 그 입을 조심해야 하는 거다."

"무엇이?"

"내가 흑룡보의 사람이라는 건 누구도 알아서는 안 되는 일이야. 그건 너도 마찬가지다."

"그럼 너는……."

"이놈은 네가 죽인 거다. 다들 그렇게 믿을걸?"

사표가 턱으로 무진의 칼을 가리키며 그렇게 말했다. 무진은 그가 왜 검을 칼처럼 휘둘러서 진성의 목을 쳤던 건지 비로소 알았다. 자신에게 덮어씌우려는 속셈이었다.

사표의 번들거리는 눈이 힐끗 문배옥에게로 향했다. 그러나 그는 아직도 정신을 차리지 못한 채 길게 쓰러져 있을 뿐이다. 무진의 말을 들었을 리가 없었다.

"빨리 끝내자."

사표가 다시 턱으로 무진의 칼을 가리키며 재촉했다. 문배옥이 깨어나기 전에 무진을 죽여야겠다는 의미였다.

■제2장■
혈로（血路）

사표의 검은 전혀 움직임이 없었다. 마치 석인(石人)에 붙들어 매놓은 것 같다.

그건 사표가 호흡을 완전히 다스리고, 제 의지와 검이 하나로 통하는 경지에 이르렀음을 보여주는 것이었다.

그 검봉을 바라보면서 무진은 그의 조예가 놀라운 경지에 이르렀다는 걸 알 수 있었다. 지난 칠 년 동안 자신이 변한 것처럼 사표 또한 무섭게 발전해 있었던 것이다.

이건 어려운 싸움이 될 것이다. 그리고 단번에 끝날 것이다. 무진은 그것을 알았다. 사표와 같은 자들은 언제나 그것을 원했다. 한껏 초식을 자랑하고 조금씩 압박을 가해서 결국 승리를 거머쥐는 따위의 대결을 시시하게 여기는 것이다.

온몸의 힘을 극대화시켜 의지의 정점에 붙들어두었다가 한순간에 남김없이 터뜨려 버린다. 그러면 섬광이 번쩍이는 찰나에 승패가 극명하게 갈리기 마련이었다.

그게 진정한 고수끼리의 싸움이다.

무진이 천천히 칼을 뽑아 들었다. 척가보도가 막중한 무게를 싣고 느릿느릿 움직여 허공의 한 점에 멎었다.

무진은 마치 축융봉 전체를 제 칼에 올려놓은 것 같았다. 칼끝을 들어 면전에 세우는 일에 온 힘을 다 기울이고 있었던 것이다.

그의 칼이 가늘게 떨렸다. 뿌연 기운이 창백한 칼날에 서려서 안개를 두른 듯 몽롱해졌고, 칼의 미세한 진동이 파문처럼 허공에 번져 나가며 웅웅— 하고 낮고 침울하게 울었다. 구름 속에서 우는 용음(龍吟)이다.

사표의 눈이 무섭게 번쩍였다.

그가 발끝을 가볍게 내밀었다. 그리고 센바람에 등을 떠밀린 듯 갑자기, 맹렬하게 달려들었다. 소리도 없고 살기도 느껴지지 않는 순간의 도약이고 찰나의 이동이다.

단번에 스무 걸음 남짓한 거리를 접어버리는 그 움직임이 놀라워서 마치 그의 몸이, 팔이 죽— 늘어난 것 같이 느껴질 정도였다.

어느새 사표는 무진의 머리 위에 둥실 떠 있었고, 그런가? 싶었는데 세차게 던져진 돌덩이처럼 무섭게 떨어졌다.

쉬잇—

가늘고 날카로운 소리가 허공을 갈랐다.

갑자기 터져 나온 번갯불이고, 단 한 번의 검격이었다.

"흡!"

무진이 숨을 멈추었다. 충만한 진기를 실은 그의 칼이 무겁고 단순한 획(劃) 하나를 가로 그었다.

느리다. 그리고 축융봉 전체가 움직이는 것처럼 거대하다.

석고서원의 늙은 스승이 무릎을 치며 감탄했던 파세(波勢)가 칼끝에서 살아나 꿈틀거렸다.

획에 실려 있는 웅장하고 커다란 힘이 온갖 변화를 내버리고 힘차게 뻗어나갔다.

서협송(西狹頌)의 질박함이 더욱 높고 깊은 경지의 서체(書體)로 되살아나고 있는 순간이었다.

꽝―!

머리 위에 벼락이 떨어졌다.

산이 우우우― 울며 흔들리고, 저 아래의 구름바다가 용암처럼 들끓었다.

아주 잠깐 그런 착각이 들었을 만큼 사표의 검과 척가보도의 부딪침은 굉장했다.

그리고 더욱 세차고 빠르게, 거대한 운석이 마구 쏟아지듯이 두 사람의 칼과 검이 한 치의 양보도 없이 이를 갈며 섞였다.

꽝꽝꽝꽝―!

번쩍이는 검광 도기가 축융봉을 뒤덮을 듯했다.

그들은 한 번 손목을 떨쳐 숨돌릴 틈도 없이 다섯 번이나 격돌했다.

무진은 다른 길을 찾고 싶지 않았고, 사표 또한 초식의 정교함을 자랑하고 싶지 않았다. 마주 보고 곧장 달려들어서 부딪쳐 깨뜨릴 뿐이다.

"으읍!"

어금니를 악문 사표가 격한 호흡을 내뿜었고, 무진도 그와 같았다.

꽝—!

다시 한 차례 격렬하고 급하게 충돌했다.

"음—!"

사표가 애써 신음을 삼키며 쿵쿵거리고 물러섰다.

무진도 들끓어오르는 기혈을 억지로 눌러 삼키고 있었다. 부릅뜬 눈이 무섭게 번쩍이고 악문 입술 사이로 한줄기 가느다란 선혈이 내비쳤다.

그러나 무진은 흔들리지 않았다. 두 발로 굳건히 대지를 딛고 허리를 곧추세웠다. 번뇌의 악마를 응징한다는 부동명왕(不動明王)의 분노신(忿怒身)을 축융봉에 세워놓은 것 같았다.

허공의 한 점을 지그시 찍어 누른 그의 칼끝이 넘치는 힘을 감당치 못하고 파르르 떨렸다.

욱, 하고 울컥 한 모금의 선혈을 토해낸 사표가 손등으로 입가의 피를 닦아냈다.

"훌륭했다."

씩 웃는 그의 얼굴이 창백해져 있었다.

무진이 가만히 머리를 흔들었다. 그리고 중얼거리듯 낮게 말했다.

"너는 더 무서워졌군."

"핫하하—"

머리를 젖히고 크게 웃은 사표가 검을 집어넣었다.

"소봉에게 엉덩이를 걷어차이던 일이 엊그제 같은데 이제는 아무도 그렇게 할 수 없겠구나."

무진도 그때의 일을 잊지 못하고 있었다.

비틀거리며 쓰러졌을 때 그를 일으켜 세운 사표가 한껏 비웃으며 등을 떠밀던 일이 생생하게 기억되었다. 그때 무진은 그들의 노리개에 지나지 않았다.

'하지만 이제는 아니다.'

무진이 어금니를 지그시 물었다.

물끄러미 바라보던 사표가 어깨를 들썩해 보였다.

"다 틀렸어. 사부님께 변명할 일이 걱정이다만…… 쳇, 할 수 없는 일이지."

다시 무진을 노려보는 눈길에 증오와 원망이 가득했다. 사표가 이를 부드득 갈고 음침하게 말했다.

"오늘의 빚은 꼭 갚고 말 테다. 너는 내 손에 죽게 될 거야. 반드시 그렇게 하고 말겠어."

"음—"

무진이 눈살을 찌푸렸다.

이글거리는 눈으로 그를 노려보던 사표가 '간다!' 하더니 난간 너머로 훌쩍 몸을 던졌다. 운무에 뒤덮여 보이지 않지만 그 아래는 까마득한 벼랑이다.

"앗!"

무진이 놀란 외침을 터뜨렸을 때 저 아래 먼 곳에서 사표의 웃음소리가 빠르게 멀어지며 들려왔다.

"하하하— 너는 이제부터 한순간도 나를 잊을 수 없을 것이다."

여덟 놈째였다.

격해진 호흡이 가슴을 달구었지만 멈추고 있을 수가 없었다.

씨이잉—

무진의 칼이 벼락처럼 허공을 갈랐고, 그 아래에서 '크악!' 하는 비명이 터져 나왔다. 뜨거운 피가 확 뿜어져 허공을 적시고 옷깃에 닿았다.

"으음, 과연 지독한 놈이로군."

이제 혼자 남게 된 늙은이가 굳은 얼굴로 중얼거렸다.

주문량(朱門梁)이라는 자인데, 형양성의 성주를 보필하는 내성의 관원이었다. 평소 인후하고 자상했으며, 공무를 보는 일에 사심이 없어 성주 이하 모든 벼슬아치들의 신임과 존경을 받았다.

그런 그가 혈수독조(血手毒爪)라는 옛날의 별호를 가지고 무진의 앞을 가로막은 것이다.

벌써 이십 년 동안 강호를 떠나 있었으므로 그를 기억하고 있는 자들은 없었다. 하지만 이십 년 전이나 지금이나 주문량은 그의 독문병기인 한 쌍의 철조로 절정고수 소리를 듣기에 충분한 자였다.

그가 실로 오랜만에 비수처럼 긴 세 개의 손톱이 달린 철조를 두 손에 끼웠다.

쩌르릉—

가볍게 마주치자 수십 개의 구슬을 흔들어대는 것 같은 요란한 소리가 울렸다. 새파란 철조 끝에는 독이 발라져 있어서 피부를 긁히기만 해도 목숨이 위태롭게 된다.

그동안 수없이 많은 사람들의 피를 빨아들이고 혼백을 빼앗았던 철조가 거무튀튀한 빛을 요기(妖氣)처럼 뿌리며 흔들렸다.

무진의 얼굴이 달아올랐다. 사표와의 격전에서 입은 내상을 다스릴 새도 없이 거듭 진기를 끌어올려 싸움을 하느라고 상태가 악화된 것이다.

얼마나 많은 자들이 축융봉으로 몰려든 건지 알 수도 없었다. 그저 닥치는 대로 베어 넘기며 내려갈 뿐이다.

무진이 내상을 입고 있다는 걸 안 주문량이 흐흐흐— 하고 음침하게 웃었다. 오랜만에 맛볼 죽음과 피의 냄새를 그리워하듯 그의 철조가 윙윙거리고 울었다.

"와라!"

무진이 발 아래 널린 주검들 사이에 우뚝 서서 칼을 겨누고 소리쳤다.

"놈!"

그 외침에 이끌린 듯 주문량이 땅을 박차고 달려들었다.

파파파팟—!

허공에 음침한 철조의 그림자가 가득 뒤덮였다. 윙윙거리는 울음소리가 더욱 커졌다. 독을 품은 비릿한 냄새가 코에 훅 끼쳐 왔다.

속전속결이 있을 뿐이다. 무진은 이를 악물었다. 길게 끌면서 내력을 무리하게 운용한다는 건 스스로를 더욱 위태롭게 하는 일이다. 그래서 지금까지 무진은 일격에 한 놈씩 쳐 넘기며 산을 내려오고 있었다. 주문량에게도 그래야 한다.

온몸이 귀영(鬼影) 같은 철조의 음산한 살기 아래 놓였지만 무진은 꿈쩍도 하지 않았다. 그리고 죽음의 칙칙한 냄새가 더 가까이 다가들기를 기다렸다가 벼락같은 일격을 비스듬히 쳐올렸다.

씨잉—

그의 칼이 번쩍이며 쳐 올라간 곳에서 철컥 하는 둔한 울림이 터져 나왔다.

"으헛!"

주문량이 가벼워진 제 손목의 무게를 의심하며 놀란 외침을 터뜨렸다. 그가 자랑하는 쇠 손가락들이 매끈하게 잘려 허공을 날고 있었던 것이다. 이게 아니라는 생각이 번갯불처럼 떠올랐다. 그리고 어깨에 선뜻한 칼날이 박혀들었다.

"끄아악!"

참혹한 비명이 어두운 숲을 가르고 터져 나갔다.

쳐올린 일격으로 철조를 갈라 버린 칼이 다시 떨어질 때는 열 배는 더 빠르고 맹렬했다. 그것이 주문량의 어깨를 쪼개고 가슴 깊이 박혀 버렸다.

더 돌아보지 않고 내처 산을 달려 내려가는 무진의 발걸음이 무거워 보였다.

숲이 갈라지는 곳에 이르렀을 때다.

좌우의 어둠 속에서 와사삭거리는 소리와 함께 몇 명의 괴한이 뛰어 나오며 도검을 휘둘러 들이쳤다.

무진이 빠른 눈으로 단번에 그것들을 훑어보았다. 두 자루의 칼과 두 자루의 검이다. 칼은 매섭게 좌우에서 후려쳐 왔고, 검은 상하를 가두고 질풍처럼 찔러든다.

물러설 곳은 뒤밖에 없다. 그러나 무진은 뒤로 물러서고 싶은 마음은 조금도 없었다.

"차핫!"

날카로운 기합성을 터뜨리며 달려 내려온 기세를 살려 그대로 정면의 검을 노려보고 부딪쳐 갔다.

쨍!

후려친 척가보도가 상하를 찔러오던 두 자루의 검을 일시에 튕겨냈다. 일격을 날리고 난 무진의 몸이 쓰러질 듯 앞으로 쏠렸다. 언뜻 보면 보법이 몸의 빠르기를 따르지 못해 그렇게 된 것 같았다.

쉬잉—

좌우에서 후려쳐 온 두 자루의 칼이 무진의 머리와 뒷덜미를 아슬아슬하게 스치고 지나갔다. 서늘한 칼의 기운이 뒷골을 파고들었다.

무진이 한쪽 무릎을 꿇고 더욱 몸을 낮추었다. 급히 쏠리는 상체를 비틀어 풍차처럼 맴돌았는데, 그러자 뒤에 따라붙어 있는 자들이 무진의 정면에 자신의 하체를 들이민 격이 되었다.

무진의 칼이 바람을 갈랐다.

"으악!"

아랫배를 길게 베인 자가 비명을 지르며 무너졌다. 그 바람에 뒤따르던 자의 진로가 가로막혔다. 벌떡 뛰어 일어난 무진의 칼이 다시 씨잉, 하는 매서운 바람 소리를 내며 맹렬하게 떨어지고 후려쳤다.

"으악!"

목이 찍힌 놈은 비명도 지르지 못한 채 무너졌고, 어깨가 쩍 벌어진 자가 단말마의 비명을 터뜨렸다.

한 번에 한 놈씩이다. 두 번 칼을 휘두르는 법도 없는 사납고 무정한 도법이 남은 자의 얼굴에서 핏기를 빼앗았다.

놈이 더 이상 달려들 생각을 하지 못하고 주춤거렸다. 그를 한 번 무섭게 노려보아 준 무진이 성큼 돌아서서 다시 비탈진 산길을 달려 내려갔다.

이제 숲이 끝나가고 있었다. 저 아래쪽으로 남악묘의 금빛 지붕이 언뜻언뜻 보였다. 다 내려온 것이다.

이곳까지 오는 동안 각기 세 명이나 네 명으로 뭉쳐 있는 네 무리의 고수들과 싸웠다. 베어버린 자만도 열두 명이나 되었는데, 매번 힘을 다해서 칼을 휘둘렀으므로 무진은 이제 숨이 턱에 닿을 만큼 지쳐 있었다.

처음 사표와의 싸움에서 입은 내상은 그렇게 심각한 정도가 아니었다. 그러나 쉴 새 없이 무리하게 내력을 운용해 왔으므로 그것이 점점 커져서 위험할 정도가 되었다.

'이놈들은 나에 대해서 알고 있다.'

무진은 유명밀부가 대규모로 하부 조직을 동원해 자신을 척살하려하는 데에서 그것을 확신했다.

자신이 곽문탁의 아들이라는 걸 알아냈기에 이처럼 집요하게 목숨을 노리는 것이리라. 그건 아버지를 해친 다섯 괴인들로부터 사주를 받았기 때문일 것이다.

'더 급하고 사납게 몰아붙여야 한다.'

그렇게 작정했다. 유명밀부와 신검문에 막대한 타격을 입히고, 그들만으로는 자신을 어떻게 할 수 없다는 생각이 들게 한다면 머지않아 아버지를 해친 다섯 괴한들이 모습을 드러낼지도 모른다.

숲머리에 우뚝 서서 몇 번 크게 심호흡을 하여 끓어오르는 기혈을 다스리자 호흡이 조금은 편해졌다.

"도와줄까?"

등 뒤에서 낮게 속삭이는 소리가 들렸다. 음울한 그 음성이 누구의 것인지는 돌아보지 않아도 알 수 있었다. 어느새 이칠이 따라붙어 있었던 것이다.

무진이 소리없이 웃었는데, 차갑고 냉혹한 미소였다.

"아니, 이건 내 일이다."

"그래도 걱정되는걸?"

"밀부의 살수들을 처치해 준 것만으로도 너는 충분히 나를 도와주었어."

"쳇, 그건 내 일이었으니까 그랬던 거다."

밀부의 추살대는 무진과 이칠을 동시에 노리고 왔었는데 이칠에 의해 전멸당했다. 거들 새도 없었다. 무진은 저 앞에 모여 기다리고 있는 자들은 이제 자신의 몫이라고 생각했다.

그들의 목표가 이칠이 아니라 자기일 것이기 때문이다.

"나와라!"

무진이 숲머리에 서서 생각에 잠겨 있는 걸 본 거한이 크게 소리쳤다. 그가 두려워서 망설이고 있는 거라고 짐작한 것이다.

수염이 듬성듬성 나 있는 자였다. 몸에 박혀 있는 울퉁불퉁한 근육들이 구릿빛으로 번쩍였다. 쭉 찢어진 눈과 주먹코, 두터운 입술이 한눈에 힘이 뛰어나고 거친 자라는 걸 알게 해주었다.

거한은 특이한 병장기를 들고 있어서 더 눈에 띄었다. 길이가 삼 장여나 되어 보이는 긴 쇠사슬 양쪽 끝에 커다란 호박만한 철괴(鐵塊)가 달려 있는 것인데, 웬만한 힘 가지고는 들어올릴 수도 없어 보였다.

그의 뒤쪽으로 스무 명쯤 되어 보이는 자들이 모여 서서 무진을 노려보고 있었다. 각양각색의 복장을 한 걸로 보아 이곳저곳에서 끌어모은 자들이 분명했다.

그들과 조금 거리를 두고 따로 십여 명 남짓한 자들이 무리를 이루고 모여 있었다. 하나같이 백의를 입었고, 등에 검을 지고 있는 것이 산뜻한 중에 날렵하고 표독스러워 보였다.

평소 남악묘 앞은 많은 사람들로 들끓었는데 지금은 그들 수상한 무리들만 가득할 뿐 참배객들은 하나도 보이지 않았다. 다 쫓아낸 것이리라.

무진이 호흡을 가다듬으며 그들 한 명 한 명을 똑똑히 바라보았다. 누구 하나 허술해 보이는 자가 없었다.

거한이 이끌고 있는 자들은 하나하나가 한가락 솜씨를 뽐내는 자들로 보였지만 질서가 없었다. 신검문에서 나온 것으로 보이는 백의검수들과는 그런 면에서 확연한 차이가 느껴졌다.

백의검수들 중에서 우두머리로 보이는 중년의 호리호리한 사내가 몇 걸음 나섰다.

"우리는 백풍대다."

그가 먼저 그렇게 자신들을 소개했다. 무진이 무표정한 얼굴로 머리를 끄덕였다.

"먼저 한 가지 묻겠다."

중년의 검수가 매섭게 번쩍이는 눈으로 무진을 쏘아보다가 천천히 말을 이었다.

"형산 철응보 밖에서 본 문의 소문주를 죽인 게 너냐?"

무진의 입가에 희미한 웃음이 떠올랐다.

그만하면 신검문의 정보력도 가히 나쁘지 않다는 생각이 들어서였다.

그자들은 소문주의 죽음을 두고 한동안 흉수가 누구인지 알아내기 위해 고심했을 것이다. 그리고 유력한 용의자로 자신을 지목하고 뒤쫓아온 게 틀림없었다.

철응방에 머물고 있던 봉공이라는 백의노인은 그날 밤 무진이 칼을 휘둘러 순찰당의 무사들을 베어 넘기던 것을 보았다. 그러니 그가 소문주의 몸에 나 있는 상처를 보고 추측해 냈을 것이다.

하지만 그 흉수가 몽려지라는 이름을 썼던 자이고, 몽려지가 곧 곽무진이라는 것을 알아내는 데에는 얼마간 더 시간이 필요했으리라.

그리고 지금은 곽무진이 바로 곽문탁의 자식이라는 것도 알았을 것이다.

무진이 턱을 끄덕였다.

"그렇다. 바로 나다."

"음—"

백의중년인이 싸늘해진 얼굴로 노려보았다.

"좋다. 너를 잡기 위해 지난 두 달 동안 쉬지 않고 달려온 보람이 있구나."

"너희들은 산동 본가에서 직접 온 자들인가?"

무진이 의외라는 듯 눈을 크게 뜨고 물었다. 설마 산동의 신검문 본가에서 직접 이 먼 곳까지 고수들을 파견했을 줄은 몰랐던 것이다. 무진의 그 말에는 백의중년인도 의아해하며 머리를 갸웃거렸다.

"어떻게 된 거냐? 너는 백풍대를 모른단 말이냐?"

"굳이 알 필요가 없지."

"흥! 그렇다면 반드시 알려주고 말 테다."

중년인이 몹시 자존심이 상했다는 듯 이를 악물었다.

백풍대라면 이미 그 이름이 강호에 널리 퍼져 있었다. 신검문이 자랑하는 정예의 추살대인 것이다.

백청흑의 세 개 대(隊)로 이루어진 그들 중 지금 형산에 와 있는 것은 제삼대인 흑호대(黑虎隊)였다. 모두 허리띠에 흑호의 문장을 달았고, 검은 빛깔의 검수(劍穗)를 단 게 표식이었다.

중년인은 자신이 그 백풍대에 있는 세 명의 영주 중 한 명이라는 자부심이 큰데, 무진에게 무시를 당했으니 화가 날 만도 했다.

그들의 말을 듣고 있던 거한이 뜨거운 콧김을 씩씩 내뿜으며 버럭 소리쳤다.

"무슨 개소리들을 하고 있는 거냐? 백풍대든 뭐든 알 바 없으니까 너희들은 저리 꺼져!"

중년인의 칼 같은 눈썹이 꿈틀거렸다.

"곰 같은 놈이 주둥아리를 함부로 놀리는구나."

"뭐라고? 너, 삐쩍 마른 것이 여기가 형산이라는 걸 잊은 모양이구나? 굴러온 돌이 박힌 돌을 뽑아낼 참이라면 우선 나의 이 철괴에게 물어봐야 할걸?"

"흥! 호남 무림에서 철괴신(鐵塊神) 장정(張頂)이 제법 알려진 이름인지는 모르겠다만 내가 보기에는 덩치만 큰 코흘리개야."

"뭣이?"

철괴신 장정이라 불린 거한이 부드득 이를 갈았다. 중년인을 노려보는 눈길에서 불길이 뿜어지는 듯하다.

"이 혓바닥 매끄러운 놈아, 이리 나오너라! 우선 네놈하고 결판을 지어야겠다!"

장정이 온몸에 두르고 있는 쇠사슬을 쩔그렁거리며 버럭 소리쳤지만 중년인은 차가운 비웃음을 흘릴 뿐이었다. 그가 턱으로 무진을 가리키며 말했다.

"기다려라. 우선 저놈을 잡은 다음에 너에게 교훈을 내려주마."

"시끄러! 이 어르신께서는 먼저 네놈의 매끈한 주둥아리를 뭉갠 다음에 저놈을 잡겠다!"

장정이 지지 않고 소리쳤다.

그들이 하는 꼴을 물끄러미 바라보던 무진이 피식 웃었다.

"싸울 거냐 말 거냐?"

"싸울 테다! 그러니 거기서 꼼짝 말고 기다리고 있어!"

장정이 이번에는 무진에게 버럭 소리쳤다. 제 바닥에 와서 눈꼴시게 구는 백풍대에 대한 미움이 지금은 무진을 잡는 것보다 더 큰 모양이었다. 중년인이 쯧쯧 혀를 찼다.

"한심한 놈이다. 철괴를 들고 다니는 줄로만 알았더니 어깨 위에도 올려놓고 다니는구나."

"응?"

장정이 무슨 말인지 알아듣지 못하고 어리둥절해져서 눈을 크게 떴다. 무진이 하하, 웃고 가르쳐 주었다.

"네 대가리가 들고 있는 철괴처럼 무식하다는 말이다."

그제야 중년인의 말뜻을 깨달은 장정의 얼굴이 불에 달아오른 듯 시뻘게졌다.

사실 그는 무식하고 무지했다. 굳이 배우지 못한 걸 따지기 전에 태생이 그랬던 것이다. 남들보다 생각이 짧았지만 타고난 힘만은 건장한 사내들 스무 명을 혼자서 당해낼 만했다.

그는 어려서부터 미련한 놈 소리를 들으며 구박덩어리로 남의 밥을 얻어먹고 살았다. 집안이 가난하여 제 밭뙈기라고는 풀 한 포기 꽂을 만큼도 없으니 남의 집 일을 거들어주는 걸로 늙은 어미를 봉양하고 살았던 것이다.

그러던 어느 날 그의 집에서 하룻밤 묵었던 강호의 고수가 장난삼아

한 가지 무공을 가르쳐 주고 떠났다. 유성추를 휘두르는 법이었다.

그건 절기라고 할 것도 없는 재주였다. 그러나 무지한 만큼 단순한 장정은 그것이야말로 천하제일의 절기라고 굳게 믿었다. 그래서 밤낮을 가리지 않고 익히고 또 익혔는데, 처음에는 굵은 동아줄에 바윗덩이를 매달아 휘두르다가 그것이 익숙해지자 지금처럼 철괴를 마련했다.

장정은 머리가 좀 모자란 대신 집념이 남달랐다. 단순하니 그렇다. 때문에 그 보잘것없는 재주를 가지고 쉬지 않고 수년을 연마할 수 있었던 것이다. 제가 할 수 있는 유일한 놀이로 여겼던 건지도 모른다.

어쨌거나, 그 결과 그는 철괴를 자유자재로 휘두르는 경지에 이르렀다. 타고난 힘이 가히 신력(神力)이라 할 만한 데다가, 집요하게 한 가지 재주만 반복했으니 그건 당연한 일이기도 했다.

강호에 나오자마자 그는 즉시 유명해졌다. 그의 무지막지한 철괴 아래에서 잠시를 버티는 자가 없었던 것이다. 칼이든 검이든 가릴 것 없이 철괴가 휘도는 범위 안에서는 모든 것이 박살나고 깨졌으니 그렇다.

고수라고 하는 자들도 마찬가지여서, 장정의 철괴 앞에서는 그저 달아나는 것만이 오래 살 수 있는 길이었다.

이제 더 이상 장정을 무식한 놈이라고 놀리는 자가 없게 되었다. 그래서 장정은 강호가 좋아졌다. 누구든 자신의 철괴를 보기만 해도 머리를 숙였으니 그렇게 신나는 세상이 없었던 것이다.

그런데 백의중년인이 대가리에 든 게 없는 무식한 놈이라고 욕했다. 그건 장정이 이 세상에서 가장 듣기 싫어하는 말이었다.

한 번 화가 솟구치자 장정은 제가 무엇 때문에 이곳에 와 있는 건지도 잊었다.

"너, 삐쩍 마른 쥐새끼가 감히 어르신더러 무식하다고 했단 말이지?"

두르고 있던 쇠사슬을 와라락 풀어 든 그가 '어헝!' 하고 성난 곰이 울부짖듯 외치더니 철괴를 냅다 집어 던졌다.

쉬아앙—

그것이 무시무시한 파공성을 내며 곧장 날아갔다. 그러자 쇠사슬이 요란하게 쩔그렁거리며 낚싯줄처럼 풀려 나갔고, 그 끝을 쥔 장정이 남보다 세 배는 넓은 보폭으로 쿵쿵거리며 달려갔다.

"으헛!"

뜻밖의 일에 백의중년인이 크게 놀랐다. 면전으로 날아오는 철괴의 무시무시함이 상상 이상으로 위협적이라 감히 받거나 쳐낼 생각조차 할 수 없었다.

그가 일장을 후려치며 급히 물러섰다.

꽝!

장력에 부딪친 철괴에서 요란한 소리가 났지만 날아오는 기세가 조금도 줄어들지 않았다.

"우얍!"

더욱 화가 난 장정이 두 손에 불끈 힘을 주고 허리를 비틀었다. 그러자 철괴가 쩔그렁거리는 쇠사슬 소리와 함께 주위를 휩쓸었는데, 붕붕거리는 파공성이 벽력성처럼 터져 나왔다.

"엇!"

백풍대의 검수들이 모두 놀란 외침을 터뜨리고 분분히 흩어졌다. 풍차처럼 휘도는 철괴의 범위 안에 버티고 있다가는 살과 뼈가 함께 박살나고 짓뭉개질 것이니 그렇다.

무려 삼 장에 이르는 쇠사슬이 죄다 풀려서 원을 그리니, 넓은 남악묘 앞의 광장이 온통 철괴의 시커먼 그림자와 붕붕거리는 요란한 바람 소리로 가득 차버렸다.

"이 쥐새끼 같은 놈! 언제까지 도망만 다닐 테냐!"

금방 대갈통을 깨뜨려 버릴 수 있을 줄 알았는데, 중년인이 교묘한 신법으로 요리조리 자신의 철괴와 쇠사슬 속을 헤집고 피해 다니니 화가 더욱 솟구친 장정이 버럭 소리쳤다.

그는 이제 누구도 말릴 수 없는 괴물이 되었다. 거친 머리카락이 올올이 곤두서서 하늘을 찔렀고, 철괴를 휘두르는 두 팔과 몸의 근육들이 터질 듯 꿈틀거렸다.

양쪽 끝에 달려 있는 철괴 중 한 개를 손에 쥐고 다른 한 개를 멀리 던져서 휘두르던 장정이 재빠른 솜씨로 쇠사슬을 감아 들였다. 그러더니 중간을 쥐고 두 개의 철괴를 다 풀어냈다.

그러자 그의 몸을 중심으로 삼아서 두 개의 무지막지한 쇠뭉치가 정신없이 돌아가기 시작했다. 비록 그것이 미치는 범위는 반으로 줄어들었지만 그 위력은 배가되었다. 그만큼 더 위협적이고 무시무시한 수법이 된 것이다.

백의검수들뿐만 아니라 장정을 따라왔던 자들도 감히 버티지 못하고 놀란 메뚜기 떼처럼 이리저리 뛰어 흩어졌다.

장정은 집요하게 백의중년인을 쫓았다. 그의 머리통과 몸뚱이를 으깨놓기 전에는 멈출 것 같지 않았다.

시간이 지날수록 화가 화를 부르고 노여움이 노여움을 키워서 장정의 눈에는 이제 중년인이 제 어미를 죽인 불구대천(不俱戴天)의 원수라도 되는 듯 보였다.

그게 또한 머리가 좀 모자란 장정의 특징이기도 했다. 단순하기 짝이 없으니 제가 한 번 그렇다고 여기면 세상이 두 쪽 나도 그런 것이다. 곁에서 누가 아무리 달래고 설득해도 소용없다. 미련한 놈의 고집은 꺾을 방법이 없는 것 아니던가.

붕, 붕―

허공 가득 울리는 무거운 바람 소리와 씩씩거리는 장정의 거친 숨소리가 그칠 줄을 몰랐다.

"이건 정말 어이가 없군."

그들의 싸움을 바라보던 무진은 실소를 흘렸다. 저놈이 대체 제정신을 갖고 사는 놈인지 의심스럽기도 했다.

백의중년인은 날렵한 신법을 발휘해서 철괴를 이리저리 피하며 조금씩 광장 밖으로 물러나고 있었는데, 약이 바짝 오른 장정은 그것도 알지 못하고 그를 쫓아 점점 무진에게서 멀어져 갔다.

그때를 기다리고 있었던 듯, 백의검수들이 일제히 몸을 날려 덮쳐들었다. 그러자 장정을 따라왔던 유명밀부 호남 분조의 무리들도 함성을 지르며 달려왔다. 무진이라는 먹잇감 하나를 놓고 늑대와 들개의 무리들이 앞 다투어 달려드는 꼴이었다.

무진은 칼을 늘어뜨린 채 조용히 서서 기다렸다. 혼자서 서른 명이 넘는 자들을 한꺼번에 상대한다는 건 누구에게나 무리다. 더구나 지금과 같이 내상을 입은 상태라면 더욱 그랬다.

'최대한 치고 빠져나간다.'

무진은 그렇게 자신이 해야 할 행동을 정했다. 아직 힘이 남아 있을 때 뚫고 나가지 않으면 영영 기회는 없으리라.

쉬잇―

첫 번째 검이 벼락처럼 가슴을 찔러왔다. 그린 듯 서 있던 무진이 칼끝을 끌며 성큼 비켜섰다. 그러자 두 번째 검이 그의 목으로 쇄도했고,

세 번째, 네 번째 검도 뒤이어 들이닥쳤다.

무진은 네 자루의 검 아래 금방이라도 난자당해 쓰러질 것처럼 위태로워 보였다. 그때까지도 그의 칼끝은 땅에 닿아 있을 뿐이었다. 저항을 포기한 사람 같이 보이기도 했다.

무진은 목숨이 경각지간에 달린 그 순간 엉뚱하게도 흑풍객을 생각하고 있었다. 그의 머리 속에 천산평(川山坪)을 떠나던 날의 광경이, 흑풍객의 모습과 그가 해주었던 말들이 스쳐 지나갔다.

그와 함께 흑룡보주로부터 받아낸 벽파도경(劈波刀經)을 한순간에 천 조각, 만 조각으로 만들어 버리던 그 놀라운 검법이 떠올랐다.

검은 보이지 않았다. 동쪽의 붉은 하늘에 유성우(流星雨)처럼 쏟아지는 수십, 수백 가닥의 뇌전(雷電)들이 있었을 뿐이다. 그리고 눈발이 되어서 하늘 가득 흩날리던 비급.

"난화구류(亂花九流)다."

흑풍객의 무심하던 말이 머리 속에 크게 울렸다.

"의지가 치솟는 곳에 손목이 이르고, 검은 그 속에서 튀어나온다. 몸이 검을 이끌려 하면 안 된다. 나는 그저 쥐고 있을 뿐이다. 호흡이 막힘없으면 검이 곧 내 뜻이 되고, 내 뜻은 번갯불처럼 치고 나가 곧 사라진다. 난화구류는 바로 그런 것이다."

그건 흑풍객이 전해준 난화구류의 정화였다.
빠름이고 무념(無念)이면서 영성(靈性)을 띤 호흡이다.

삶과 죽음이 갈라질 찰나의 순간에 왜 갑자기 그것이 떠오른 건지 알 수 없었다.

무진의 잠재의식 속에 깊이 가라앉아 있던 그것이 불쑥 솟구쳐 오른 건 염원(念願)일지도 모른다. 초월하고자 하던 흑풍객의 염원이고, 그처럼 강해지고 싶다는 무진 자신의 염원이기도 하리라.

의식하지 못하고 있었지만 그때 보고 들은 난화구류의 놀라운 검법은 무진의 기억 속에 생생히 살아 있었던 것이다.

구류라고 했으니 아홉 가지 초식이 있고, 매 초식마다 또 그만큼의 변화가 깃들어 있을 것이다. 하지만 흑풍객은 그런 것에 대해서는 한마디도 하지 않았다.

'나머지는 네가 찾아내든지 만들어 내든지 알아서 해라' 그 뜻이었던 것이다.

그리고 무진은 사방에서 번개처럼 찔러드는 네 자루의 검이 정지된 것처럼 보인 그 한순간에 염원을 이루어냈다. 구류의 검법을 한 길로 꿰뚫어낸 것이다.

무진의 손목이 꿈틀했다.

어깨와 허리와 무릎보다 앞서 손목이 살아났고, 의식과 자각보다 본능이 앞섰으며, 호흡이 칼의 영성(靈性)과 하나가 되었다.

파앗—

나른하게 늘어져 있던 척가보도가 발작하듯 튕겨졌다. 그리고 쨍강거리는 쇳소리가 허공에 가득 찼다.

"끄아악—!"

최초의 비명 소리가 사라지기도 전에, 최초의 혈향(血香)이 꺼지기 전에 무진은 훌쩍 뛰어 눈처럼 하얀 허깨비들 속에 파묻히고 있었다.

“흩어져!”

“놈에게 휘말리지 마라!”

“이쪽으로 와줘!”

“빠르다! 젠장!”

당황한 자들의 아우성들이 귓전에 빠르게 스쳐 갔다.

창!

다시 한 자루의 검이 두 동강이 나 떨어졌고, 훑고 지나간 무진의 칼에 목이 쩍 벌어진 자가 끅끅거리려 무너졌다.

백의검수들 속을 곧장 가르고 나가는 무진은 한줄기 질풍이었다. 그 맹렬한 부딪침에 당황한 자들이 크게 흔들렸다. 무진이 불쑥 방향을 틀어 왼쪽으로 꺾어졌다.

앞에서 방비하고 있던 자들이 어? 하고 놀랄 때, 좌우에서 무진을 따라 달리던 자들도 당황하여 주춤거렸다.

씨이잉—!

가까워진 자의 정수리 위에 떨어지는 칼에서 높은 휘파람 소리가 났다.

“끄아악—!”

참혹한 비명성이 형산 기슭에 퍼졌다.

무진은 마치 들판에 풀어놓은 거친 야생마 같았다. 그가 어느 곳으로 뛸지 이제는 아무도 알 수 없게 되었고, 바람을 가르며 떨어지는 그 칼의 움직임에서 벗어날 수 있는 자가 없었다.

무진이 휩쓸고 지나간 곳에는 어김없이 신검문의 백의검수들이 피를 뿌리며 쓰러졌다. 그들은 그가 제멋대로 날뛰지 못하도록 단단히 에워싸고 좁혀들어야 하는데 이제는 그럴 수가 없었다.

잠깐 사이에 반도 넘게 수하들을 잃은 백의중년인이 경악해서 눈을 부릅떴다. 그때는 장정도 휘두르던 철괴를 멈춘 채 멍하니 무진의 놀라운 움직임을 바라보고 있었다.

"저게 아주 미꾸라지 같은 놈이었군 그래?"

백의인들 사이를 이리저리 빠져나가며 칼을 휘둘러 한 놈씩 쳐 넘기는 무진의 눈부신 움직임이 장정을 홀렸다. 저로서는 죽었다가 깨어나도 그렇게 할 수 없기 때문이다.

"잘한다!"

저도 모르게 흥이 난 장정이 버럭 소리쳤다. 막 백의인들을 빠져나온 무진이 제가 이끌고 온 자들에게 부딪쳐 가고 있다는 것도 까맣게 잊은 것이다.

"으악!"

처음 무진의 칼을 맞은 검은 옷의 중년인이 비명을 터뜨리며 피를 뿌렸다.

이제 무진은 스무 명이나 되는 장정의 수하들 속을 종횡무진으로 헤집고 있었다. 그의 칼이 허공에 눈부신 궤적을 그릴 때마다 어김없이 비명과 선혈이 쏟아졌다.

겉으로 보기에 무진은 지칠 줄 모르는 거력신(巨力神)이라도 되는 것 같았다. 그러나 그는 지금 가빠지는 호흡과 들끓는 기혈을 억제하는 게 적을 쳐 넘기는 것보다 배는 더 힘든 상황에 처해 있었다. 눌러 참고 내색하지 않을 뿐이다.

몇 번의 참혹한 비명이 계속되더니 장정의 수하들이 우르르 흩어졌다. 지금 같은 혼전으로는 무진을 당할 수 없다고 판단한 것이다.

그들이 둘러선 원 안에서 무진은 거친 숨을 헉, 헉, 내뿜고 있었다.

칼을 쥐고 있는 손에서 부르르 경련이 일었다. 조금만 더 시간이 지난다면 버티지 못하고 스스로 주저앉고 말 지경이었다.

숲 속에서 반짝이는 눈빛마저 감춘 채 엎드려 그것을 낱낱이 지켜보고 있던 이칠이 눈살을 찌푸렸다.

'저렇게 미련한 놈이라니…….'

그런 생각 때문에 무진이 미워지기까지 했다. 백의인들을 물리친 즉시 숲으로 달아나야 했는데, 과용을 부려서 장정의 수하들에게로 뛰어들었으니 그렇다.

당장 뛰쳐나가 도와주고 싶은 마음이 컸지만 이칠은 그렇게 하지 못하고 있었다. 섣불리 나섰다가는 자신마저도 덫에 걸린 짐승 꼴이 되리라는 걸 잘 알기 때문이다.

지니고 있던 화연란은 이미 다 써버렸고, 열 자루의 유엽비도(柳葉飛刀)도 이제는 남아 있지 않았다. 수전(袖箭)이 떨어졌으니 수궁(袖弓)도 있으나마나한 물건이었다.

기껏 몸에 지닌 것이라고는 허리에 두르고 있는 연검(軟劍)뿐이니 그것으로는 일각을 버티기도 힘들 것이다.

숲 속이라면 자신의 기척을 숨기고 한 놈씩 뒤를 밟아가며 멱을 딸 수가 있다. 그러나 남악묘 앞의 탁 트인 광장에서는 그럴 수도 없다.

이칠이 뾰족한 수를 생각해 내기 위해 잔뜩 눈살을 찌푸리고 머리롤 쥐어짜고 있을 때 장정이 철괴를 끌며 쿵쿵거리고 달려왔다.

"이놈아! 어린것이 정말 빠르고 무섭구나! 어디, 나의 철괴를 한번 받아볼 테냐?"

무진은 그의 철괴가 이처럼 트인 공간에서는 그 무엇보다 무섭다는 걸 똑똑히 보았다. 게다가 지칠 대로 지쳐 있는 지금 그것과 맞선다는 건 바보 같은 일이다.

장정을 무시한 무진이 이를 악물고 오른쪽으로 꺾어져 내달렸다. 그쪽은 백의중년인이 지키고 선 곳이다.

흑호령주(黑虎領主) 왕수징(王水澄)이 곧장 자신에게로 달려오는 무진을 노려보며 바드득 이를 갈았다. 자신의 수하들을 반 넘게 베어버린 데 대한 원한이 뼈에 사무쳐서 천 토막, 만 토막을 내도 시원치 않을 것 같았다.

"놈! 죽을 자리를 찾아오는구나!"

그가 허공에 검을 몇 번 휘둘러 기력을 한껏 끌어 모으고 소리쳤다.

이제는 누구나 무진이 많이 지쳐 있다는 걸 눈치챘다. 달리는 걸음이 흔들리고 있었던 것이다. 왕수징의 얇은 입술에 싸늘한 웃음이 걸렸다.

'제기랄, 빌어먹을!'

이칠이 주먹으로 땅을 쳤다. 더 이상 이것저것 생각만 하고 있을 때가 아니었던 것이다.

등 뒤에서는 장정이 쇠사슬을 끌고 쿵쿵거리며 쫓아오고 있었고, 앞에는 왕수징이 차갑게 비웃으며 막아서 있었다. 어디로도 몸을 피할 수가 없다.

'한 번만!'

무진은 이를 악물었다. 마지막 기력을 다 짜내서 일격을 날리고 빠져나가야 한다. 그게 실패한다면 위험해질 것이다.

스무 걸음이 열 걸음으로 좁혀들었고, 다시 다섯 걸음 사이가 되었다.

"차핫!"

검을 겨누고 노려보던 왕수징이 와락 달려들었다. 그와 동시에 뒤에서도 장정의 노한 외침이 들려왔다.

"나하고 싸우자니까 저놈이 감히 말을 안 들어?"

좌라라락 하고 쇠사슬 풀리는 소리가 들렸다. 철괴가 무시무시한 파공성을 내며 날아드는 것이다. 그러나 무진은 뒤를 돌아볼 새가 없었다. 이미 왕수징의 검이 미간에 닿을 듯했기 때문이다.

달아오른 숨으로 가슴이 터질 듯했다. 기혈이 꽉 막힌 것처럼 답답했고, 눈앞이 깜깜해졌다.

'마지막 일격이다!'

무진의 머리 속에는 오직 그 생각뿐이었다. 저쪽 숲에서 이칠이 땅을 박차고 쏘아진 살처럼 곧장 날아왔지만 보지 못했고 느끼지도 못했다.

그가 본능적으로 칼을 휘둘렀다. 한 줌의 진기까지도 아끼지 않고 실어서 쳐낸 일격이 좁은 공간을 사선(斜線)으로 갈랐다.

땅!

머리 위에서 무거운 쇳소리가 터져 나왔고, 새파란 불똥들이 어지럽게 날았다.

무진이 '음—' 하고 신음을 삼켰다. 겨우 왕수징의 검격은 막아냈지만 이제 더 이상 칼을 들어 그를 칠 수가 없었다. 팔목이 마비되어 감각이 사라졌다.

"지독한 놈."

왕수징도 저려오는 팔목을 쥐고 주춤거렸다. 무진의 칼에 실려 부딪쳐 온 힘이 자신의 기력을 역류시킬 만큼 크다는 것이 그를 놀라게 했다.

그때 옆에서 이칠이 제 그림자마저도 떼어놓을 듯 무시무시한 속력으로 달려들었다. 다들 그를 발견하고 '앗!' 하고 놀랐지만 나서서 가로막기에는 이미 늦어 있었다.

단번에 장정의 수하들과 흑호대의 무리를 뚫고 쏘아져 들어온 이칠이 벽력처럼 소리쳤다.

"비켓!"

그의 얼굴에 다급함이 가득했다. 장정이 내던진 철괴가 무진의 뒤통수에 닿을 듯했던 것이다.

"엇!"

왕수징이 갑작스런 이칠의 등장에 놀랐을 때 한줄기 맹렬한 검기가 와락 덮쳐 왔다. 이칠이 연검을 뽑아 후려친 것이다.

쨍!

왕수징이 급히 검을 휘둘러 겨우 그것을 쳐냈다. 다시 팔목을 얼얼하게 하는 충격이 밀려들었고, 이칠이 비틀거리는 무진의 가슴에 그대로 부딪쳤다.

픽!

두 번의 충격음이 동시에 터져 나왔다. 이칠이 무진과 부딪치며 함께 넘어지는 소리였고, 쉬잉, 하고 간발의 차이로 날아든 철괴가 무진이 서 있던 곳을 지나쳐서 엉뚱하게 왕수징의 얼굴을 두부처럼 으깨버리는 소리였다.

그 모든 일들이 눈 깜짝할 사이에 벌어졌다. 모두들 뭐가 어떻게 된 건지 얼떨떨해서 입을 딱 벌렸다.

무진을 끌어안고 몇 바퀴 뒹굴었던 이칠이 벌떡 일어나더니 그를 들쳐 메고 칼을 집어 들었다.

"저 쥐새끼 같은 것이!"

그제야 사정이 어떻게 된 건지 알아챈 장정이 종이 깨지는 것처럼 소리치며 또 하나의 철괴를 힘껏 던졌다.

쉬아앙—!

무시무시한 파공성과 함께 철괴가 곧장 쏘아져 나갔다.

무진을 들쳐 메고 있었으므로 이칠의 운신은 느리고 둔할 수밖에 없었다. 그가 미처 스무 걸음도 떼지 못했는데 철괴는 벌써 그의 등짝에 부딪칠 듯 쇄도해 들었다.

'틀렸는가?'

이칠의 얼굴에 언뜻 절망이 떠올랐다. 이제 열 걸음만 더 내달리면 숲인데, 철괴는 그것을 허락하지 않을 것이다.

그때 숲 속에서 두 개의 흑영(黑影)이 쇠뇌처럼 쏘아져 나왔다.

'적?'

이칠의 절망이 더욱 커졌다. 밀부의 유령대에 아직 살아 있는 놈이 있었던가? 하는 생각이 언뜻 들었던 것이다.

다 죽인 줄 알았는데 아니었다면 이제는 여기가 끝이라는 절망감 때문에 이칠은 우뚝 멈추어 서버렸다. 차라리 철괴에 맞아 단번에 죽어버리는 게 편하리라는 생각에서였다.

쉭—

그들, 두 개의 흑영이 빛살처럼 곁을 스쳐 갔다.

"응?"

놀라 돌아보는 이칠의 눈에 흑의인 한 명이 허공에 몸을 띄운 채 빙글 돌며 발을 뻗어 철괴를 걷어차는 게 보였다.

꽝—!

엄청난 충돌음이 터져 나왔다. 철괴가 방향을 잃고 이칠의 몸에서 한 자쯤 떨어진 곳에 처박혔다. 쿵! 하고 땅이 울린다.

아슬아슬한 순간이었다. 이칠의 등줄기로 소름이 차갑게 달려갈 때 흑의인은 한 발을 절뚝이며 제자리에서 껑충껑충 뛰고 있었다. 힘껏 철괴를 걷어찬 충격이 큰 모양이다.

"가!"

체구가 작은 흑의인이 날카롭게 소리쳤다. 얼굴마저 검은 두건으로 가리고 있어서 번쩍이는 두 눈만 보이는 자다.

사정이 어찌 되었든 목숨을 건졌으니 끝까지 살아야 한다.

이칠이 다시 미친 듯이 숲을 바라보고 뛰었다. 그 뒤를 두 명의 흑의인이 따랐다. 이칠에게 가라고 소리친 자는 번쩍이는 검을 뽑아 들고 뒤를 지키며 따랐고, 다른 흑의인은 절뚝거리면서도 이칠의 등을 떠밀며 함께 달렸다.

그들의 모습이 숲 속으로 사라지고 나서야 일이 어떻게 돌아가고 있는 건지 정신을 차린 자들이 와아 하고 밀려들었지만 누구도 선뜻 숲 속으로 뛰어들지는 못했다.

"이런 병신 같은 것들!"

쿵쿵거리고 달려온 장정이 발을 구르며 악을 써댔다. 그러더니 이내 머리를 갸웃거렸다.

"그런데 저 쥐새끼 같은 것들은 다 뭐냐? 어디서 기어나온 것들이지?"

■제3장■
흑룡보（黑龍堡）에 들다

흑룡보(黑龍堡)에 들다

"상공, 일어나셨습니까?"

맑고 명랑한 소녀의 음성이 귀를 간지럽게 했다.

무진은 운기조식을 마치고 나서 탁자 앞에 단정히 앉아 있는 중이었다.

머리를 땋은 어린 시비(侍婢)가 맑은 물이 담긴 대야와 수건을 들고 들어왔다.

"보주님께서 기다리고 계십니다."

무진이 씻기를 마치자 시비가 수건을 건네주며 그렇게 말했다.

"보주님이?"

"함께 식사를 하자고 하십니다."

사흘 만이다. 이곳에 온 지 사흘이 지났지만 이 어린 시비 외에는 누구 한 사람 찾아오지도 않았다. 그런데 사흘이 지난 이 아침에 보주가 갑자기 부른 것이다.

'내 몸이 회복되었다는 걸 알기라도 한 듯하군.'

무진이 쓴웃음을 지었다.

새벽에 한차례 자부신공을 운기해 보고 나서야 다시 제 몸이 내상에서 벗어나 정상으로 돌아왔다는 걸 알았는데, 기다리고 있었다는 듯 보주로부터 전갈이 왔으니 신기하기도 했다.

자신의 차림을 돌아본 무진의 얼굴이 어두워졌다.

전에 입던 옷은 어디 갔는지 보이지 않고, 말끔한 새 옷으로 갈아입었으니 그렇다. 품에 지니고 있던 벽옥소며 척가보도마저 보이지 않았다.

무진은 사흘 전 이곳에 들어오던 일을 기억하지 못한다. 다만 이칠이 자신을 둘러메던 것만 흐릿하게 기억 속에 남아 있을 뿐이다. 그리고 깨어나 보니 낯선 방 안이었다.

다음날 정신을 차린 무진은 자신이 흑룡보에 와 있다는 것을 알고 나서 몹시 놀랐으나 곧 체념했다.

몸에 기력이라고는 하나도 없이 호랑이 굴로 잡혀왔으니 처분을 바랄 수밖에 없지 않겠는가. 악을 쓰고 발버둥 친다는 건 꼴만 추해질 뿐이다.

하지만 지난 사흘 동안 아무 일도 일어나지 않았다. 그리고 이제는 그게 더 의심스럽고 걱정이 되었는데, 드디어 보주가 부른다니 반가운 마음마저 들었다.

'어리석게도 만용을 부렸다.'

무진은 남악묘 앞에서의 격전을 돌이켜 생각해 보고 그렇게 자신을 꾸짖었다.

돌이켜 보면 수많은 적 속에 뛰어들어 단신으로 치닫던 일이 한두 번이 아니다. 척가군으로서 왜구의 무리와 싸울 때면 그런 위험을 종종 무릅써야 했던 것이다.

힘이 다할 때까지 악귀처럼 내달리며 부딪치는 모든 것을 베어 넘겼지만 두려움은 없었다. 구원군이 언제나 제때에 나타나 주었고, 그에 대한 믿음이 있었기 때문이다.

'그렇다면 나는 어느새 그런 생각에 길들었던 건지도 모른다.'

그런 자각이 싹텄다.

남악묘에서의 무모한 싸움에 뛰어든 것도 어쩌면 이칠이 도와줄 거라는 믿음이 있었기 때문인지도 모른다. 무진은 자기 자신에 대해서 인상을 한껏 찡그렸다. 무책임하고 미련한 놈이라고 욕했다.

'영악해져야 한다.'

그런 또 하나의 자각이 깊이 자리잡게 된 것이 다행이라면 다행일 것이다. 죽음 앞에서 기사회생한 덕이다. 위기 뒤에 새로운 깨달음을 얻었으니 화가 변하여 복이 된다는 격이기도 했다.

강호는 비정한 곳이고, 오직 나의 힘에 의지할 뿐 그 누구의 도움도 바라거나 기대해서는 안 된다는 걸 스스로에게 말해 주었다.

'나 혼자서 헤쳐 나가야 한다. 그러자면 살아 있어야 하지 않겠는가.'

살아남기 위해서라면 이제는 영악해지는 걸 배워야 할 때라고 생각했다. 다시 남악묘의 일전 같은 일이 벌어진다면 결코 이번처럼 미련하고 우직하게 싸우지 말아야 할 것이다.

"좋아졌군."

무진이 들어서자 웅웅 울리는 무거운 음성이 먼저 그렇게 말했다.

넓은 방 안의 원탁 앞에 보주 혼자 앉아서 기다리고 있었다. 무진이 포권했다.

"구해주셔서 감사합니다."

"그런 인사를 하기에는 아직 이르다."

보주의 번쩍이는 눈이 무진을 쏘아보았다.

칠 년 전, 흑풍객과 함께 찾아와서 보았을 때는 감히 보주의 저런 눈길을 마주 보지 못했다. 그러나 무진은 이제 그것을 똑바로 받아내고 있었다.

그때나 지금이나 보주는 위엄이 있고, 느껴지는 기풍만으로도 '과연!' 하는 감탄이 절로 나올 만큼 대단했다. 조금도 늙은 것 같지 않았다. 오히려 그 눈빛이 더 깊고 무거워졌으며 그 기도가 더욱 출중해져서 드디어 날아오를 준비를 다 끝낸 한 마리 용이 되었다는 걸 느낄 수 있었다.

"흑풍객의 진전을 받았느냐?"

"아닙니다."

"아니라고? 어째서?"

그는 무진이 흑풍객의 제자인 것으로 알고 있었다. 무진이 보주를 똑바로 바라보면서 한 자 한 자 힘주어 말했다.

"제 스스로의 힘으로 하고자 할 뿐입니다."

"응? 너의 힘만으로 말이지?"

보주가 눈을 크게 떴다. 무진의 얼굴에는 굳은 결의가 맺혀 있었다.

"그렇습니다."

"그럼 대체 너의 그 솜씨는 어떻게 된 거냐? 설마 스스로 창안해 냈다는 건 아니겠지?”

“척계광 장군과 당순지 장군으로부터 병영의 무예를 배웠습니다.”

“그랬구나. 그들 두 장군이라면 나 또한 존경하고 두려워하는 사람들이지. 이제 알겠다. 너의 칼이 절강무예를 바탕으로 하고 있으니 그처럼 사납고 무서웠던 게야. 그것은 과연 강호의 일반 도법이나 박투술과는 다른 특이한 무예라고 아니 할 수 없지.”

보주가 감탄했다는 듯 머리를 끄덕였다.

묵묵히 무진을 바라보던 그가 다시 물었다.

“그렇다면 너는 그들을 따라서 출사하여 장차 장군의 벼슬에 오를 것이지 무엇 때문에 강호에 나와 스스로 화를 자초하느냐?”

“사람마다 뜻이 있고 정해둔 길이 있습니다. 저는 제 길을 가고자 할 뿐입니다.”

“오호! 너는 벌써 네 뜻을 정했고, 네가 가야 할 길을 정했다는 거로구나. 그렇다면 그것 또한 대단한 일이지.”

보주가 크게 감탄했다는 듯 무릎을 치며 껄껄 웃었다.

“내 제자들은 아직도 제 길을 찾지 못한 채 사부의 옷자락을 붙잡고 응석이나 부릴 줄 알 뿐인데 너는 과연 그 못난 것들보다 뛰어난 데가 있다.”

“과찬이십니다.”

흑풍객을 따라와 처음 보주를 보았을 때도 그는 자신의 제자들보다 무진의 자질이 더 뛰어나 보인다며 탐을 냈었다. 무진이 그때의 일을 떠올리고 두리번거렸지만 어디에도 보주의 다섯 제자들은 보이지 않았다.

그들이 서로의 의중을 탐색하는 중에 시비들이 원탁에 아침 식사를 가져다 놓았다. 몇 가지 정갈한 요리와 탕, 흰밥이 전부인 조촐한 식탁이었다.

"그런데 너는 어째서 흑풍객의 진전을 받지 않은 거지? 그랬더라면 지금보다 더 강한 자가 되었을지도 모르는데 말이다."

"남의 것을 배워 따라 한다면 언제 그를 뛰어넘을 수 있겠습니까?"

"너 혼자서 해내겠다고 했지만 실은 절강무예를 배우지 않았느냐? 그럴 바에야 흑풍객에게서 배우는 게 나았을 게다."

"다만 제가 원하는 무예의 길을 알고자 했을 뿐 그것을 답습할 생각은 그때나 지금이나 없습니다."

"하하하― 그것을 기초로 해서 네 스스로 무예를 갈고닦아 드디어는 종사의 반열에 오를 속셈이구나?"

"그렇습니다."

보주가 더욱 이글거리는 눈으로 무진을 뚫어지게 바라보았다. 그리고 불쑥 말을 던졌다.

"네 아버지의 가르침은?"

"응?"

무진이 놀라 눈을 크게 떴다. 식탁을 사이에 두고 그와 보주의 이글거리는 눈이 달라붙었다.

한참 만에야 무진이 낮고 음울한 음성으로 물었다.

"내 아버지를 아십니까?"

"진천수 곽문탁."

"으음―"

무진은 강호에 나온 이래 흑풍객 외에 두 번째로 아버지를 아는 사람을 만났다. 마음에 격동이 일고 만 가지 생각이 불쑥불쑥 떠올라 수시로 안색이 변했다.

"네 몸에 자부신공이 깃들어 있는 걸 보고 알았다."

"저를 치료해 주셨군요?"

"그때 너는 기력이 탕진되고 내상이 중해서 위험한 상태였지. 할 수 없이 내가 직접 손을 써서 경혈을 뚫고 원기를 살려줄 수밖에 없었다."

스스로의 내력을 넣어줘 가면서 치료했을 것이다. 그건 누구나 할 수 있는 일이 아니었고, 누구에게나 해줄 수 있는 일이 아니었다. 자신의 내력이 소모되니 그렇다.

"구해주셔서 감사합니다."

무진이 진심으로 사의를 표하자 흑룡보주가 빙긋 웃으며 손을 저었다.

"아니, 너를 구해온 사람에게 고마워해야겠지. 그들이 누구인지 기억나지 않느냐?"

무진은 그때 의식을 완전히 잃었으므로 생각나는 게 하나도 없었다.

"삼웅과 소봉이었느니라."

"엇?"

무진이 깜짝 놀랐다. 보주가 자신의 제자들을 보내서 위기에서 구해오게 했을 뿐 아니라, 몸소 내상을 치료해 주었던 것이다.

"어떻게 제가 위기에 처한 것을 알고……?"

"핫하— 세상을 좁게 보는 나인데 이까짓 형산쯤이겠느냐? 내 손바닥을 들여다보듯 훤하게 알고 있지."

무진은 흑룡보주의 이목이 천하에 퍼져 있다는 걸 짐작했다. 그 역시 가슴속에 웅지를 품고 있는 자였던 것이다. 이제는 그가 영웅일지 효웅일지 그게 궁금해졌다.

하지만 그가 왜 제자들을 보내서 자신을 구했는지는 여전히 알 수 없었다.

무진의 얼굴에 수심이 어렸다. 뜻하지 않았고, 원치 않은 사람에게서 목숨의 빚을 지게 되었으니 장차 그게 자신의 발목을 잡는 일이 될지도 모른다는 생각이 들어서였다.

무진의 침묵을 바라보던 보주가 천천히 말했다.

"사표의 일은 내 마음을 너에게로 단번에 돌려놓았다."

"무슨 뜻입니까?"

"너를 내 사람으로 만들겠다는 것이지."

무진은 비로소 보주의 속셈을 짐작했다.

보주는 무진에게 선택의 기회를 한 번 준 것이었다. 덧없이 죽도록 내버려 두기에는 아깝다고 생각했으리라. 기다렸다가 은혜를 베풀고, 설득해서 내 사람을 만들 수 있다면 좋겠지만 그렇지 않으면…….

'죽일 것이다.'

무진은 그것을 알았다.

내 품에 가두어두지 않는다면 장차 화근이 될지도 모르고, 남의 손에 들어가는 것은 더 더욱 싫은 존재. 그게 보주가 바라보는 무진이라는 존재였다.

긴장이 무진을 망설이게 했다. 이것은 부상을 입은 몸으로 남악묘 앞에서 수많은 적들과 마주쳤을 때보다 더 큰 위험이고 위기였다.

늑대를 피하기 위해 호랑이 굴로 뛰어들었다는 게 바로 이런 경우를 두고 하는 말이리라.

애써 긴장을 숨기며 침묵하던 무진이 마음을 정하고 결연하게 말했다.

"저는 어느 한곳에 머물 수가 없는 사람입니다."

"바람이라도 되려느냐?"

흑풍객은 제 스스로를 바람이라고 했다. 보주는 이제 무진에게도 그러하냐고 물었다.

"바람은 흑풍객 한 사람으로 충분하다. 너는 내 곁에 머물면서 나를 도와주고 장차는 용이 되어라."

"이미 보주의 곁에는 많은 사람들이 있고, 보주 자신의 신위가 이와 같은데 제가 무엇을 도울 수 있겠습니까?"

"사람은 많을수록 좋다. 뛰어난 영걸이라면 더욱 그렇지. 나는 아직도 만족하지 못한다."

보주의 뜻은 분명했고 완고했다. 무진은 자신이 이 덫에서 빠져나가기 힘들 것임을 느꼈다. 그렇다면 서두를 게 아니다. 최대한 시간을 끌면서 기회를 엿보아야 할 것이다.

이제 무진은 자신의 속셈을 감추기로 했다.

"제 아버지를 아시는 건 어찌 된 연유입니까?"

그가 짐짓 엉뚱한 것을 물어서 말의 방향을 틀었다. 그런 속셈을 다 안다는 듯 보주가 빙긋 웃었지만 탓하지 않고 대꾸했다.

"어떤 관계였느냐고 묻고 싶은 게냐?"

"그렇습니다."

"그전에 한 가지 묻고 싶은 게 있다. 흑풍객은 네가 곽문탁의 핏줄이라는 걸 알고 있느냐?"

"그렇지 않습니다."

"그렇겠지. 만약 알고 있었다면 너를 제자로 삼으려 했을 리가 없었겠지."

　　보주가 머리를 끄덕였다. 무진은 그가 흑풍객과 아버지와의 관계에 대해서도 알고 있다는 데 대해서 놀랐다. 도대체 이 사람의 정체는 무엇인가? 하는 의문이 불길처럼 일었다. 모르는 게 없는 것 같으니 그렇다.

　　무진의 마음속에 ‘흑룡보주가 혹시 그 신비 집단의 수괴가 아닐까?’ 하는 엉뚱한 생각마저 떠올랐다. 하지만 그는 곧 머리를 가로저었다. 그가 사표를 몰래 유명밀부에 잠입시켜 활동하게 한 것만 봐도 그들과 견제하는 관계는 될지언정 한패일 리 없다는 판단이 섰던 것이다.

　　흑풍객은 처음 무진을 이곳으로 데려오며 흑룡보주를 가리켜 ‘그는 형산에 웅크리고 있는 또 한 마리의 용’이라고 했었다. 무진은 그 말에서 보주의 정체에 대한 단서를 찾아야 할 것이라고 생각했다.

　　시비들이 식탁을 치우고 차를 내오느라고 들락거렸으므로 잠시 두 사람 사이에 말이 끊겼다. 한참 뒤에 무진이 다시 물었다.

　　“제 아버님과는 어떤 관계이셨습니까?”

　　“나는 그를 한 번도 보지 못했다. 하지만 반드시 한 번쯤은 만나보기를 간절히 원했었지.”

　　“싸우기 위해서였습니까?”

　　“꼭 그런 것은 아니었지만 아니라고 하기도 힘들구나.”

　　“천하제일을 다툴 목적이었겠군요?”

　　“핫하! 흑풍객에게는 그런 엉뚱한 속셈이 있었는지 몰라도 나에게는 그렇지 않다. 천하제일의 명예가 크고 중요하지만 살아 있을 때에 그칠 뿐이니 허망한 것 아니겠느냐? 죽고 나면 누가 그를 천하제일인이라고 할 것인가?”

　　“아!”

무진이 깜짝 놀랐다. 보주의 흉중에 더 크고 무서운 뜻이 담겨 있다는 걸 알았기 때문이다. 그는 천하제일이라는 영예조차 작게 보고 있었던 것이다. 게다가 흑풍객이 단천혈룡장법을 달라고 했던 이유까지도 훤히 꿰뚫어보고 있었으니 실로 한시도 방심할 수 없는 인물이었다.

보주가 손뼉을 쳤다. 그러자 곧 자박거리며 석판을 밟고 다가오는 발걸음 소리가 들렸다. 그리고 삼웅과 소봉이 들어왔다.

그들은 각기 한 개씩의 물건을 들고 있었는데, 음룡벽옥소와 척가보도였다. 무진의 얼굴에 안도와 반가움이 동시에 떠올랐다.

어쨌든 그들이 자신의 목숨을 구해주었다니 그냥 바라보고 있을 수 없었다.

"늦게나마 감사하오. 두 분께 빚을 졌구려."

그가 자리에서 일어나 포권하고 인사하자 삼웅이 빙긋 웃었고 소봉은 흥! 하고 들릴 듯 말 듯 코웃음을 쳤다. 무진을 흘겨보는 눈길이 매서웠다.

"너의 물건들이다."

보주가 손을 들어 그것들을 가리켰다. 삼웅과 소봉이 탁자 위에 물건을 내려놓자 무진은 먼저 벽옥소를 집어 들었다. 그것을 쓰다듬는 손길이 기쁨으로 가늘게 떨렸다.

"그것을 보고 네가 곽문탁의 혈육이라는 걸 확신했느니라."

"이것은 아버님의 유일한 유품입니다. 다시 돌려주시니 감사합니다."

"누구나 탐내는 보물이고 나 역시 그렇다. 하지만 남의 위급함을 틈타 도둑질하는 소인배는 아니지."

그 말속에 언젠가는 벽옥소를 빼앗아가겠다는 뜻도 들어 있어서 무진은 내심 바짝 긴장했다.

"사표의 일은 유감이다."

보주가 무거워진 안색으로 말했고, 소봉이 더욱 날카로운 눈으로 무진을 노려보았다.

"그가 죽었습니까?"

"살아 돌아왔다만 차라리 네 칼에 맞아 죽은 것만 못하게 되었다."

"예?"

"그가 죽었다면 비밀이 끝까지 지켜졌을 것이다. 하지만 살아 돌아왔으니 이제는 더 숨기고 있을 수 없게 된 거야."

과연 보주는 사표를 유명밀부에 밀정으로 심어두었던 것이다. 그런데 무진으로 인해 그 일이 탄로되었으니 보주는 그걸 못마땅해하고 있었다.

"나는 아직 세상에 나서고 싶지 않았는데 사표의 일로 인해 이제는 그럴 수 없게 되었다. 계획했던 것에 차질이 생겼으니 너를 탓하지 않을 수 없지."

무진은 축융봉에서 사표를 만났을 때 자신이 무심코 한 말에 그가 왜 그렇게 크게 당황하고 화를 냈던지 알 수 있었다. 미안한 마음도 들었지만 그렇다고 궁금한 것을 묻지 않을 수 없다.

"보주께서는 그를 유명밀부에 잠입시켰으니 그들의 정체에 대해서 짐작하는 바가 있겠군요? 대체 그자들은 누구이고 어떤 단체에 속해 있는 자들입니까?"

흑룡보주의 낯빛이 엄중해졌다. 한동안 무진을 쏘아보던 그가 여태까지와는 다르게 딱딱한 어조로 말했다.

"내가 그것을 왜 너에게 말해 주어야 하지?"

“그건, 그건……."

보주가 흥! 하고 코웃음을 쳤다.

“정보를 받는 데에는 반드시 대가가 있어야 하는 법이다. 네가 정 그것을 알고 싶다면 나에게 그만한 것을 주어야 할 것이다.”

“무엇을 원하십니까?”

“음룡벽옥소.”

“헛!”

보주가 서슴없이 무진이 들고 있는 벽옥소를 가리키며 말했으므로 무진은 오히려 당황하고 놀랐다.

‘이 안에는 내가 알지 못하는 비밀이 있는 게 틀림없다.’

무진은 새삼 그것을 깨닫고 긴장했다.

음룡벽옥소를 단지 아버지의 유품으로 여기고 소중히 간직해 왔을 뿐, 그 안에 특별한 무엇이 있으리라고는 한 번도 생각해 보지 않았던 것이다.

그러나 흑룡보주가 그것을 탐내는 것을 보니 그렇지 않은 모양이라는 생각이 들었다.

하긴, 아버지를 죽였던 그들 다섯 괴한들도 음룡벽옥소를 탐냈었다. 하지만 그들은 가져가지 않았다. 재수없는 물건이라고 비웃던 그들의 말이 똑똑히 되살아났다.

그들에게는 재수없는 물건인데 흑룡보주에게는 욕심나는 귀한 물건인 것이다. 무진은 대체 이 안에 어떤 비밀이 있기에 흑룡보주같이 담대하고 대범한 사람마저 드러내 놓고 이것을 탐내는 것인지 궁금해졌다.

“이것은 아버지께서 세상에 남겨둔 유일한 물건입니다. 그래서 저에게는 특별한 가치가 있지만 다른 사람들에게야 그저 옥을 깎아 만든 통소에 지나지 않을 텐데 굳이 달라 하시는 이유가 무엇인지요?"

"허?"

보주가 의아하다는 듯 눈을 크게 뜨고 무진을 바라보았다.

"너는 그것의 쓰임을 진정 모르고 있단 말이냐?"

"부끄럽게도 그렇습니다."

무진은 솔직하게 인정했다. 보주와 같이 심계가 깊고 음흉한 사람 앞에서는 솔직하고 담백하게 대하는 것이 오히려 그의 의표를 찌르는 일이 될 수 있다고 여긴 것이다.

보주가 머리를 갸웃거렸다. 무진의 말을 그대로 믿어야 할지, 아니면 그가 자신을 시험해 보고 있는 건지 생각하는 것 같았다.

한동안 이리저리 무진을 살펴보던 보주가 머리를 흔들었다.

"이 일은 조금 더 생각해 봐야 할 필요가 있겠다. 너는 돌아가도 좋다."

시비를 따라서 다시 자신의 거처로 돌아오면서 무진은 칠 년 전에 보았던 보주와 지금 대면했던 보주가 과연 같은 사람인가? 하는 의문마저 들었다. 그때와 지금 받은 느낌이 크게 다르니 그렇다.

흑풍객 앞에서 보주는 한껏 대범하고 호쾌한 사람으로 보였다. 자신의 절기마저도 선뜻 내주지 않았던가. 물론 염차목이 만든 금룡검을 받은 대가이기는 했지만 역시 힘든 결정이었을 것이다.

그런데 오늘 보주는 그런 대범함보다 무언가 알 수 없는 음모의 냄새를 풍겼다. 치밀하면서 신비로운 사람이었던 것이다. 그리고 집요한 사람이기도 했다.

‘흑풍객과 내가 서로 다르니 각자에게서 다른 쓰임을 원하기 때문일 것이다.’

무진은 그렇게 단정했다. 달래야 할 사람이 있고 윽박질러야 할 사람이 있다. 설득해서 될 일이 있고 밀어붙여야 할 일이 있는 것이다.

모든 사람과 모든 일에는 그와 같이 서로 다른 특성이 있다. 그것을 잘 구분 지어 이용할 줄 아는 자가 현명한 자이리라.

무진이 기거하는 숙사(宿舍)는 동쪽 대나무 숲 아래에 있었다. 그리 높지 않은 담으로 둘러싸인 작은 공간인데 독립된 곳이나 마찬가지여서 아늑하고 그윽했다.

작은 연못이 있고, 난간을 두른 회랑이 뻗어나와 연못에 이어져 있다. 담 밖에는 대나무 숲이 무성하고, 담 안에는 연못을 따라 난(蘭)과 수국(水菊)이 가득했다.

‘취운각(醉雲閣)’ 이라는 이름의 작은 건물은 이른바 후당(後堂)의 성격을 띤 독립된 공간이었다. 그윽하고 운치가 있는 것이 외부의 귀한 손님을 위해 따로 마련한 곳임을 짐작할 수 있었다.

그곳에는 무진과 그를 시중드는 작은 시비가 머물고 있을 뿐이라 깊은 궁궐 속의 별원인 것처럼 고요했다. 무진은 이곳이 세상과 완전히 단절된 것 같은 느낌을 받았다. 바깥의 일을 전혀 알 수 없으니 그렇다.

그러니 좋게 생각한다면 더할 수 없이 완벽한 안식처이지만, 달리 보면 철저하게 격리된 유배처이기도 했다.

그곳에서 무진은 벌써 닷새째나 머물고 있었다. 흑룡보주는 그날 아침 이후 한 번도 무진을 부르지 않았다. 무진에게는 그게 다행한 일이기도 하면서 불안한 일이기도 했다. 대체 그가 무슨 흉계를 꾸미고 있는 건지 알 수 없으니 그렇다.

'쉽게 포기하지 않을 것이다.'

무진은 그걸 알았다. 그가 음룡벽옥소에 탐심을 가졌으니 포기할 리가 없었다.

무진은 지난 이틀 동안 오직 벽옥소를 쓰다듬고 들여다보며 지냈다. 늘 품에 지니고 있기를 벌써 칠 년. 이제는 벽옥소에 새겨져 있는 용의 비늘이 몇 개인지조차 다 셀 수 있을 만큼 눈에 익고 손에 익은 것이다. 하지만 옥소에 무슨 특별한 의미가 있는 건지는 여전히 알 수 없었다.

'아버지는 이 안에 무언가 비밀을 남겨두었을 것이다.'

그런 믿음만 점점 커져 갔다. 선부는 자기에게만 전해주고 싶은 무언가를 옥소 안에 남겨두었을 것이다. 그게 무엇인지 빨리 찾아내야 한다는 게 무진을 초조하게 했다.

다음날 한 사람이 취운각으로 찾아왔다. 처음 있는 일이다.

시비의 안내를 받으며 거침없이 당(堂) 안으로 걸어 들어오는 그를 보고 무진은 깜짝 놀랐다. 소봉이었던 것이다.

그녀는 칠 년 전보다 훨씬 성숙해져서 이제는 완연한 소저의 티가 났다. 그때도 깜찍하고 예쁜 계집아이였는데, 이제는 자태며 얼굴이 더욱 무르익어 누구나 눈을 번쩍 뜰 만한 미인이 되어 있었다.

하지만 그때나 지금이나 그 눈길이며 표정에 깃들어 있는 오만함과 쌀쌀함은 여전했다.

그녀가 매섭게 무진을 쏘아보았다.

"어서 오시오."

무진이 떨떠름한 얼굴로 포권하자 우선 흥! 하고 코웃음부터 친 그녀가 의자에 앉기 무섭게 시비에게 소리부터 질렀다.

"차가 식었잖아! 어서 다시 내오지 못해!"

어린 시비가 깜짝 놀라 새파랗게 질린 얼굴로 뛰어나갔다. 그녀는 소봉을 몹시 두려워하고 있는 듯했다.

"너는 아주 귀찮고 보기 싫은 놈이야."

이제는 대뜸 무진에게 화를 냈다. 영문을 알 수 없는 무진이 엉거주춤 선 채 어이없다는 얼굴로 그녀를 물끄러미 바라보았다. 소봉이 의자의 팔걸이를 두드리며 다시 앙칼지게 소리쳤다.

"칠 년 전이나 지금이나 나를 귀찮게 하고 괴롭게 한다!"

"내가 언제 너를 귀찮게 했다고 그러지?"

기분이 상한 무진이 퉁명스럽게 대꾸하자 소봉의 눈매가 더욱 날카로워졌다.

"나타나기만 하면 말썽을 일으키니 그렇지. 너 때문에 사사형은 사부님께 큰 꾸지람을 들었고, 삼사형은 발목을 다쳐서 아직도 거동이 불편하다. 도대체 너는 우리 사형제와 무슨 악연이 있기에 나타날 때마다 이렇게 다치고 귀찮게 하는 거냐?"

"음……."

무진이 잔뜩 낯을 찌푸렸다. 그녀가 그렇게 다그치는 데에는 변명할 말이 없었던 것이다.

처음 이곳에 왔을 때는 소봉을 때려서 주저앉게 했고, 지금은 삼웅과 사표를 다치게 했으니 소봉에게는 나름대로 화를 낼 충분한 이유가 있었다.

그는 삼웅이 자신과 이칠을 구하기 위해 장정이라는 무지막지한 놈의 철괴를 걷어차다가 발목에 부상을 입었다는 걸 들어 알고 있었다.

그때 그가 몸을 던져서 구해주지 않았더라면 자신은 물론 이칠까지도
화를 당했을 것이다.

"삼웅에게는 몹시 미안하고 고마운 마음을 갖고 있다. 언젠가는 그
에게 진 빚을 갚을 날이 있겠지."

"흥! 삼사형은 사람이 순박하고 너그러워서 너에게 아무 말도 하지
않으나 나는 사형을 대신해서 따지지 않을 수 없다."

"그런데 이칠은 어떻게 된 거지? 그도 이곳에 와 있는 거냐?"

무진이 내내 궁금해하던 것을 물었다. 이칠이 자신을 업었던 걸 기
억하는데 그 뒤로 한 번도 그를 볼 수 없었으니 그렇다. 소봉이 쳇, 하
고 혀를 챘다.

"그까짓 천한 놈이 어떻게 되었든 내가 알게 뭐야? 그놈은 제 갈 길
로 가버렸다."

"설마……."

"그런 천한 것과 싸울 만큼 타락하지 않았어. 그자는 보 앞에서 너
를 우리에게 넘겨주고 제 스스로 달아났으니 의리없는 놈인 게지."

"그랬군."

무진은 안도의 숨을 쉬었다. 이칠은 흑룡보에 들어오고 싶지 않았으
리라. 그래서 떠난 것이다. 그는 어디에 있든지 제 한 몸을 지킬 만한
자이니 살았다는 걸 안 이상 더 걱정할 것 없었다.

무진은 한편으로 그가 끝까지 자기를 데려가지 않고 삼웅과 소봉에
게 넘겨주었다는 게 원망스럽기도 했다. 이처럼 곤란한 지경에 처했으
니 그렇다.

이제는 무사히 이곳을 빠져나가는 게 가장 시급하고 중요한 일이 되
었다. 묵묵히 이런 저런 생각을 하던 무진이 한숨을 쉬고 소봉을 바라

보았다.

"내가 어떻게 해주기를 바라는 거냐?"

"나에게 무릎을 꿇고 절을 하면서 진심으로 감사하는 말을 해봐. 그러면 내가 삼사형을 대신해서 너의 감사를 받아들이지."

"뭐라고?"

"그날 삼사형과 내가 똑같이 너를 구해주었으니 그리 부끄러운 일은 아닐 거야."

"허허—"

기가 막히고 어이가 없어서 헛웃음만 나올 뿐이다. 도대체 억지도 이런 억지가 어디 있단 말인가. 소봉이 작정하고 시비를 걸기 위해 찾아온 것처럼 보였다.

아니면 그때나 지금이나 철이라고는 하나도 들지 않은 철부지 아가씨일 것이다. 사부와 사형들의 사랑과 귀여움을 받으며 살아왔을 테니 그럴 만도 했다. 소봉의 머리 속에는 세상에서 제가 제일이라는 지독한 오만이 가득한 건지도 모른다.

시비를 걸기 위해서 왔든, 철이 없어서 투정을 부리러 왔든 무진에게는 이 골치 아픈 아가씨와 더 상대하고 싶은 마음이 없었다.

"왜? 싫어? 자존심이 상해서? 내가 여자라서 얕보는 거야?"

소봉은 아랑곳하지 않았다. 눈을 치켜뜨고 입술을 삐죽거리며 이리저리 흘겨볼 뿐이다.

"나는 지금 피곤하고, 해야 할 일도 있다. 그러니 다음에 삼웅을 만나면 그때 이야기하도록 하지."

"흥!"

코웃음을 친 소봉이 눈짓으로 무진이 들고 있는 벽옥소를 가리켰다.

"어쨌든 너와 이칠이라는 못생긴 놈을 구해주었으니 그에 대한 보답은 해야 할 것 아냐? 좋아서 한 일이라면 모르겠지만 마지못해 한 일이니 더욱 대가를 받아야겠다."

"뭐라고?"

"절하기 싫으면 그걸 줘. 네 목숨을 구해줬으니 그만한 요구쯤은 할 수 있는 거 아니겠어?"

"벽옥소를 말이냐?"

"그 무식한 놈의 철괴에 맞았다면 네 몸뚱이는 물론 벽옥소도 박살 나서 쓸모없게 되었을 거다. 그러니 목숨을 건진 대가로 그걸 나한테 주는 게 그리 손해는 아닐 거야. 그렇지 않아?"

"허—"

"사부님은 마음이 너그럽고 광명정대하셔서 차마 그걸 빼앗을 수 없었지만 나는 그렇지 않다. 갖고 싶은 건 뭐든 손에 넣어야만 하지."

"보주 앞에서도 말했지만 이건 선친께서 남기신 유일한 물건이다. 누구에게도 줄 수 없어. 그러니 그만 돌아가라."

"은혜를 모르는 배은망덕한 놈."

"예나 지금이나 고약하고 방자한 계집애로구나!"

무진도 화가 나서 소리쳤다. 그 말이 소봉을 더욱 화나게 했던지, 그녀가 새파랗게 질린 얼굴로 발딱 일어섰다. 무진을 노려보는 눈길에 살기마저 어려서 번쩍였다.

"그러잖아도 언제든 네놈을 만나 칠 년 전에 얻어맞은 한을 풀려고 했는데 잘됐다."

옷소매를 둥둥 걷어붙여서 희디흰 팔목을 드러내며 이를 뽀도독 가는 것이 앙칼지고 어이없으면서 한편으로는 귀여운 생각마저 들었다.

무진은 그 모습에 그만 화를 풀고 피식 웃고 말았다. 이건 마치 떼를 쓰는 어린 동생 같다는 생각이 들어서다.

"덤벼봐! 나한테 지면 옥소를 주는 거야."

제멋대로 그렇게 결정해 버린 소봉이 몸을 낮추고 긴장했다.

"이봐, 이 철없는 아가씨야. 나는 너하고 싸우고 싶은 생각도 없고, 옥소를 주고 싶은 마음도 없다."

"흥! 나는 반드시 빼앗아서 사부님께 드리고 말 테다."

"응? 네가 갖겠다는 게 아니었어?"

"네놈이 무례하게도 사부님께 바치지 않으니 내가 뺏어서라도 드리려는 거야."

"허허—"

무진은 더욱 기가 막혔다. 헛웃음밖에 나오지 않는다. 정말 이 아가씨가 생각이 없는 건지, 철이 없는 건지 알 수 없었다. 사부님을 생각하는 마음이야 기특하지만 고작 생각해 낸 게 이런 방법이라니 그렇다.

무진이 한심하다는 듯 물끄러미 바라보자 소봉의 자존심이 몹시 상했다. 이놈을 때려줘서 정신이 들게 해야겠다는 마음을 단단히 먹은 듯 곧장 탁자를 걷어차고 달려들었다.

꽝!

그녀가 한 발을 번쩍 들어 탁자를 걷어찬 것과 함께 무진이 한 손으로 그것의 모서리를 움켜쥐었다. 걷어찬 힘과 붙들어두는 힘이 교묘하게 맞아서 탁자는 꿈쩍도 하지 않았다.

"이놈이?"

더욱 화가 난 소봉이 다시 걷어찼다. 이번에는 내력을 아낌없이 쏟아 넣은 발길질이라 그 힘이 사납고 무서웠다. 탁자가 견디지 못하고 우지끈! 하는 요란한 소리를 내며 몇 조각으로 갈라져 부서졌다. 그러자 그것을 홀쩍 뛰어넘은 그녀가 허공에 몸을 띄운 채 번개 같은 발길질을 해댔다.

쉭쉭거리는 바람 소리와 옷자락 펄럭이는 소리가 요란하게 났다. 몸이 허공에 떠 있는 잠깐 동안에 무려 다섯 번이나 걷어찬 것이다.

무진은 그 신속하고 정교한 쌍비각(雙飛脚)의 수법에 감탄했다. 지난 칠 년 동안 소봉의 무공이 놀랍게 발전했다는 걸 그 발길질에서 알아보고 느낄 수 있었던 것이다.

그러나 소봉이 그때의 소봉이 아니듯 무진도 그때의 무진이 아니었다. 아니, 소봉의 발전보다 무진의 발전이 더욱 눈부시고 놀랍다.

가볍게 몇 번 몸을 흔들고 세 걸음 움직였을 뿐인데, 그녀의 쌍비각 절기가 나뭇가지 사이로 스쳐 가는 바람처럼 덧없이 흘러가 버렸다.

무진의 뒤쪽에 사뿐히 내려선 소봉이 '이얍!' 하는 앙칼진 기합성을 터뜨리며 권장지를 어지럽게 쳐냈다. 한 걸음 한 걸음 무겁고 신중하게 내딛어 들어오며 두 손을 때로는 크게, 때로는 작게 휘두르고 찔러 오는 솜씨가 눈부셨다.

무진과의 사이를 한 걸음 반으로 고정시키고 그의 움직임에 따라 달려들거나 주춤거리며 쳐내는 수법이 몸에 익을 대로 익어서 자유로워 보였다. 무진의 보법을 저절로 따라 하듯 움직이는 그녀의 운신법이 고절하기 짝이 없었다. 절대로 한 걸음 반의 거리를 잃지 않았던 것이다.

"흠, 이건 좋은 수법인걸?"

무진이 감탄성을 터뜨렸다. 슬쩍슬쩍 몸을 비틀고 손을 뻗어 가볍게 소봉의 주먹을 밀어내며 유심히 그녀의 보법을 관찰했다.

소봉이 무진을 핍박하고 있는 수법은 창룡칠교(蒼龍七巧)라는 절기였다. 초식이 신묘하고 정교하며, 변화가 가볍고 신속했다. 게다가 모양이 아름답고, 작은 힘으로 큰 효과를 얻을 수 있는 것이어서 여인이 익히기에 무엇보다 알맞은 절기인 것이다.

보법이 초식의 변화를 떠받치는 것이 구름이 느릿느릿 흐르는 듯했으나, 넓은 범위에 두루 통하고 있었다. 마음이 초식을 이끌고 보법이 마음에 따라 스스로 그렇게 되듯 상대의 움직임에 반응하고 있었으니, 창룡칠교의 오묘한 점은 권장의 묘용보다 바로 그 보법의 신묘한 데에 있다고 해도 과언이 아니다.

무진은 단번에 그와 같은 것을 알아보았다. 소봉의 재빠른 공세 속에서 그것의 근본을 꿰뚫어본 것이다.

그녀가 주먹을 후려치고 손날을 세워서 날카롭게 베어올 때마다 귓가에 쉭쉭거리는 매서운 바람 소리가 스쳤다. 일 보 반의 허공에 그녀가 뿜어내는 잠력과 암경이 가득 차서 윙윙거렸다.

무진에게 문득 짓궂은 생각이 들었다. 그녀의 내력은 과연 어느 정도일까? 하는 궁금증이 인 것이다.

소봉의 어깨가 들썩이더니 화룡승문(火龍昇雯)의 초식이 펼쳐졌다. 왼쪽 주먹이 곧장 턱을 노리고 빙 돌아 나오고, 오른쪽 장권이 짧고 격렬하게 옆구리를 눌렀다.

쉭, 하는 바람 소리가 들렸다 싶은 순간에 벌써 그녀의 주먹과 손바닥이 눈앞에 어른거리고 옷깃을 스쳤다. 그리고 아차, 하는 사이에 급히 변하여 때리고 누르던 수법이 찌르고 부수는 수법으로 바뀌었다.

주먹이 팔꿈치로 변하여 태양혈을 부술 듯 위협하면서 장은 지법으로 바뀌어 명치에 있는 거궐(巨闕)과 유문(幽門)을 찌르고 기문혈(期門

穴)을 압박했다. 모두가 단번에 목숨을 빼앗거나 중상을 입힐 수 있는 악독한 수법이라 무진이 크게 놀라 소리쳤다.

"심하다!"

여태까지 여유롭게 상대하던 태도가 싹 변했다. 불쑥 가슴을 내밀어 급하게 거리를 좁히고 다가선 그가 양손에 내력을 끌어올려 그녀의 팔꿈치와 손가락을 밀치고, 무릎을 살짝 굽힌 기세를 몰아 한쪽 어깨를 내밀었다.

퍽!

그의 어깨와 소봉의 몸통이 부딪치자 답답한 소리가 터져 나왔다.

"어맛!"

소봉이 무섭게 쏟아지는 무진의 내력을 견디지 못하고 날카롭게 비명을 터뜨리며 쿵쿵거리고 밀려났다. 초식은 어떨지 몰라도, 칠 년 전이나 지금이나 내력에 있어서 그녀는 무진의 상대가 되지 못했던 것이다.

■제4장■
음룡벽옥소(吟龍碧玉篇)

"이 나쁜 놈! 감히 나를 때리다니!"

소봉이 불길이 확확 이는 눈길로 무진을 잡아먹을 듯 노려보며 이를 악물었다. 무진이 빙긋 웃고 달래듯 말했다.

"이봐, 나는 너와 싸우고 싶지 않다. 그러니 그만 돌아가도록 해."

"듣기 싫어! 나는 반드시 너를 때리고 말 테다!"

"이제 그렇게 할 수 없다는 걸 잘 알았을 텐데?"

"알긴 뭘 알아? 알고 싶지도 않다!"

제 분을 참지 못하고 발을 구르며 악을 쓴 소봉이 다시 던지듯 몸을 부딪쳐 왔다.

그녀의 수법이 돌변하여 이번에는 매우 빠르고 격렬하게 변했다. 번쩍 하고 달려든 순간에 칠권(七拳) 오각(五脚)을 벼락치듯 퍼부었는데, 그 기세의 날카로움과 맹렬함이 보기 드문 것이었다.

무진이 눈살을 찌푸렸다. 그녀가 이처럼 고집스럽게 나오니 귀찮기도 하고 짜증이 나기도 했던 것이다. 차라리 꼼짝하지 못하도록 혼내줘서 내쫓는 게 나을지 모른다는 생각도 들었다.

하지만 자기는 손님이고 소봉은 주인이다. 게다가 보주에게 신세를 지고 있는 입장이기도 하니 그렇게 하는 것은 또 곤란했다.

이래저래 소봉은 상대하기 까다로운 아가씨라 못마땅하기만 했다.

무진은 그녀의 공세 속에서 이리저리 몸을 움직여 피하거나 적당히 손발을 움직여 막아내는 일에 짜증을 느꼈다. 한 번쯤 혼을 내주지 않으면 그칠 것 같지가 않았다.

사실 소봉은 그런 무진의 소극적인 대응에 더 화가 나 있었다. 자신을 무시하는 것 같아서 기분이 나빴고, 무진이 이처럼 강해져 있다는 게 자존심 상했던 것이다. 칠 년 전에는 자기가 무진을 공깃돌처럼 가지고 놀았는데, 오늘은 무진이 저를 아이처럼 다루고 있다는 걸 믿을 수 없기도 했다.

"이얏!"

그녀가 앙칼지게 고함을 치며 더욱 매섭고 빠른 초식을 구사해서 무진의 온몸을 난타해 들어왔다. 창룡칠교의 수법 중에서도 가장 정교하고 위력적인 운룡쟁투(雲龍爭鬪)의 초식이었다.

한 번 몰아치기 시작하자 그녀의 두 손과 두 발은 네 마리의 성난 용이 된 듯했다. 각기 다른 곳을 노리고 번갈아 쳐 나오는데, 언제나 한쪽은 눈을 현혹하는 허초이고, 다른 쪽이 위력을 한껏 품은 실초였다. 왼쪽을 노리는 척하면서 갑자기 오른쪽을 들이치고, 위를 위협하는 척하다가 돌연 발목을 걸어차는 식이었던 것이다.

때로는 그런 허초와 실초가 순식간에 뒤바뀌기도 했으므로 한시도 방심할 수 없고, 한순간도 눈을 뗄 수가 없었다.

"허!"

무진이 감탄을 터뜨렸다. 과연 소봉의 권법은 여태까지 보지 못한 신묘한 절기였던 것이다. 그의 몸이 단단하고 내력이 소봉을 압도할 만하기에 다행이지 그렇지 않았다면 벌써 어디가 깨지든 깨져서 주저앉았을 것이다.

무진은 더욱 긴장하여 몸을 웅크리고 기회를 엿보았다. 단번에 뛰어들어 제압해 버릴 작정을 한 것이다.

그가 당순지로부터 전해받은 온가장타(溫家長打)의 칠십이행착(七十二行着), 이십사심퇴(二十四尋腿), 삼십육합쇄(三十六合鎖) 등의 수법은 지극히 파괴적이고 맹렬한 실전의 권법이었다. 한 번 부딪치면 반드시 상대의 기세를 쪼개고 뼈를 부수어놓는 험한 것이다.

'적당히.'

무진은 자꾸 자기 자신에게 그렇게 암시를 주고 있었다. 잘못해서 소봉의 뼈마디라도 부러뜨려 영영 힘을 쓰지 못하게 만들었다가는 보주의 진노를 사게 될 게 뻔하기 때문이다. 그랬다가는 살아서 흑룡보를 빠져나가기가 어려워지리라. 그러니 수법과 힘을 잘 조절해서 그녀를 물리치는 수밖에 없었다. 다시 덤벼들 생각을 하지 못하도록 따끔하게 혼을 내주는 정도가 좋은 것이다.

"조심해라!"

버럭 소리친 무진이 두 팔을 휘둘러 소봉의 손과 발을 쳐내며 왈칵 다가들었다. 그의 왼손이 그녀의 얼굴을 쓸 듯이 위협했다. 소봉이 눈을 가리며 갑자기 쏟아져 들어오는 경풍에 놀라 주춤한 순간 그녀의 어깨가 무진의 오른손에 단단히 잡혔다.

“악!”

뼈가 부서지는 것 같은 고통을 느낀 소봉이 찢어지는 듯한 비명을 터뜨렸다. 무진이 슬쩍 그녀의 발목을 걸어 올렸고, 어깨를 쥔 손을 당겨서 휘돌리자 소봉의 몸이 허공을 날았다.

꽝! 하는 소리가 났다. 일 장여나 날려가 벽에 등을 세게 부딪친 그녀가 머리를 아래로 한 채 주르륵 미끄러져 내리더니 다시 바닥에 정수리를 찧고 축 늘어졌다.

무진이 눈살을 찌푸렸다. 그렇게 조심했건만 너무 심했나? 하는 걱정이 들어서였다. 혹시라도 목뼈가 부러지기라도 했다면 큰일 아닌가.

그가 달려가서 그녀를 부축해 일으켜야 할지, 그대로 두고 봐야 할지 결정하지 못하고 엉거주춤한 모양으로 서서 망설일 때였다.

짝짝짝짝―

밖에서 갑자기 경쾌한 소리가 들렸다.

휘딱 돌아본 무진이 ‘음―’ 하고 눈살을 찌푸렸다. 뜰에 한 사람이 우뚝 서서 손뼉을 치고 있었던 것이다.

“잘했어. 아주 멋지고 깨끗한 솜씨다.”

사표였다.

그가 빙긋 웃으며 엄지손가락을 치켜 세워 보았다. 그러나 그 눈만은 서늘한 한광을 띤 채 이글거리고 있었다.

“칼 솜씨만 뛰어난 줄 알았더니 박투의 재주 또한 남다른 데가 있구나. 소봉을 아이처럼 다루다니, 역시 대단해.”

“회복된 모양이구나.”

무진이 빙긋 웃어주는 걸로 대답을 대신했다.

사표가 여전히 뜰에 버티고 선 채 역시 빙긋 웃었다.

"사흘 동안 꼼짝하지 못하고 운기요상을 해야 했지. 너 원숭이 같던 촌뜨기 꼬마 놈이 이처럼 대단해졌다니 과연 놀라지 않을 수 없는 일이야."

무진이 눈살을 찌푸렸다. 칠 년 전이나 지금이나 자신을 비웃고 조롱할 뿐이기 때문이다.

기분이 나빠진 무진이 턱짓으로 소봉을 가리켰다. 그녀는 아직도 정신을 차리지 못한 채 벽 아래 허리를 새우처럼 구부리고 쓰러져 있는 중이었다.

"데리고 가라."

사표가 머리를 가로저었다.

"제 발로 왔으니 제 발로 걸어가겠지. 신경 쓸 것 없다."

"뭐라고?"

무진은 제 귀를 의심했다.

"너희들은 다정한 사형제가 아니었나?"

"다정한 것과 이런 일에 도움을 주는 것과는 다른 문제야."

무진은 이제 이들 모두가 지겨워졌다. 어서 흑룡보에서 나가고 싶기만 할 뿐이다. 그가 불쾌한 감정을 숨기지 않은 채 손을 내저었다.

"할 말이 있어서 왔으면 하고 그렇지 않으면 돌아가라."

"내려와라."

"응?"

"가리지 못한 승부를 가려야지?"

사표가 제 검집을 툭툭 두드리며 비웃음을 잔뜩 담은 얼굴로 무진을 바라보았다.

"너는 싸우려고 온 거냐? 왜? 너 역시 이 음룡벽옥소가 탐나서?"

"그까짓 퉁소가 뭐 대단하다고 탐내겠어? 나는 네 목을 원할 뿐이다."

"불구대천의 원수도 아닌데 그럴 필요가 있을까?"

"네가 내 일을 그르쳤고, 사부님의 계획이 어긋나게 만들었다는 걸 잊었나? 그 일로 나는 사부님께 몹시 혼났다. 다시 신망을 회복하려면 오랜 세월이 걸릴지도 몰라."

무진은 그들 다섯 명의 사형제끼리 서로 사부의 신임을 얻기 위해 경쟁하고 있다는 걸 눈치챘다. 흑룡보주가 그렇게 키웠을 것이다.

"너희들은 서로 경쟁을 하고 있구나?"

"어디에나 경쟁은 있다. 강호는 특히 그런 곳 아니더냐? 강한 자만이 살아남는다."

"나를 죽여서 너에게 이로운 게 뭐냐?"

"별로 없어."

사표가 선뜻 그렇게 말했으므로 무진은 눈을 크게 떴다.

"없다고? 그런데도 굳이 나를 죽이겠단 말이냐?"

"내 검이 밀렸다는 걸 인정하고 싶지 않거든. 그러니 반드시 내 검이 네 칼보다 뛰어나다는 걸 입증해 보이고 말 테다."

"하―"

무진이 한숨을 쉬었다. 도대체 소봉이나 사표는 무슨 생각을 갖고 사는 건지 알 수 없었다.

문득 무진의 머리 속에 떠오르는 것 하나가 있었다. 그가 피식 웃었다.

"그렇군. 너는 질투를 하는 거로군. 칠 년 전이나 지금이나 말이야."

사표의 얼굴이 처음으로 일그러졌다.

“네 멋대로 생각해라.”

칠 년 전에 그는 사부가 꾀죄죄한 무진을 가리키며 ‘내 다섯 제자보다 뛰어난 놈’이라고 칭찬했을 때 심한 질투와 모욕감을 느꼈었다. 그리고 지금 사부가 무진의 솜씨를 탐내며 그를 끌어들이려 하는 걸 알고 다시 그런 마음이 된 것이다.

무진은 사표가 이처럼 집요하게 구는 데에는 또 다른 이유가 있을 것이라고 생각했다. 그렇다면 그건 강한 자만이 모든 것을 얻을 수 있도록 한 보주의 방식 때문일 것이다.

“너는 네 사부가 너를 버리고 나를 택할지도 모른다고 여기는 거로군? 그래서 불안해하고 있구나?”

무진이 넌지시 물어보자 사표의 낯빛이 창백하게 변했다.

“으흐흐흐— 너 같은 촌놈이 어찌 사부님의 심중을 헤아린단 말이냐? 가소롭구나.”

“그게 아니라면 이런 싸움은 의미가 없다. 그러니 돌아가라.”

“아니, 그럴 수 없지. 말했잖아? 나는 너를 죽여서 내가 강하다는 걸 내 자신에게 입증해 보이고 말 테다.”

“어리석구나!”

소봉에 이어서 사표에게까지 짜증이 난 무진이 버럭 소리쳤다. 그러나 사표는 다시 유들유들한 표정을 되찾고 손짓할 뿐이었다.

“내려와라. 일검의 승부를 다시 한 번 가려보자. 아주 통쾌하고 짜릿하지 않겠어?”

“병장기를 들고 싸우게 되면 반드시 죽거나 다친다. 나는 그렇게 하고 싶은 마음이 없다.”

“두려운 거냐? 그렇다면 무릎을 꿇고 항복해. 네 머리통을 한 번 밟고 나서 용서해 줄 테다."

이쯤 되면 더 물러설 데가 없다. 그러나 역시 그를 죽여서는 안 되고, 더 더욱 그의 검에 죽을 수도 없었다.

무진은 어려운 싸움이라고 생각했다. 내 마음대로 할 수 없으니 그렇다.

내가 다치지 않으면서 사표를 물리칠 좋은 방법이 없을까? 하고 고심하던 무진은 문득 제가 지금 음룡벽옥소를 들고 있다는 걸 생각했다.

이것을 꺼내 들고 다섯 괴한들과 맞서 싸우던 아버지의 모습이 떠올랐다. 아버지는 옥소를 휘둘러서 서슴없이 그자들의 검을 누르고 칼을 쳐냈다. 그때 하늘 가득 울리던 그 날카롭던 피리 소리가 귀에 쟁쟁 울렸다.

'어디 한번.'

무진에게 불쑥 그런 충동이 일었다. 아버지를 흉내 내보자는 마음이다.

아버지는 이 옥소 한 자루로 뭇 영웅들 위에 군림했을 것이다. 아버지에게 이것은 악기이면서 병장기이고 당신을 나타내는 신물이기도 했으리라.

이것을 휘두르면 아버지의 영혼이 저에게 깃들어 하나가 될지도 모른다는 생각도 들었다. 불쑥 되살아난 간절한 그리움이면서 안타까움이고 아버지와 함께 평화롭게 살던 그때로 돌아가고 싶다는 소망이기도 했다.

"좋다."

크게 머리를 끄덕인 무진이 성큼 당에서 나와 뜰로 내려섰다. 사표가 눈을 크게 떴다.

"맨손으로 하겠단 말이냐?"

"아니, 이것이면 충분하다."

벽옥소를 들어 보였다. 사표의 얼굴 가득 불쾌함이 떠올랐다. 저를 무시한다고 여긴 것이다. 그가 입술을 악물었다. 눈빛이 표독하고 살기를 품었다.

"흐흐흐, 좋아. 네가 선택한 일이니 후회는 하지 않겠지."

스르릉—

성큼 물러선 사표가 검을 뽑았다. 번쩍이는 검신이 눈부시다. 한껏 그의 내력을 싣고 웅웅 우는 검인(劍刃)에 새파란 요기(妖氣)가 어렸다. 그때는 몰랐는데 지금 다시 보니 보기 드문 검이었다.

'명검이로군.'

무진은 그것이 보주가 모았다는 백 자루의 명검 중 하나일 것이라고 짐작했다. 틀림없을 것이다.

"간다!"

사표가 훌쩍 뛰어들었다.

그의 표홀한 신법은 축융전 앞에서 이미 한차례 겪어본 바가 있다. 무진은 눈을 부릅뜨고 그의 움직임을 머리 속에 새겼다.

씨이잉—

검이 바람을 가르며 떨어졌다. 무진은 그것이 축융전에서의 일격과는 사뭇 다르다는 걸 알았다. 그때는 무지막지한 힘으로 부딪쳐 단번에 깨뜨리려고만 했었는데 지금은 빠르고 정교한 검법으로 몰아쳐 왔던 것이다.

아차, 하는 사이에 사표의 검봉이 미간을 위협했다. 무진이 급히 몸을 기울이며 옥소를 휘둘러 검을 쳐올렸다. 바람 소리에 실려 삐이—

하는 소성(簫聲)이 한차례 울렸고, 쨍! 하는 경쾌한 소리와 함께 사표의
검이 튕겨졌다.

벽옥소는 깨지기 쉬운 물건이다. 검과 부딪친다면 견뎌낼 리가 없
다. 그래서 무진은 그것에 자부신공을 한껏 불어넣어야 했다. 옥소를
통해 신공을 흘려보냄으로써 사표의 검을 누르는 것이다.

사표의 음침한 눈빛에 조심하는 기색이 어렸다. 무진의 내공이 뛰어
나다는 걸 이미 알고 있었으므로 직접 부딪치기를 꺼려하는 것이다.
그가 방법을 바꾸어 검법으로 누르려 하는 데에는 그런 이유가 있었다.

주춤거렸던 사표가 무진이 옥소를 거두는 순간을 붙들고 눈에서 불
길을 뿜어내며 더욱 맹렬하게 들이쳐 왔다. 무진이 즉시 벽옥소를 휘
둘러 엄밀한 수세를 취했다.

삐이이—

허공에 날카로운 소성이 울렸다. 벽옥소가 푸른 기운을 사방에 뿌리
며 이리저리 휩쓸어갈 때마다 높고 낮은 퉁소 소리가 쉬지 않고 흘러
나왔는데, 때로는 고저장단이 절묘하게 맞아서 귀를 황홀하게 했다.

한 번 퉁소의 맑고 높은 소리가 허공에 울려 퍼지자 가슴이 시원해
지고 기혈이 맹렬하게 솟구쳤다. 그것이 다시 퉁소에 흘러 들어가고,
그러면 퉁소는 더욱 높고 맑은 소리를 허공에 남긴다.

그 소리가 무진의 자부신공을 이끌고, 자부신공이 다시 퉁소 소리를
만들어내는 격이었다.

'아!'

무진이 내심 놀람의 탄성을 터뜨렸다.

옥소와 신공이 절묘하게 조화를 이루어서 서로를 이끌어주니 그렇
다. 이제 무진의 진기는 마르지 않고 솟아나는 샘처럼 넘쳐 났다. 정신

이 통소 소리에 맑아지고 기력이 더욱 충만해져서 손발에 신명이 돌았
다.

삐이이이—

더욱 맑고 청량한 소리가 울려 퍼진다. 그것이 사표에게는 견딜 수
없는 혼란이고 고통이었다. 고막을 찌르는 그 날카로운 소성 때문에
정신이 없을 지경이니 제대로 검초를 뽑아낼 수가 없었다.

사표가 부드득 이를 갈았다. 손에 쥔 신검으로 저까짓 벽옥소 하나
를 쪼개지 못한다는 게 분하고 억울했다.

"이얍!"

그가 이를 악물고 더욱 빠르고 맹렬하게 검초를 떨쳐 냈다. 온 정신
을 검에 집중시키려고 애쓰자 옥소 소리가 멀어지는 듯했다.

사표의 검법은 보주의 다섯 제자들 중 가장 뛰어나다. 그의 자질이
특출한 데가 있어서 보주의 절기를 열에 일고여덟은 배웠기 때문이다.

그가 특히 공을 들인 것은 지금 무진을 상대로 하여 급하게 몰아치
고 있는 검법으로써, 창룡십이검(蒼龍十二劍)이라는 것이었다. 그것에
는 웅장하고 표홀하면서 신랄한 데가 있었다. 검초에 실린 기세가 장
엄하고, 깃들어 있는 뜻이 심오한 것이 현문(玄門)의 정종검법(正宗劍
法)이 분명했다.

사표는 그 검법에서 변화무쌍함과 신랄함을 극대화시켰다. 검의(劍
意)보다는 검초(劍招)에 제 뜻을 둔 것이다. 그래서 사표가 펼치고 있는
창룡십이검은 원래의 웅장함 대신 쾌속하고 강렬함이 극대화되어 있었
다.

그것이 무진의 벽옥소를 젖히며 수시로 파고들어 옷깃에 닿았다. 그
때마다 무진은 서늘하게 밀려드는 검기에 움찔움찔 놀라곤 했다.

상대의 빈틈을 놓치지 않고 일격에 쳐 넘기는 실전적인 도법을 장기로 하고 있는 무진은 누구보다 눈이 빠르고 밝았다. 어지러운 검초를 한눈에 살펴보고 허실을 본능적으로 파악하는 능력이 극대화되어 있는 것이다. 그가 익힌 절강무예가 그렇게 만들어주었다.

그건 죽고 사는 게 눈앞에서 결정되는 수많은 싸움을 통해 몸에 배어든 감각이었다. 그리고 무진에게는 그런 감각이 다른 사람보다 특별히 발달되어 있었다.

사표의 검법이 뛰어나다는 걸 알아본 무진은 더욱 정신을 집중해서 그의 허실을 탐지하고 수법의 빈틈을 노렸다.

사표의 낮은 기합 소리가 끊임없이 으르렁거리며 귓전에 맴돌았고, 그의 재빠른 검봉이 쉿쉿거리며 온몸을 위협했지만 무진의 침착함은 흔들리지 않았다.

맑은 퉁소 소리가 더욱 높게 울렸다. 벽옥소가 한 번 한 번 사표의 검을 두드려 대고 훑어 오를 때마다 낭랑한 쇳소리와 지이익― 하고 긁어대는 귀 따가운 소리가 터져 나왔다. 그러면 사표는 팔목을 은은히 저리게 하는 무진의 엄청난 내력을 감당하지 못하고 검로(劍路)를 잃은 채 주춤거려야 했다.

어느덧 사표의 눈에 핏발이 섰다. 악문 이가 부드득거리며 갈리고 이마에 굵은 힘줄이 불끈 일어섰다. 자신의 검초를 무진이 토막토막 끊어내고 튕겨내기를 거듭하자 마음의 분노가 커져서 초조해지기까지 했다.

삐이이―

소성은 갈수록 날카로워졌다. 진기를 충만하게 실은 퉁소가 푸른 빛을 눈부시게 뿌리며 허공을 가르고 꿈틀거릴 때면 웅웅거리는 진동음이 두텁게 밀려들어 가슴을 압박했다.

"치잇!"

사표가 분한 숨을 격하게 뱉어냈다. 그의 검초가 돌변했다. 미친 듯이 휘두르고 찔러오는 손속에 광기마저 어려서 전후를 구분해 볼 수 없을 지경이 되었다. 언뜻 보면 무지막지한 난검(亂劍)인 듯했으나 검 끝에 살아 있는 변화는 정교하고 치밀하기만 했다.

사표는 매우 빠르고 격렬하게 움직이고 있었지만 무진은 침착하게 한 수 한 수를 내뻗어서 막고 튕겨내는 일을 거듭하고 있었다. 수세에 몰려 있는 듯해도 이 싸움의 주도권은 무진에게 있었다. 사표의 검이 벽옥소를 뚫지 못하고 있었던 것이다.

"조심해라!"

무진이 무겁게 외쳤다. 그리고 그의 수법도 돌변했다. 여태까지 지켜왔던 수세를 버리고 적극적으로 두드리기 시작한 것이다. 퉁소에 실렸던 진기가 더욱 커지고, 벼락처럼 들이치는 사나움이 단번에 사표의 검법을 압도했다.

씨이이─

이제 허공에 쏟아지는 퉁소 소리는 비수가 되었다. 사표는 날카로운 칼날들이 허공을 가득 메우고 떨어져 온몸에 박혀드는 듯한 착각을 느꼈다. 그의 눈이 커졌다. 그리고 무진의 벽옥소가 태산을 옮겨온 듯한 힘으로 검신을 두드렸다.

따앙─

무지막지한 충격이 사표의 팔목과 팔꿈치와 가슴에 쏟아져 들어왔다. 숨이 턱, 막히고 기혈이 요동쳤다.

"우욱!"

사표가 기어이 더 견디지 못하고 답답한 신음을 흘리며 물러섰다. 그러나 무진은 그의 그림자가 된 듯 떨어지지 않는다. 바람처럼 휩쓸어가는 벽옥소의 푸른 빛과 용음(龍吟)이 그물처럼 사표를 덮어씌웠다.

"타핫!"

사표는 절망 속에서 무진의 낭랑한 기합성을 들었다. 그리고 어깨에 가해지는 커다란 충격과 함께 몸이 뒤로 내던져졌다. 무진이 벽옥소를 휘둘러 그의 어깨를 두드리면서 왼손을 뻗어 가슴에 일장을 때린 것이다.

쿵, 하는 소리와 함께 그의 몸이 던져진 나무토막인 것처럼 정원 한 구석에 처박혔다. 갑자기 적막이 내리 덮였다. 무진은 벽옥소를 든 채 멍하니 허공을 바라보고 있었다.

"아!"

뒤에서 문득 소봉의 탄성이 들려왔다. 무진이 천천히 돌아보았다. 거기 소봉이 새파랗게 질린 얼굴로 부들부들 떨며 서 있었다. 그녀는 낱낱이 지켜본 것이다. 그리고 무진의 무서움에 두려워하는 한편, 사표의 패배에 커다란 충격을 받았다.

"너, 너……."

무진을 가리키는 손가락이 덜덜 떨렸다.

*　　　*　　　*

"이 안에는 큰 비밀이 있다."

무진은 탁자 위에 벽옥소를 올려놓고 깊은 생각에 잠겨 있었다.

밤이 깊어갔지만 그것마저 알지 못하는 듯했다. 둥근 창문을 통해

한 가닥 흐린 달빛이 비쳐들어 무진과 벽옥소를 은은히 비쳐 주었다.

사표와 싸우던 일을 거듭 생각해 보아도 벽옥소에서 울려나던 그 신비한 소리 외에 또 다른 무엇이 있는지 알 수 없었다. 자부신공과 벽옥소의 맑은 소리가 서로 상승 작용을 일으킨다는 것을 알아낸 것만 해도 큰 수확이다. 하지만 무진은 벽옥소에 감추어져 있는 더 큰 비밀이 있으리라는 걸 알았다.

'어쩌면 그들 다섯 괴한들도 벽옥소의 비밀은 모르고 있었을 것이다.'

문득 그런 생각이 들었다. 그들의 말이 떠올랐기 때문이다.

"쳇, 촌놈들도 안 갖는 재수없는 물건이다. 난 필요없어."

그들은 그렇게 말하고 미련없이 떠났다. 그런데 흑룡보주는 달랐다. 벽옥소를 바라보는 눈에 가득하던 탐심을 무진은 떨쳐 버릴 수 없었다.

'그렇다면 아무도 알지 못하는 그것의 비밀을 흑룡보주는 어떻게 아는 것일까?'

그런 의문이 무진을 괴롭혔다. 그는 아버지를 알고 있고, 아버지의 신물인 이 벽옥소의 비밀을 알고 있으면서, 또한 신비 집단에 대한 것마저 알고 있는 듯하다. 하지만 이 일에 관계된 사람이 아니었다. 그렇다면 여기에는 얽히고설킨 복잡한 사연이 있다는 얘기였다.

'어쩌면 흑풍객도 그 사연의 한 가닥을 잡고 있는 사람일 것이다.'

문득 그런 생각도 들었다. 흑풍객과 흑룡보주와의 모호한 관계를 떠올리고, 그와 아버지와의 관계를 떠올리자 그런 생각이 든 것이다. 그리고 이제 조금씩 그 관계의 실마리가 무진 앞에서 풀어지려 하고 있었다.

　무진은 흑룡보주와 담판을 지어야겠다고 결심했다. 흑풍객이 그렇게 했듯 자신도 한 번 도박을 해보려는 것이다.

　그런 생각들로 꼬박 날을 샜다.

　동녘 하늘이 훤하게 밝았을 때 급히 다가오는 발소리가 들리더니 신태가 늠름한 백의청년이 성큼 들어섰다.

　"곽 소협을 뵈오!"

　붉은 피풍(披風)을 젖히고 씩씩하게 포권하며 머리를 숙였다. 그 음성에 깃든 충만한 진기가 무진을 어리둥절하게 했다.

　무진은 그가 흑풍객을 따라왔을 때 보았던 청년 검수들과 같은 무리라는 것을 짐작했다. 그때는 흑의에 붉은 피풍을 두른 스무 명의 영기발랄한 청년 검수들이 흑풍객을 맞았었다. 지금 눈앞에 있는 자는 백의를 입고 있었지만 그들과 같은 무리일 것이다.

　"형장은 누구시오?"

　무진이 의아해서 묻자 백의청년이 담담한 얼굴로 말했다.

　"보주님을 호위하는 수신위랍니다. 백룡단이지요."

　"그럼 흑룡단은?"

　"응?"

　청년이 어리둥절한 얼굴로 무진을 빤히 바라보았다. 그가 흑룡단을 어찌 아는가 하고 의아해하는 것이다. 무진이 빙긋 웃었다.

　"칠 년 전에 그들을 본 적이 있다오. 그때는 음산검로(陰山劍老) 구양순(邱陽珣) 노선배가 함께 있었는데?"

　"허, 그랬었군요?"

　청년이 여전히 어리둥절해서 무진의 얼굴을 바라보았다.

무진은 그때 보았던 자들이 지금 눈앞에 서 있는 청년처럼 모두 이십대의 영준한 검수들이었으니 이제는 삼십대의 장한이 되었을 거라고 생각했다. 그렇다면 이자는 그들의 다음 대로 뽑힌 호위단의 검수이리라.

"흑룡단과 적룡단은 보주의 명을 받고 떠난 지 며칠 되었답니다. 구양 노사께서 그들을 이끌고 가셨으니 볼 수 없을 것입니다. 지금은 우리 백룡단이 보주님을 호위하고 있지요."

무진이 피식 웃었다. 눈앞의 청년 검수가 순박하고 순진했기 때문이다. 슬쩍 던져 본 자신의 말에 아무 의심 없이 걸려들었으니 그렇다.

'보주가 움직이기 시작했구나.'

그것을 알 수 있었다. 음산검로에게 자신의 정예 호위단을 주어 내보냈다는 건 그만큼 큰일을 꾀하고 있다는 얘기이기도 하다.

'때가 다가오고 있다.'

그런 생각에 무진은 저도 모르게 긴장했다. 칠 년 전, 함께 흑룡보를 떠나 낯선 마을의 신당에서 하룻밤을 보냈을 때 흑풍객은 십 년 뒤 강호에 한바탕 혈풍이 몰아칠 것이라고 했었다. 그 말이 귀에 쟁쟁 울렸다. 흑룡보주는 그 혈풍의 주역 중 한 사람인 게 틀림없을 것이다.

앞으로 삼 년이 남았는데 흑룡보주가 벌써 움직이기 시작했다면 그건 자기 때문일 것이라는 생각도 들었다. 며칠 전 보주와 만났을 때 그가 말하지 않았던가.

"나는 아직 세상에 나서고 싶지 않았는데 사표의 일로 인해 이제는 그럴 수 없게 되었다. 계획했던 것에 차질이 생겼으니 너를 탓하지 않을 수 없지."

‘계획이 앞당겨진 것이다.’

그것이 자기 때문이라는 데에 무진은 더욱 긴장했다.

축융봉에서 아무 생각 없이 했던 한마디가 일을 이렇게 만들고 있는 것이다.

‘정말 영험한 신령이 있어서 소원을 들어주는 것인가?

무진에게 그런 엉뚱한 생각마저 들었다.

축융전에서 성제에게 하루빨리 원수를 찾아 그들의 목을 칠 수 있게 해달라고 건성으로 빌었다. 그리고 잊었는데, 공교롭게도 일이 급하게 돌아갈 기미를 보이고 있는 것이다. 성제가 넓은 아량으로 자신의 불성실한 발원을 들어주기로 작정한 건지도 모른다는 엉뚱한 생각이 들지 않을 수 없다.

스스로를 철저하게 감춘 채 웅크리고만 있던 흑룡보주가 움직였으니 어떤 형태로든 강호에 한바탕 풍파가 일 것이었다. 그렇게 되면 어둠 속에 도사리고만 있던 신비의 집단도 장막을 걷어내고 나서게 될 것이다. 그러면 그들 다섯 명의 원수들과도 머지않아 마주칠 것 아니겠는가.

그 생각이 무진을 들뜨게 하는 한편 두렵게도 했다. 과연 내가 그들의 목을 쳐서 복수할 수 있을까? 하는 생각 때문이었다.

어쨌든, 바야흐로 강호에는 한바탕 폭풍이 휘몰아칠 게 틀림없었다. 그 원인이 무엇인지 무진은 여전히 알 수 없었다. 강호에 무언가 커다란 힘이 있어서 서서히 모든 것을 빨아들이기 시작했다는 막연한 불안감만 더 커졌을 뿐이다.

무진은 이제 자신도 그 소용돌이에 성큼 들어서 있다는 걸 느꼈다. 발목을 휘감고 무섭게 당겨대는 거역할 수 없는 그 힘이 느껴지는 것 같아서 소름이 끼쳤다.

"보주께서 부르십니다."

수시로 변하는 무진의 얼굴을 바라보고 있던 백의청년이 그렇게 말했다.

"아!"

무진이 비로소 자신만의 깊은 상념에서 깨어나 현실로 돌아왔다.

텅 빈 대전의 높은 단 위에 보주 혼자 앉아 있었다. 칠 년 전 흑풍객과 함께 왔던 바로 그 대전이다.

"감회가 새롭겠지?"

무진이 읍하자 보주가 불쑥 그렇게 말했다. 그의 음성이 무겁게 웅웅 울려 나왔다.

"그렇습니다."

"네 솜씨가 정녕 놀랍다."

"과찬이십니다."

"그때 나에게로 와서 절기를 배우고 익혔더라면 지금쯤은 천하 무림을 오시할 만한 절정의 고수가 되어 있을 텐데 그게 아쉽구나."

무진은 보주의 말이 허풍이라고 여겼다. 그가 마치 자기 자신이 천하제일의 고수라도 되는 것처럼 말하고 있으니 그렇다.

"그때나 지금이나 저는 제가 택한 길을 후회하지 않습니다."

"좋다."

보주의 얼굴이 갑자기 싸늘해졌다. 지그시 무진을 바라보던 그가 불쑥 말했다.

"벽옥소에 깃들어 있는 효용 한 가지를 확실히 알았겠지?"

"그렇습니다."

"사표라는 놈이 여전히 어리석고 서툴러서 너에게 오히려 도움을 준 꼴이 되었구나?"

"그는 최선을 다했고, 저 역시 그랬을 뿐입니다."

"흥!"

코웃음을 친 보주가 다시 한동안 무진을 바라보다가 천천히 말했다.

"벽옥소에는 과연 자부신공의 내력을 북돋아주는 신비한 효험이 있지. 너는 왜 그런지 그 이유를 아느냐?"

"알지 못하고 있으니 부끄럽습니다."

"옛적 선도께서 신공을 창안하시던 중에 우연히 한음벽옥석(寒陰碧玉石)을 얻었더니라."

'선도(仙道)?'

무진이 귀를 쫑긋 세웠다. 처음 들어보는 이름이고 사연이기 때문이다.

한음벽옥석은 땅에서 나는 기물(奇物) 중 흑풍객이 가져왔던 용왕주(龍王柱)와 함께 최고로 꼽히는 이대지보(二大之寶)다. 용왕주가 신검 중의 신검을 만들 수 있게 해주는 현철이라면, 한음벽옥석은 지음지기(地陰之氣)가 쌓여서 이루어진 것이라 품고 있기만 하여도 절로 공력이 증진되는 신통한 것이었다.

그 자체만으로 무궁한 가치가 있어서 누구나 탐내는 보물인 것이다.

"선도는 크게 기뻐하면서 벽옥석을 깎아 한 자루의 통소를 만들었지. 바로 네가 지니고 있는 그것이다."

"아!"

"선도께서는 당신의 신공과 그것이 서로 조화를 이루도록 배려하셨다. 벽옥소 안쪽에 미세한 줄을 새겨 넣어서 자부신공을 주입시켜 휘두르면 옥소가 바람을 토해내는데, 그 소리가 절묘하게도 신공의 운기를 돕도록 한 것이지."

"일종의 음공(吟功)이로군요?"

"그렇다고 볼 수도 있다. 시전자의 정신을 맑게 해주고 신공을 북돋아주면서 상대의 심기를 흩뜨리고 기혈을 들끓게 하는 묘용이 있으니 과연 저절로 음공이 발휘되는 것이라고도 할 수 있지."

처음 들어보는 신기한 말이라 무진은 큰 호기심을 갖고 보주의 말에 귀를 기울였다.

"말년에 선도께서는 드디어 도를 깨닫고 우화등선하게 되었는데, 그 직전에 세상에 인연을 남겨두었다. 그것이 네 부친인 곽문탁에게 이어져서 그가 우연히 선도의 진전과 옥소를 취했던 것이다."

"아, 그런 일이……!"

무진이 저도 모르게 감탄성을 터뜨렸다. 비로소 아버지의 사문에 대한 내력을 알 수 있게 된 것이다. 가슴 벅찬 감동이 밀려들었다.

"그럼 옥소의 비밀이라는 게 바로 그것을 두고 한 말입니까?"

보주가 머리를 가로저었다.

"아니, 그것은 다만 옥소가 지니고 있는 효능의 하나에 지나지 않을 뿐이다."

"그렇다면 다른 것들은 뭐지요?"

"호호호, 내가 왜 너에게 그걸 말해 줘야 하지?"

무진은 보주가 결코 입을 열지 않을 것임을 알았다. 하지만 벽옥소에는 선도라는 분이 남긴 또 다른 무엇이 있는 게 틀림없다. 그걸 확인한 것만도 큰 수확일 것이다. 그러자 다시 의문이 들었다.

“그런데 그 선도라는 분은 대체 어떤 분이십니까?”

“자부선노(紫府仙老)께서는 두루 산천을 돌아다니시며 오직 도를 구하던 분이었으니 세상에는 조금도 알려진 바가 없는 참된 선인이시다. 화산에서 득도하여 선계에 오르셨다고 한다.”

무진은 그가 도호를 자부선인이라고 한 기인이라는 것을 알았다. 그리고 화산파와 인연이 있으면서 세상에는 알려지지 않은 은거 고인이었던 것이리라. 그래서 그를 그저 선도라고 부르는 것이다.

“그렇다면 선친께서는 화산에서 기연을 얻으셨던 것이군요?”

“그렇다고도, 또 아니라고도 할 수 있지.”

“예?”

“곽문탁은 원래 화산의 도사였으나 나중에 스스로 파계하고 속인이 되었더니라. 선도와의 인연이 닿아 그리된 것이니 오늘날 돌아보면 그를 위해서는 불행한 일이었지.”

무진이 멍한 얼굴로 보주를 바라보았다. 아버지가 화산파의 제자였다는 게 놀라운 일이고, 또 스스로 사문을 뛰쳐나왔다는 게 놀라운 일이기만 해서다. 그렇다면 대체 무슨 이유로 그랬단 말인가? 하는 의문이 들끓었다.

한 문파의 제자 된 자가 파문을 당해 쫓겨나는 게 아니라 제 스스로 사문을 박차고 뛰쳐나온다는 건 드문 일이다. 그러니 곽문탁에게는 어떤 기막힌 사정이 있었던 것이리라.

문득 무진은 그런 일들을 소상히 알고 있는 보주는 또 어떤 사람인가? 하는 생각이 들었다.

그가 정신을 차리고 보주를 똑바로 바라보며 물었다.

“대체 보주님은 누구십니까? 어떻게 제 아버지의 일들을 그토록 잘 알 수 있고, 또 세상에 알려지지 않아서 아는 사람이 없다던 선도에 대한 일도 훤히 알고 있단 말입니까?"

"흐흐, 나는 오직 나일 뿐 그 이상도 이하도 아니다. 그러니 너는 더 묻지 말아라."

보주가 음침한 웃음을 흘리며 낮게 말했다. 무진은 그의 표정과 말투에서 그가 커다란 비밀을 감추고 있다는 걸 느꼈다. 그리고 어쩌면 그가 가지고 있는 비밀이 아버지는 물론 흑풍객이나, 신비 집단 모두와 연관되어 있는지도 모른다는 생각이 들었다.

"어쨌든 이제 그것은 곽문탁을 거쳐 네 손에 들어갔다. 하지만 너는 그것의 진정한 주인이라고 할 수 없다."

"뭐라고요?"

"흐흐, 원래 그것은 내 것이라야 했다."

"허—!"

무진이 입을 딱 벌렸다. 도대체 보주가 말하는 의도를 알 수 없었던 것이다.

"곽문탁이 내 것을 잠시 빌려간 거라고 해야 하겠지. 그러니 이제 나는 그것을 다시 찾아오려 한다."

"터무니없는 소리!"

무진이 버럭 소리쳤다.

"흐흐흐, 네가 믿지 않는다면 할 수 없지. 하지만 어쨌든 벽옥소는 나에게 돌려줘야겠다."

"어림없소!"

무진이 단호하게 말하고 성큼 물러섰다. 보주가 단 위에서 이글거리는 눈으로 그를 빤히 바라보았다.

"나는 비겁하게 강탈하거나 훔치지 않을 것이다. 그러니 미리 겁먹을 것 없다."

"무슨 수단을 부려도 나는 결코 이것을 내주지 않을 것이니 단념하시오."

"과연 그렇게 될 수 있을까?"

무진은 애써 제 마음을 가라앉혔다. 흥분하여 날뛰다가는 자칫 보주의 음흉한 흉계에 말려들게 될지 모른다는 경각심이 번쩍 든 것이다.

그가 침착함을 되찾은 얼굴로 차근차근 보주를 설득했다.

"보주님 말씀대로라면 이것은 자부신공과 함께 있어야 비로소 그 진가를 발휘하는 것인데, 세상에서 자부신공을 알고 있는 사람은 이제 나 하나뿐입니다. 그러니 옥소가 보주의 손에 들어간다고 해도 그저 옥통소일 뿐 그 이상의 무엇은 될 수 없지 않겠습니까?"

보주가 말없이 무진을 응시했다. 무진도 지지 않고 보주의 눈길을 받았다. 텅 빈 대전에서 두 사람의 눈길이 불을 뿜으며 치열하게 부딪쳤다.

한참 시간이 지나고 나서 보주가 낮은 음성으로 말했다.

"네가 신공과 옥소를 함께 넘겨준다면 가장 좋겠지."

"흥!"

"하지만 그건 현실성이 없는 일이다. 내가 이 나이에 언제 자부신공을 익혀서 옥소의 효능 덕을 본단 말이냐?"

"그러니 단념하시는 게 좋을 것입니다."

"그렇지 않다, 그렇지 않아."

보주가 한숨을 내쉬고 머리를 설레설레 저었다. 무진은 그의 가슴속에 말하지 못할 비밀이 있다고 생각했다. 그리고 그것은 그가 이처럼 벽옥소를 탐내는 것과 직접적인 관련이 있을 것이다.

"이렇게 하자."

문득 보주가 정색을 했다.

"네가 벽옥소를 나에게 준다면 나는 너를 위해서 한 가지 일을 해주지. 그게 어떤 것이 되었든 다 들어주마. 천하를 갖겠다면 그렇게 해줄 수도 있다."

"허!"

무진이 탄성을 터뜨렸다. 보주의 말이 광오했기 때문이다.

■ 제5장 ■
흑룡보주(黑龍堡主)의 속셈

"그럴 수 없습니다."

무진이 단호하게 말했다.

"천하를 준다고 해도 이것을 드릴 수는 없습니다."

"어째서?"

"아버지의 유품이기 때문이지요."

그 이유 하나만으로도 벽옥소는 무진에게 있어서 천하의 그 어떤 것
보다 소중했다. 그것이 지니고 있는 효능이라든가 비밀을 떠나서 옥소
에 깃들어 있는 아버지의 기억과 체취가 더 소중한 것이다.

"곽문탁의 유품이라……."

보주가 멍하니 허공을 응시하고 중얼거렸다. 그의 얼굴에 쓸쓸함이
어렸다. 그것을 보며 무진은 보주가 선친과 어떤 관계였을까? 하는 의
문이 더욱 일었다.

무겁게 침묵하던 보주가 머리를 끄덕였다.

"너에게 그것이 소중하듯이 나에게도 소중한 것이다. 네가 내놓으려 하지 않지만, 나는 반드시 가져야겠으니 이 일을 어찌하면 좋을꼬?"

"이곳은 흑룡보이고 저는 잡혀온 거나 다름없는 신세이니 칼자루는 보주께서 쥐고 계신 거지요."

"흠, 그렇게 생각하느냐?"

"보주께서 직접 손을 쓸 것도 없이 명령만 하면 수하들이 저를 죽일 것입니다. 그런 다음에 옥소를 가져가면 되지 않겠습니까?"

"하하하, 네가 나를 시험해 보는구나?"

보주가 크게 웃었지만 무진은 정색을 하고 또박또박 말했다.

"보주께서는 대영웅이시라 소인배와 같은 마음을 품지 않으실 터. 대범하게 저를 보내주시는 게 어떻겠습니까?"

"가고 싶으냐? 이곳에 머물면서 나와 함께 강호를 오시한다면 그 또한 통쾌하지 않겠느냐?"

"제게는 해야 할 일이 있습니다."

"곽문탁의 복수를 하려는 것이겠지?"

"그렇습니다. 자식 된 도리로 어찌 아버지의 원한을 모르는 척할 수 있겠습니까? 그 일을 무사히 끝낸다면 그때 가서 보주의 제의를 심각하게 고려해 보겠습니다."

"음—"

보주가 다시 오랫동안 침묵했다. 무엇을 생각하고 있는 건지 그의 안색이 수시로 변하기를 거듭했다. 그리고 드디어 마음에 결심이 선 듯 단호하게 말했다.

"좋다. 그렇다면 이렇게 하자."

“······?”

“나와 내기를 하는 것이다. 네가 이기면 벽옥소를 가지고 가도 좋고, 진다면 그것을 나에게 주고 너도 여기 남는 거다.”

그는 칠 년 전 흑풍객과의 내기에서 큰 손해를 본 적이 있다. 그때도 무진이 내기에 나섰는데 지금 다시 그에게 내기를 하자고 하니 어쩌면 그때의 한을 풀려고 하는 건지도 몰랐다.

“내기라 하시면…… 어떤 것을……?”

보주가 손뼉을 쳤다. 그러자 백의의 호위 무사 한 명이 미끄러지듯 다가와 궁신했다.

“웅패전(雄覇殿)의 오웅조(五雄組)를 불러와라.”

“존명!”

그가 사라지고 나서 일각쯤 지났을 때 대전 안으로 다섯 명의 청의인이 들어왔다. 그들이 보주에게 읍하고 한목소리로 외쳤다.

“명을 받들고 왔습니다!”

충만한 기력이 실린 음성이 웅웅거리며 커다란 메아리를 남겼다.

보주가 무진에게 그들을 가리켜 보였다.

“저들은 내가 지난 십 년간 애써 키워온 검수들 중 수위를 다투는 다섯 명이다. 개개인이 모두 절정의 고수로 꼽히기에 손색이 없지.”

무진은 그들을 자세히 살펴보았다. 중년의 검수들인데, 조용하게 가라앉아 있는 기도 속에서 잘 정제된 장중한 기운이 느껴졌다.

‘과장이 아니다.’

무진에게 긴장이 밀려들었다. 누구 하나 허술해 보이는 자가 없었던 것이다. 대체 보주는 저와 같이 출중한 고수들을 얼마나 거느리고 있는 건지 궁금해졌다.

보주가 무진과 다섯 명의 중년 검수들을 차례로 바라보고 나서 천천히 말했다.

"저들은 오뢰검진(五雷劍陣)을 펼칠 것이다. 네가 그것을 깨뜨리고 나오면 이긴 것으로 하겠다."

"비무를 원하시는 겁니까?"

"흥! 그런 시시한 짓은 내 눈에 차지 않는다."

무진은 이건 곤란하다고 생각했다. 보주가 실전을 요구했기 때문이다. 그렇게 되면 죽거나 죽이는 일이 있을 뿐이다. 흑룡전이 피로 물들게 되리라. 하지만 그것이 과연 보주의 진심인지 아닌지 알 수 없었다.

'나를 시험하는 거다.'

그런 생각이 들면서 또한 이것이 최후의 기회라는 걸 알았다. 더 이상 다른 기회는 오지 않을 것이다. 그러나 맥없이 보주의 뜻에 끌려 다닐 수만은 없었다. 무진이 머리를 가로저었다.

"불공평합니다."

"응?"

"진다면 저는 모든 걸 잃어야 하지만 이긴다면 얻는 게 없습니다."

"어째서?"

"저는 원래 벽옥소를 지니고 강호를 자유롭게 떠돌았습니다. 그러니 이긴다 해도 그건 원래대로 돌아갈 뿐입니다. 하지만 지게 되면 옥소를 잃고 저 또한 잡혀 있어야 하니 이 어찌 불공평하지 않겠습니까?"

"하하, 욕심이 많은 놈이로구나?"

보주가 턱수염을 쓸며 호탕하게 웃었다. 그의 입장에서는 손안에 든 고기를 놓아주는 거나 마찬가지인데 무진은 그게 억울한 일이라고 하니 어이없기도 했다. 하지만 무진의 말이 아주 틀린 것도 아니라 달리

억지를 부릴 수도 없다.

"그러면 너는 무엇을 요구할 테냐?"

이미 생각해 두었다는 듯 무진이 즉시 대답했다.

"만약 제가 이긴다면 제 아버지와 그에 얽힌 일에 대한 이야기를 해 주십시오."

보주가 의외라는 듯 눈을 크게 떴다.

"저는 부끄럽게도 아버지에 대해서 아는 게 하나도 없습니다. 당신께서 저에게 아무것도 말해 주지 않고 돌아가셨기 때문이지요. 그러니 어찌 한이 되지 않을 수 있겠습니까?"

"자식으로서 부모의 내력을 알지 못하니 그럴 만도 하지."

"보주께서는 제 선친을 잘 아시는 듯하니, 이 기회에 보주의 입을 빌어서라도 제 아버지가 어떤 분이었는지 똑똑히 알고 싶습니다."

"좋다! 네가 이긴다면 곽문탁에 대하여 내가 알고 있는 것을 모두 말해 주겠다."

"좋습니다."

무진이 호쾌하게 대답했다. 그리고 반드시 이겨야 한다는 결의를 다졌다.

이겨야만 아버지에 얽힌 일들을 알 수가 있다. 그러면 이 일이 왜, 어디에서부터 비롯된 건지 알 수 있게 되리라. 또 원수가 누구인지 알게 되거나, 적어도 짐작할 수 있게 될 것이다. 그거야말로 여태까지 한시도 잊지 못하고 가슴에 품어왔던 의문이 아니었던가.

보주가 빙긋 웃고 허공을 향해 말했다.

"저 아이에게 칼을 가져다 주어라."

그 즉시 조금 전 보주의 명을 받았던 백의무사가 다시 들어와 무진에게 척가보도를 건네주었다.

그가 칼을 받아 드는 걸 본 청의검수들이 다섯 방위를 점하고 무진을 에워쌌다. 그러자 장중한 기운이 구름처럼 일어서 무진을 압박했다.

쨍―

그들이 일제히 검을 뽑자 맑고 낭랑한 울림이 윙윙거리고 남았다.

'신검이다!'

무진이 크게 놀라 눈을 부릅떴다. 다섯 자루의 검에서 뻗어 나오는 푸른 광채가 예사롭지 않았던 것이다. 가슴을 서늘하게 하는 검의 기운이 느껴졌다. 그건 검이 지니고 있는 영성(靈性)이기도 했다.

'백 자루의 신검을 얻었다고 하더니, 설마……?'

언뜻 밀려든 생각에 무진의 안색이 경악으로 일그러졌다.

흑풍객으로부터 염차목이 만든 금룡검을 받았을 때 드디어 일백 자루의 신검을 모았다고 기뻐하던 보주의 모습이 기억에 생생하다.

지금 눈앞에 나타난 신검은 그것들 중 다섯 자루일 것이다. 그렇다면 흑룡보 안에는 저와 같은 검을 지닌 자들이 일백 명이나 된다는 것 아니겠는가.

일백 명의 절정고수들과 일백 자루의 신검. 과연 강호에 그와 같은 위세를 떨칠 문파가 있을까? 하는 의문이 무진을 질리게 했다.

한 자루 철검이라 할지라도 고수의 손에 들리면 무시무시한 위력을 보인다. 하물며 신검이라면 그것의 무서움이 두 배, 세 배가 될 것이니 과연 누가 당하겠는가.

"음―"

무진은 칼자루를 쥔 채 주저했다. 과연 내가 저들을 물리칠 수 있을 것인가? 하는 생각이 들었다. 검을 겨눈 채 미동도 하지 않고 있는 자들의 기세를 온몸으로 느낄 수 있었기 때문이다.

다섯 명이 한 덩어리가 되어서 일제히 무진에게 의식을 집중하자 그 기세가 검의 날카로운 기운에 더해져서 두텁게 압박해 왔다. 이제 그들은 다섯 명이 아니었다. 오뢰검진으로 화한 한 덩어리인 것이다. 그러니 한 사람을 상대해도 다섯 명의 힘과 기세를 감당해야 한다.

싸움은 꼭 칼을 부딪쳐야만 시작되는 게 아니다. 이렇게 서로 겨루고 있는 그 자체가 이미 싸움이고, 대개의 승부는 그때 결정된다. 내가 이길 수 있을 것인지, 아닌지 스스로 알게 되는 것이다. 칼을 휘두르는 건 그것을 확인하는 일에 지나지 않는지도 모른다.

'이건 어렵다.'

무진에게 처음으로 두려움이 생겼다. 어쩌면 보주가 자신을 죽이기로 작정한 건지도 모른다는 생각마저 든다.

무진의 그런 망설임을 읽은 보주가 하하, 웃었다.

"겁이 나느냐? 그렇다면 지금 포기해도 된다. 그게 현명한 일이겠지."

보주의 그 말이 무진에게 오히려 불끈 투지를 불러일으키게 했다. 이건 물러날 수도 없는 싸움이고 반드시 이겨야 하는 싸움이다.

'해낸다!'

무진이 입술을 악물었다. 그렇다면 어떻게? 무슨 방법으로? 하는 생각들이 빠르게 스쳐 지나갔다.

신검을 들고 있는 다섯 명의 고수들을 하나하나 꺾는다는 건 불가능한 일이다. 그렇다면 결론은 하나다.

'단번에!'

무진은 그렇게 결정했다. 시간을 끌수록 불리할 것이다. 저들의 진법에 말려들기 전에 해치워 버려야 조금의 승산이나마 있다.

가장 빠르고 가장 강력한 일격. 무진은 그것만 생각했다. 그리고 거기에 딱 맞는 검법 하나를 알고 있었다. 흑풍객이 전해 준 난화구류(亂花九流)다.

무진이 알고 있는 한 그것은 가장 빠르고 화려하면서 가장 신랄한 검법이었다. 그리고 무진은 이미 아홉 가지의 변화를 하나로 꿰어서 일시에 쳐내는 자신만의 도법으로 받아들이고 있었다.

흑풍객의 난화구류 팔십일 변이 무진에 이르러서 구류일도(九流一道)의 쾌변일식(快變一式)이 된 것이다.

싸울 방법을 정했지만 그래도 걱정이 남았다. 과연 자신의 척가보도가 저들의 신검에 견뎌낼까? 하는 것이었다.

그러나 더 머뭇거리고 있을 여유가 없다. 무진은 척계광을 믿고 따랐듯 척가보도를 믿기로 했다.

보도의 손잡이를 굳게 움켜쥐고 있던 그가 슬그머니 손을 놓았다.

다섯 손가락만 가볍게 걸친 채 팔목과 어깨와 허리의 힘을 빼고 긴장을 풀었다. 가늘게 뜬 실눈 사이로 무심한 눈빛이 흘러나왔다. 그것은 눈앞에 다가든 자를 지나쳐 텅 빈 허공으로 나아갔다. 그리고 무진은 곧장 무념의 공허한 상태로 빠져들었다.

싸운다는 의식을 버렸으니 두려움이 있을 리 없고, 이겨야 한다는 집념을 버렸으니 투지가 엿보일 리 없다. 그래서 웅패전의 오웅조라고 불리는 그들 다섯 명의 청의검수들은 한순간 어리둥절해지고 말았다. 무진의 기세가 느껴지지 않으니 그렇다.

"네가 가장 잘할 수 있는 것으로 싸워라. 네 안의 두려움을 극복하면 이기지 못할 것이 없다."

무진의 머리 속에는 흑풍객이 바로 이곳에서 해주었던 그 말이 쟁쟁 울리고 있었다.

칠 년 전, 이곳에서 소봉과 싸웠을 때 흑풍객은 몇 마디의 말로 자신의 심득을 전해주었다. 그때는 대수롭지 않게 여겼는데, 무학의 도리에 대해서 무지했기 때문이다. 하지만 지금 무진은 바로 그것이야말로 내가 싸워 이길 수 있는 비법이라는 것을 깊이 인지하고 있었다.

그의 몸은 깊은 물처럼 고요했으나 마음은 흘러가는 구름처럼 자유로웠다. 그리고 그 앞에서 오응조는 태풍이 되려 하고 있었다.

츠츠츠츠—

그들이 한 몸인 것처럼 움직이기 시작하자 삼엄한 검기가 일어 무진을 위협했다. 짙은 먹구름 속에서 번쩍이는 방전(放電)이 일어나고 있는 것 같다.

무진은 자부신공을 극한으로 끌어올렸다. 그러나 그의 몸은 여전히 뿌리박힌 산처럼 무겁고, 마음은 새의 깃털처럼 한없이 가볍다. 척가보도가 신공에 반응하여 웅웅 하는 낮은 울음을 울었고, 품속에서는 벽옥소가 용틀임을 했다.

보도는 답답한 칼집에서 벗어나고 싶어한다. 그러나 무진은 기다리고 있었다. 아직은 때가 아닌 것이다.

형산 철웅방 밖에서 신검문의 소문주 장사검을 쳤을 때의 그 느낌이 살아났다. 그때도 지금과 같이 매종칠검의 검기 앞에 목숨을 온전히 드러내 놓은 채 오직 기다리기만 했다.

지금 그 경험은 무진에게 더없이 소중한 것이었다. 찰나의 순간을 잡아내기 위한 아슬아슬하고 위태로운 기다림을 끝까지 참고 견딜 수 있게 해주었기 때문이다. 그건 지독한 끈기이고 다시 볼 수 없는 무모함이기도 했다.

쉬이익—

무진이 저항을 포기했다고 여긴 것일까?

정면에서 다가들던 자가 갑자기 물러섬과 동시에 뒤쪽에서 다가온 자가 과감하게 부딪치며 맹렬한 검격을 날려왔다.

허공의 저 먼 곳에 고정되어 있던 무진의 눈 속에서 번갯불이 번쩍, 뿌려졌다.

굳어버린 듯하던 그의 몸이 꿈틀, 하고 움직인 것 같았다. 그리고 팽이처럼 맴돌며 섬광을 뿌렸다.

무진은 능숙한 낚시꾼이었다.

그의 참을성은 극한에 이르렀다.

그리고 드디어 때가 되었다.

그러자 최대한 끌어 모으고 있던 긴장을 한 번에 터뜨리며 낚싯대를 낚아챘다.

단단하게 뭉쳐 있던 긴장이 그 정점에서 폭발하듯 터졌고, 찬란한 섬광이 눈부시게 세상을 뒤덮었다.

그건 마치, 동쪽 산 너머에 무겁게 눌려 있던 태양이 튕겨져 오른 것 같기도 했다. 그리하여 새벽의 서광(曙光)을 생략한 채 갑자기 중천으로 솟아올라 한낮의 강렬한 양광(陽光)을 내쏘는 것이다.

지금 이 순간만큼은 세상의 그 어떤 것도 무진의 칼만큼 빠르고 격

렬하지 못했다. 시간의 흐름도 그것을 따르지 못했으니 감각과 지각은
말할 것도 없다.

꽈앙—!

그의 칼이 쓸어가는 곳에서 단단히 압축되었던 공기가 터져 버리고,
뭉쳐 있던 기파가 폭발해 쏟아져 나가는 폭음이 들렸다. 그와 함께 무
진을 둘러싸고 있는 모든 공간이 조각나듯 부서져 날았다.

따다다당—!

요란한 쇳소리가 한 번인 듯 터져 나왔다.

"큭!"

첫 검을 뿌렸던 자가 삭정이 부러지는 듯한 신음을 흘리며 주저앉았
고, 그 즉시 오뢰검진은 벼락 맞은 담처럼 무너졌다.

단단한 칼이 검을 튕겨내고 살과 뼈를 두드리는 다섯 번의 격타음과
신음이 한 덩어리가 되어서 쏟아졌다.

그리고 눈부시던 빛이 갑자기 사라지고 어둠이 내리 덮였다.

깊은 적막과 더 깊은 어둠.

그것은 끝없이 떨어지는 죽음의 동혈(洞穴)인 것 같았다. 그 끝에 닿
아 있는 암흑이고 적막인 것이다.

"으으음—"

억겁의 긴 시간이 흐르고 난 뒤인 것일까?

두텁고 무거운 적막을 깨고 보주의 신음 소리가 흘렀다. 그러자 대
전을 가득 덮어 누르고 있던 어둠이 크게 흔들렸다. 그리고 썰물처럼
빠르게 밀려 나가 버렸다.

대전 안의 경물들이 드디어 제 모습을 드러냈다. 그러자 홀로 우뚝

서 있는 무진이 보였다. 마치 거대한 산악인 것처럼 솟아올라 있었고, 암흑의 바다 저 건너에 고독하게 솟아 있는 등대인 것처럼 뚜렷했다.

우우웅—

아직도 남아 있는 강렬한 기운이 스러지며 허공에 깊은 울림을 남겼다.

매화 꽃잎이 활짝 벌어진 듯 무진을 정점으로 한 다섯 방향에 다섯 명의 검수들이 쓰러져 있었다. 그들의 빛나던 검은 그 빛을 잃었고, 장중하던 기도와 날카롭던 예기도 깎이고 부서져 흩어졌다.

무진이 후우우— 하고 가슴 가득 몰아넣어 두고 있던 숨을 내뱉었다. 그러자 비로소 그를 둘러싸고 있던 단단한 무엇이 허공 중에 녹아들듯 사라졌다.

번쩍이는 척가보도를 천천히 칼집에 넣은 무진이 돌아서서 보주를 향해 포권했다.

"칼등으로 쳤습니다. 당분간 운신하기는 어렵겠지만 목숨에 지장은 없을 것입니다."

"으음—"

보주의 얼굴이 참혹하게 일그러졌다. 그는 갑자기 십 년은 늙어버린 것 같았다.

"그게 무엇이라고 하는 도법이냐?"

"이름도 없습니다."

"뭐라고? 네가 감히 나를 희롱하느냐?"

보주가 분노하여 팔걸이를 두드렸다. 그의 눈에 지독한 살기가 떠올라 이글거렸다. 그러나 무진은 담담하기만 했다.

"흑풍객이 제게 원리를 전해주었고, 칠 년이 지난 오늘에서야 저는 그것을 깨달았을 뿐입니다. 그러니 무명(無名)인 게지요."

"하긴……."

보주가 턱을 끄덕였다.

"이름 따위가 무슨 소용이 있겠느냐? 그건 본질을 싸고 있는 껍데기에 불과하지."

보주는 지금도 자신의 눈으로 본 그 광경을 믿을 수 없었다. 찰나에 번쩍이고 사라져 버린 칼빛이었지만 그것이 심어준 충격으로부터 아직까지 헤어나지 못하고 있는 것이다.

한줄기 섬광이 되어서 하늘을 뚫을 듯 곧장 솟구쳐 오른 푸른 빛이 우산처럼 펼쳐진 낙뢰가 되어서 떨어지고, 그것 아래 다섯 검수들의 폭풍 같던 검격이 박살나 흩어지던 그 광경을 평생 잊을 수 없을 것이다.

보주는 자신의 빠르고 빈틈없는 눈으로도 칼의 움직임을 좇을 수 없었다는 걸 인정했다. 그러니 그것의 꿈틀대던 변화를 어찌 분별할 수 있겠는가. 그것이야말로 성난 용이 구름을 찢고 불길을 토해내는 것 같았다.

한참 동안 침묵하던 보주가 중얼거리듯 낮게 말했다. 그 음성 속에 깃들어 있던 장중한 기운이 가셨다. 건조하게 갈라져 나오는 노인의 중얼거림일 뿐이다.

"흑풍객이 뭐라고 했더냐?"

"의지가 치솟는 곳에 손목이 이르고, 검은 그 속에서 튀어나온다. 몸이 검을 이끌려 하면 안 된다. 나는 그저 쥐고 있을 뿐이다. 호흡이 막힘없으면 검이 곧 내 뜻이 되고, 내 뜻은 번갯불처럼 치고 나가 곧 사라진다. 난화구류는 바로 그런 것이다."

무진이 즉시 칠 년 전 들었던 흑풍객의 말을 한 자도 틀리지 않게 읊

어주었다.

보주의 안색이 수시로 변했다.

다시 한참 만에야 그가 음울하게 중얼거렸다.

"난화구류란 말이지? 흑풍객, 그는 과연 너의 스승이었구나. 그리고 나보다 훨씬 뛰어난 사람이었구나. 나는 그처럼 몇 마디의 말로 내 심득을 전해줄 수 없었을 것이다. 지금도 그렇다."

그건 마음의 차이일 뿐이다. 보주는 그것을 인정해야 했다.

흑풍객은 거리낌없이 저의 것을 무진에게 주었다. 하지만 보주는 자기의 제자들에게조차 그렇게 하지 못했다. 아까워하고 주저하는 마음이 있었기 때문이다. 그것은 곧 스스로를 묶어두고 있는 미혹이고 미망이었다.

보주의 얼굴 가득 회한이 서렸다.

"나는 스스로 대범한 사람이라고 여겼다. 하지만 네 도법을 보니 내 자신에 대한 나의 믿음이 헛것이었다는 걸 알겠다. 나는 옹졸한 사람이고, 흑풍객이 진정으로 대범한 사람이었구나."

"그렇지 않습니다. 보주께서 얻은 심득이 너무 크고 심오하기 때문일 것입니다."

"어째서?"

"내가 가지고 있는 한 동이의 물을 부어주려면 그만한 항아리를 준비한 자에게라야 할 것입니다. 바가지를 내미는 자에게 어찌 동이를 기울여 물을 부어줄 수 있겠습니까?"

눈을 크게 뜨고 무진을 노려보던 보주가 갑자기 하하하— 하고 커다랗게 웃었다.

그의 웅장한 웃음소리가 한동안 대전 안에 웅웅 울려 퍼졌다.

"그렇다. 나 또한 너와 같은 자를 일찍 얻었더라면 기꺼이 내가 가지고 있던 물을 흑풍객처럼 그렇게 단번에 부어주었을 것이다."

흑룡보주의 다섯 제자들이 지닌 그릇이 보주만큼 크지 못한 탓이지, 보주의 마음이 옹졸해서가 아니라는 무진의 말은 보주에게 커다란 위안을 주었다. 또한 그만큼 그를 서운하고 아쉽게 했다.

보주가 탄식하고 말했다.

"예나 지금이나 하늘은 나에게 이만큼의 인연만을 허락해 줄 뿐이구나. 나는 더 큰 것을 원하건만 들어주지 않고, 삼십 년 전이나 지금이나 오직 시련을 줄 뿐이니 하늘을 원망하지 않을 수 없다."

한탄하고 또 한탄하던 보주가 칠 년 전처럼 말했다.

"네가 이겼다."

그때 주저앉아 이를 악물고 고통을 참는 소봉을 보며 그렇게 말했는데, 지금은 쓰러져 있는 다섯 명의 검수들을 보며 또 그렇게 말하고 있는 것이다.

그때 흑풍객은 몇 마디의 말로 무진을 가르쳐서 소봉을 이기게 했는데, 지금 무진은 그에게서 얻은 심득을 제 칼로 되살려서 다섯 검수들을 이겼다.

그때와 지금이 달라지지 않았으니, 십 년 뒤에도 역시 그럴지 모른다는 암담한 생각이 들어서 흑룡보주는 자꾸 어깨가 무거워지고 가슴이 답답해지기만 했다.

'저놈 때문이다.'

그런 원망도 들었다. 무진 때문에 그때도 졌고, 지금도 진 것이다.

그 당시, 무진은 소봉보다 모든 것이 부족했지만 그녀를 이겼다. 단한 가지. 소봉이 따르지 못할 만큼 뛰어난 자질을 지니고 있는 탓이었

다. 그것은 지금도 마찬가지다. 그래서 이처럼 똑같은 결과가 나온 것
이다.

보주의 낯빛이 침중해졌고, 무진을 바라보는 눈길 속에 우울함이 깃
들었다.

*　　　　*　　　　*

진(秦:섬서성) 땅 동쪽 끝. 진령산맥(秦嶺山脈)에서 뚝 떨어져 나온 험
한 바위산이 하나 불쑥 솟아 있으니, 바로 화산(華山)이다.

서쪽으로 드넓게 펼쳐져 있는 위하평원(渭河平原)을 굽어보며 도도
하게 서 있는 그것은 무려 육천삼백여 척(尺)에 달하는 거대한 바위산
이었다.

다섯 개의 새하얀 바위 봉우리가 땅을 뚫고 솟아올라 하늘을 찌를
듯 기세등등하게 서 있는데, 그 모습이 기이하고 장엄해서 사람들은 그
것을 서악(西岳)으로 부르며 공경했다.

옛이야기 속에서는 오행산(五行山)이라고도 했으니, 손가락을 세운
듯한 그 바위 봉우리 때문일 것이다. 그래서 천계의 부처님이 그것을
들어 손오공을 눌러 놓았다던가…….

화산은 송(宋)나라 이전부터 도교(道敎)의 성산(聖山)으로 여겨져서
산기슭과 골짜기마다 일천 년이 넘는 역사를 간직한 도관(道觀)이며
궁(宮), 묘(廟)가 빼곡히 들어차 있다.

산곡(山谷)을 타고 하루 종일 향 냄새와 도경(道磬) 흔드는 맑은 소리
가 은은히 들려왔으므로, 화산에 발을 들여놓은 사람은 누구나 엄숙해
져서 절로 옷깃을 여몄다.

그곳에 천하 무림의 삼대종파(三大宗派)로 일컬어지는 화산파가 있었다. 천 년의 뿌리를 가지고 있는 도맥(道脈)의 종주이면서 무당과 함께 도교 무학의 태두로 숭앙받는 명문이다.

곽문탁은 일곱 살 때에 그 화산파에 들어와 문도가 되었다.

얼굴에는 아직 장난기가 가득하고 하는 짓이 유치했지만 영특하고 쾌활하여 금방 눈에 띄었다.

일 년 뒤, 당시 화산파의 장문이었던 진천노도(振天老道) 여상량(呂相量)은 곽문탁을 발탁하여 적전제자로 삼았다. 당시 여상량에게는 이미 섭씨(攝氏) 성을 쓰는 한 명의 제자가 있었는데, 곽문탁보다 다섯 살이 많은 열세 살의 소동(小童)이었다. 이름을 천부(天釜)라고 했다.

여상량은 곽문탁을 손자처럼 아끼고 사랑했으며, 섭천부는 어린 사제를 귀여워하여 늘 곁에 두고 돌보아주었다.

그들 어리고 더 어린 두 명의 동자는 모두 자질이 뛰어나서 장차 화산파를 떠받치고 이끌어갈 큰 재목이 될 것이라고 모두들 믿어 의심치 않았다.

골짜기를 급하게 흐르는 물처럼 세월은 빨리 흘러갔다.

지금으로부터 삼십 년 전.

섭천부는 스물네 살의 어엿한 청년 도사로 자라 있었다. 사부의 진전을 모두 물려받아 그 성취가 이미 화산문도들을 뛰어넘어 일가를 이룰 만했다.

곽문탁은 열아홉 살의 재기 발랄한 소년이 되었다. 무공에 뜻을 두기보다는 꾀병 앓기를 좋아하고 놀기를 좋아해서 모두들 안타깝게 여겼다.

명숙들은 그를 볼 때마다 혀를 찼다. 저 녀석은 화산의 동량이 될 줄 알았더니 겨우 한량에 그치고 마는가? 하는 안타까움이 컸던 것이다.

그러나 곽문탁은 천성이 명랑하고 유해서 사부며 사숙의 꾸지람을 한 귀로 흘려들을 뿐이었다. 마지못해 검술을 연마하고 신공을 수련하지만 그의 마음은 언제나 산골짜기의 맑은 개울과 산기슭의 꽃과 바람과 노란 새의 지저귐에만 기울어 있었다.

산 아래에는 화산에 의지하여 사는 사람들이 큰 시정을 이루어서 번화했는데, 틈만 나면 곽문탁은 산을 달려 내려가 저잣거리를 기웃거리곤 했다. 때로는 술에 취해서 업혀 오기도 했고, 때로는 기생과 노닥거리다가 뒷덜미를 잡혀 끌려 올라오기도 했다.

그럴 때마다 섭천부는 어린 사제의 방만함을 안타까워하며 꾸짖고 매를 들기도 했지만 그때뿐이었다.

참회동에 갇혀 있다가 풀려난 곽문탁은 사부님께 한 번 꾸벅 절하고는 내처 산 아래로 달아나곤 했다.

천고의 기재에서 이제는 화산의 골칫거리로 변해 버린 곽문탁이었던 것이다.

그는 처음부터 답답한 도사 노릇이 마음에 맞지 않았던 건지도 모른다.

그런 곽문탁에게 어느 날 갑자기 한 사람이 찾아왔다. 아니, 그는 원래 그렇게 있었는데 아무도 몰랐을 뿐이다. 그러니 곽문탁이 그의 품으로 찾아든 것이라고 해야 하리라.

인적없는 골짜기의 개울가였다.

곽문탁은 흐드러진 붉고 노랗고 흰 꽃밭 속에 벌렁 드러누워 낙안봉(落雁峰) 너머로 유유히 흘러가는 흰 구름을 뜻없이 바라보고 있었다.

"나를 따라가지 않으려느냐?"

불쑥 낯선 음성이 들려왔다. 깜짝 놀라 돌아보니 낡은 남빛 도복에 낡은 자주색 띠를 두르고 짚신을 신은 늙은 도사 한 사람이 우두커니 서서 바라보고 있었다.

흰 수염이 바람에 일렁거리고, 솔기 터진 옷소매가 구름처럼 출렁거렸다.

신선이 정말 있다면 저런 모습일까? 하는 생각이 불쑥 들었다.

도사가 분명한데 문중에서 보지 못하던 사람이다. 그러니 화산파의 도사가 아닌데, 그렇다면 이상한 일이다.

"못 보던 분이군요?"

"흘흘…… 이제 보았으니 됐지. 앞으로도 또 볼 것이니 더 잘된 일이고."

"네?"

곽문탁이 의아해하자 노도사가 돌멩이 한 개를 들어서 개울에 던졌다.

퐁당— 하는 소리와 함께 물방울이 튀고 아주 잠깐 파문이 번지는 것 같더니 흐르는 물살에 씻겨 종적없이 사라졌다.

"네가 본 물이 지금 어디에 흐르고 있느냐?"

"네?"

곽문탁은 이제 일어나 앉아 있었다. 그가 어리둥절한 눈으로 파문이 사라져 버린 개울을 보고 도사를 보았다.

방금 노도사가 돌멩이를 던져서 표해두었던 물은 어디에도 없다. 흐르는 것들 속에서는 모두가 뒤섞여 흘러갈 뿐이다.

도사가 다시 돌멩이 한 개를 집어서 개울 복판에 불쑥 튀어나와 있는 이끼 긴 바윗돌에 던졌다.

딱, 하는 소리가 났지만 그뿐, 바위는 조금도 달라지지 않았다.

"네가 본 바위가 지금 어디에 있느냐?"

"……!"

개울은 그냥 개울일 뿐이다. 돌멩이 한 개가 더해졌다고 다른 것이 될 리 없고, 저 쾌활한 물결에 잠시 파문이 번졌다고 다른 것이 될 리 없다.

조금 전 돌멩이에 맞은 바위는 지금 내가 보고 있는 저 바위다. 하지만 돌멩이가 때린 것은 그것에 서려 있던 시간이지 바위가 아니다.

바위를 씻는 저 물처럼 시간도 그렇게 쉬임없이 흘러간다. 내가 보았던 그 바위는 그러므로 어디에도 없다. 나는 끊임없이 새로운 바위를 보고 있는 것 아니냐.

시간은 무의미하다. 과거와 현재와 미래가 다 무엇이겠는가. 저 파문 같은 것이고, 개울 바닥에 가라앉아 있는 돌멩이 같은 것일 뿐이다. 바위를 씻고 가는 바람이다.

그 시간의 껍질을 벗으면 개울은 그저 개울이고, 바위는 그저 바위일 뿐이다. 그게 저것들의 본래 모습 아니겠는가.

곽문탁의 얼굴에 기쁨이 번졌다. 두 눈이 희열로 떨렸다.

도사가 다시 말했다.

"도란 그런 것이니라. 그러니 처음부터 나는 너를 알았고, 음양이 갈리던 때부터 너 또한 나를 알고 있었던 게지."

"아!"

곽문탁이 부지불식간에 탄성을 터뜨렸다. 머리 속에 밝은 빛이 가득 찼다.

늙은 도사는 돌멩이 두 개를 던졌을 뿐이다. 그런데 곽문탁은 화산에 십이 년 동안 머물러 있으면서 읽고 외웠던 그 많은 경들보다 심오한 무엇을 보았다.

곽문탁이 엉덩이를 털고 일어섰다. 인연은 그에게 그렇게 엉뚱하게 찾아왔던 것이다.

도사는 점점 더 깊은 산중으로 들어갔고, 점점 더 어둡고 위태로운 골짜기로 들어갔다. 화산에 와서 화산파의 문도로 있었으면서도 한 번도 와본 적이 없는 곳이다.

뒤쪽에 조양봉(朝陽峰)이 하얗게 솟아 있었다. 그 큰 봉우리를 왼쪽으로 빙 돌아 온 것이다. 그리고 음침하게 깊은 송림의 그늘 속으로 끝없이 걸어 들어온 것이다.

'벽사탄(闢邪灘)!'

곽문탁은 비로소 제가 지금 가고 있는 곳이 어디인지 알고 깜짝 놀랐다.

조양봉 북쪽 골짜기. 차고 급한 물이 흘러 멀리 위하(渭河)로 이어지는 그 어두운 계곡은 벽사탄이라고 불리는 곳이다. 그리고 화산파의 금지였다.

아무도 들어가서는 안 되고, 들어가 보고 싶다는 생각도 해서는 안 되는 곳. 그 절대금지 속으로 늙은 도사는 허위허위 들어갔다.

조양봉을 바라보고 벽사탄을 바라보던 곽문탁이 놀란 토끼처럼 재빨리 도사의 뒤를 따랐다.

곧 그들의 모습은 송림의 바다에 잠겨 씻은 듯 사라져 버렸다.

이 년 뒤에 곽문탁은 금지를 나와 연화평(蓮花坪)의 진악궁(鎭岳宮)으로 돌아왔다. 화산파가 발칵 뒤집혔다.

봉두난발한 머리에 맨발이고, 찢어지고 해진 옷은 그를 거지 중의 상거지같이 보이게 했는데, 손에는 맑은 빛으로 반짝이는 벽옥소 하나를 쥐고 있었다.

기쁨이 화로 뒤바뀐 사형이 꾸짖어도 곽문탁은 흰 이를 드러내며 바보처럼 웃기만 했다. 사부의 노여움 앞에서 그는 철없는 아이처럼 칭얼거렸다.

"그분은 저에게 도가 무엇인지 보여주었는걸요."

사부가 빙긋 웃고 물었다.

"그래, 무엇이더냐?"

곽문탁이 손을 들어 바위를 가리켰다. 그러자 한 가닥 맹렬한 기운이 그의 손가락에서 뻗어 나와 바위를 뚫었다.

다시 주먹을 흔들자 꽝! 하는 소리와 함께 일 장 밖의 그것이 가루가 되어 부서져 날리는 것 아닌가.

사부도, 섭천부도 입을 딱 벌린 채 할 말을 잃었다.

곽문탁이 웃으며 말했다.

"이렇게 통쾌하고, 이렇게 거침없는 거지요."

사부의 얼굴이 굳어졌다. 음성이 떨려 나왔다.

"포악해졌구나."

"도는 원래 흉포하답니다. 거칠 게 없으니 그렇지요."

"이놈!"

섭천부가 주먹을 부르르 떨며 소리쳤다.

"네가 감히 사부님을 가르치려 하느냐!"

곽문탁이 맑고 천진하게 웃었다.

"나는 그저 내 마음이 흐르는 대로 좇을 뿐이야."

"방자한 놈!"

대노한 섭천부가 사부의 안전이라는 것도 잊은 채 주먹을 들어 때리고 두 발을 번갈아 걷어찼다.

그러나 곽문탁은 바람이었다. 가로막히면 돌아가는 유유한 물이었다. 온 숲을 품고 온 천하에 퍼져 있는 짙은 안개였다. 잡을 수 없는 연기였다.

겨우 걸음을 떼어놓기 시작한 아이가 주저하고 망설이듯, 비틀거리며 어설프게 걷는 몇 걸음이 섭천부의 화산신공을 부끄럽게 했다.

그가 사형을 놀리려는 것처럼 벽옥소를 들어 가볍게 내려쳤다.

땅!

그것이 섭천부의 무쇠 같은 주먹을 때렸다.

섭천부는 경악했다. 너무 큰 놀람이 그를 바보처럼 만들어 버렸다. 그는 제 손목이 부러진 것도 잊은 채 멍한 얼굴로 곽문탁을 바라보기만 했다.

사부가 한숨을 쉬었다.

"기어이 네가 금지에 들어갔다 나왔구나. 기어이 그자가 일을 저질렀구나."

곽문탁이 밝은 얼굴로 천연덕스럽게 말했다.

"저는 산에서 내려가겠습니다."

"무엇을 하려느냐?"

"바람이 되어서 세상을 떠돌겠습니다."

"아직 도를 얻지 못했더냐?"

“보았으니 장차는 얻게 되겠지요.”

물끄러미 곽문탁의 천진스럽고 태평한 얼굴을 바라보던 사부 여상량이 탄식하고 손을 저었다.

“가거라. 가서 세상의 맛이 어떤 것인지 느껴보려무나.”

곽문탁이 사부에게 엎드려 절하고 사형에게도 그렇게 했다. 그리고 소풍이라도 가는 아이처럼 즐거워하며 화산을 떠났다.

일곱 살 때 화산에 들어와 스물한 살에 떠났으니 어느덧 십사 년이 지난 것이다.

“사부님, 저렇게 보내시렵니까?”

섭천부가 불만이 잔뜩 들어 있는 얼굴로 퉁명스럽게 말했다. 여상량이 깊이 한숨을 쉬었다.

“내 덕이 이것밖에 안 되나 보다.”

그리고 그는 장로원에 장문영부를 내놓은 채 남쪽 조사동으로 걸어 들어가 죽을 때까지 나오지 않았다.

■제6장■
철괴신(鐵塊神) 장정(張頂)이라는 자

철괴신(鐵塊神) 장정(張頂)이라는 자

무진과 흑룡보주는 '벽화정(碧華亭)'에 앉아 있었다.

시원한 바람이 불어왔고, 새소리도 들렸다.

흑룡전의 숨 막히는 긴장에서 벗어나 이처럼 연꽃 가득한 연못을 보며 앉아 있으니 한껏 운치를 느껴야 할 텐데 그렇지 못했다. 무진도 보주도 모두 마음이 무거워져 있는 탓이었다.

"벽사탄의 노인이 선도라고 불렀다는 자부선노(紫府仙老)였군요?"

무진이 흥분된 얼굴로 말했다. 보주가 묵묵히 머리를 끄덕였다.

"그리고 사형이었던 섭천부는…… 누구인지 짐작할 수 있겠습니다."

"바로 나였지."

보주가 쓸쓸한 얼굴이 되어서 무진의 눈길을 외면했다.

그는 과거형으로 말했다. 무진에게는 그게 이상한 일이었다.

“네 아비는 제 이름을 갖고 화산을 떠났지만 나는 내 이름을 버리고 떠났다. 그러니 이제 섭천부는 어디에도 없다.”

“왜죠?”

“사문에 대한 한 가닥 애정 때문이지.”

“……?”

보주의 얼굴에 깃든 쓸쓸함을 보면서 무진은 그가 장차 화산으로 돌아가려는 게 아닌가? 하고 생각했다. 다만 지금은 그것을 보주 스스로 부정하고 있을 뿐이다.

“곽문탁이 떠나고 난 뒤 나 또한 벽사탄으로 들어갔었느니라.”

섭천부는 분해서 견딜 수 없었다. 곽문탁에게 주었던 정 때문이다. 지난 십이 년 동안 내 친혈육 못지않은 사랑과 관심으로 돌보고 아껴 주었는데, 곽문탁은 그것을 헌 신 내버리듯 하고 떠났다.

대체 벽사탄 안에 무엇이 있기에 십이 년의 공이 그가 절곡(絶谷)에 들어가 있던 이 년만 못하단 말인가?

대체 그 안에 어떤 조화가 있었기에 고작 이 년 만에 곽문탁을 저렇게 변하게 했단 말인가?

섭천부는 대단하다고 여겼던 자신의 신공조예가 곽문탁의 놀림거리밖에 되지 않았다는 게 분했다. 그를 순순히 놓아 보낸 사부님의 마음도 이해할 수 없었다. 미련없이 장문 직을 내놓은 데 대한 원망도 생겼다.

섭천부는 그때까지 모르고 있던 자기 마음속의 욕망을 보았다. 명예에 대한 집념이고, 권력에 대한 선망이 자기에게도 있다는 게 놀라웠다. 그건 사부가 장문영부를 꺼내놓고 조사동에 들어가 폐관하는 걸 보고 깨달은 것이었다.

그는 장차 사부의 뒤를 이어서 화산파라는 거대한 문파의 장문인이 될 사람이다. 도의 수호자이면서 강호의 영도자로서 위엄과 권위가 저 높은 낙안봉처럼 당당해지는 것이다.

그런 기대가 한순간에 무너져 버렸다. 이제 섭천부는 둥지를 잃은 어린 새에 지나지 않게 되었다. 그래서 자신을 부러워하고 경탄하던 많은 동문 사형제들을 마주 볼 면목이 없었다.

명숙들에게도 이제는 껄끄러운 존재로 전락해 버렸을 뿐인 자신의 처지가 억울했다.

그 모든 게 자신과 사부를 배신하고 떠난 곽문탁 때문이고, 이 년 만에 그를 그렇게 타락시켜 버린 알 수 없는 자 때문이다. 그리고 그자는 벽사탄에 있다.

"나는 그자를 찾아내 죽이려는 결심을 했다."

"하지만 그는 누구도 넘보지 못할 고수라는 것을 알았을 텐데요?"

무진이 머리를 갸웃거렸다. 그때를 회상하는 듯 보주의 얼굴이 어두워졌다.

"물론이지. 하지만 어떻게든 내 울분을 터뜨리지 않을 수 없었다. 그자를 죽이지 못하면 내가 죽을 뿐이라는 생각으로 미치다시피 해서 조양봉을 달려 내려갔다."

그런 섭천부에게 금지 따위는 이제 아무 의미가 없었다. 벽사탄으로 뛰어든 그는 사흘을 헤맨 끝에 드디어 음침한 골짜기의 석벽 사이에서 한 동혈을 발견했다.

자부선노는 그 안에 있었다.

그를 노려보던 섭천부가 버럭 소리쳤다.

"당신이 모든 것을 망쳐 놓았어!"

자부선노가 지그시 감고 있던 눈을 천천히 떴다. 그의 입가에 희미한 미소가 떠올랐다.

"이제 시작되었을 뿐인데 무엇을 망치고 무엇을 이룩한단 말이냐?"

"순진한 사제를 꾀어서 사문을 떠나게 했으니 그를 망치고 화산파에 모욕을 가한 것이오!"

"그의 쓰임은 다른 곳에 있단다. 천하만물이 각기 제가 있어야 할 곳에 있어야 아름다운 것이지. 화산파는 그가 있을 곳이 아니었을 뿐이니라. 그리고 너 또한 그렇구나."

"흥! 요언(妖言)으로 나마저 홀리려는 생각이라면 그만두는 게 좋을 걸?"

"너는 무엇을 원하느냐?"

"당신을 죽여서 한을 풀어야겠다!"

자부선노가 온화한 미소를 짓고 섭천부를 물끄러미 바라보았다.

섭천부는 눈앞의 노도사에 대해서 조금도 두려운 마음이 들지 않았다. 그건 오늘날까지 두고두고 생각해 보아도 기이한 일이었다.

그의 충혈된 눈을 바라보던 자부선노가 부드럽게 말했다.

"나는 문탁이에게 장차의 일을 말해 주지 않았다. 그건 이때가 올 것임을 알았기 때문이지. 이제 너에게 말해 주마. 너는 한 마리 용이 되겠구나. 네 쓰임은 그 분노에 있으니 그걸 잘 간직하여라. 흑암의 커다란 기운을 동천(洞天)에 묶어놓았으니 그것을 여는 건 너와 문탁이의 일이다."

"무슨 헛소리요!"

선노의 얼굴빛이 엄숙해졌다. 밝은 후광이 그를 감싸고 있는 듯해서 섭천부는 똑바로 바라볼 수가 없을 지경이었다.

"커다란 혈풍이 일어 만인의 피를 부를 때가 닥치리라. 너의 쓰임은 그때를 위함일 터. 나의 모든 것을 너에게 주노니 장차의 일에 대한 대비를 철저히 하여라."

"혈풍이라니?"

섭천부는 어리둥절해졌다. 강호가 지금처럼 평화로운 때는 없었다. 들끓던 사마의 무리들도 잠잠하고, 야욕을 품은 자들도 사라졌다. 맑은 호수처럼 잔잔하기만 한 이때에 느닷없이 혈풍을 얘기하니 믿을 수 없기도 했다.

자부선노가 거듭 말했다.

"동천지밀(洞天之密)에 대한 말이 들려오기 전까지 발톱을 감추고 구름 속에 숨어서 오직 힘을 길러야 하느니라."

"대체 동천지밀은 또 뭐란 말씀이오?"

"북쪽에서 흑풍(黑風)이 준동하고 악룡(惡龍)이 힘을 얻으려 하고 있다. 나는 십여 년 전에 그것을 감지했지. 그래서 그들을 잠시 자부동천(紫府洞天)에 묶어두었지만 오래가지 못할 것이다."

섭천부에게 호기심이 생겼다.

"금제라도 가한 것이오?"

"아니. 나에게는 혼자서 그들을 상대할 힘이 없구나. 그래서 단지 그들이 준동하지 못하도록 조금은 교활한 수단을 부렸을 뿐이다."

"어떤……?"

"때가 되면 저절로 알게 될 것이다. 그리고 그때는 또한 자부동천이 세상에 모습을 드러낼 때이기도 하고, 혈풍이 몰아칠 때이기도 하겠지. 나는 그 일을 너에게 맡기는 것이다. 네 짐이 크다."

그리고 나서 선노는 뜻이 모호한 말을 노래하듯, 주문을 외우듯 중얼거렸다.

"풍산흑운(風散黑雲) 잠룡승천(潛龍昇天). 헌명용풍(獻命龍風) 소제암천(燒濟暗天). 영웅지혈(英雄之血) 조생일신(造生一新). 시위동천은비(是爲洞天隱秘)……."

바람이 먹구름을 흩쳐 놓으니 웅크리고 있던 용이 비로소 솟아오르리라. 용과 바람이 스스로를 바쳐 어둠을 태워 버린다. 영웅의 피가 새 생명을 낳으리니, 이것을 일러 자부동천의 비밀이라 하리라.

말을 마친 선노가 품에서 두툼한 보퉁이 한 개를 꺼내 내밀었다.
"받아라. 동천의 한 조각이니라."
묵직했다.
섭천부는 손바닥에 와 닿는 촉감으로 그것이 책이라는 것을 알았다. 한두 권이 아닌 것이다.
"자부신공과 옥소는 이미 문탁이에게 주었으니, 그것은 서로 떼어놓을 수 없음이다. 또한 그것들은 온전히 나의 것이라 주거나 없애는 것이 내 소관이다. 하지만 이것은 원래 동천의 물건이니 나는 그저 보관하고 있었을 뿐이다. 이제 그 짐을 넘기니, 장차 자부동천을 너에게 맡긴다는 뜻이니라."
자부선노가 그 말을 끝으로 다시 눈을 감았다. 그의 얼굴을 밝게 하던 빛이 서서히 사라져 갔다.

“이런, 이런!”

섭천부는 선노가 우화등선했다는 걸 알았다. 선노는 어쩌면 그가 찾아오기를 기다리며 잠시 목숨을 붙잡고 있었던 건지도 모른다.

분기탱천해서 죽거나 죽이거나 하려고 달려왔는데 엉뚱한 소리만 잔뜩 듣고 마음에 혼란함만 얻었다. 하지만 어쨌거나 선노가 스스로 세상을 떠났으니 섭천부는 제 뜻을 이룬 셈이기도 했다.

“보주의 신공은 선노에게서 받은 그 책에서 나온 것이겠군요?”

“그렇다. 그때 나는 선노에게서 다섯 권의 무경을 받았다. 그것을 확인하고 놀라던 일이 지금도 기억나는구나.”

그때 섭천부는 자부동천에는 이와 같은 비급들이 널려 있고, 그 못지않은 기진이보가 널려 있을 것이라고 확신했다.

절세의 비급 다섯 권을 넘겨주면서 그것들이 동천의 한 조각에 불과하다고 한 선노의 말이 그런 뜻 아니겠는가.

그러자 섭천부의 마음에 커다란 갈등이 일었다.

화산파에 대한 그동안의 애정과 곽문탁의 일로 인해 졸지에 오갈 데 없이 되어버린 지금의 제 신세 때문이었다.

고민하던 섭천부는 드디어 제가 가야 할 길을 정했다.

‘이것을 익히고 자부동천을 차지해서 군림천하하리라.’

그런 생각이 그를 독해지게 했다.

“그렇게 대단한 비급들이었습니까?”

“초인이라 할 수 있는 절대적인 존재들은 과거에도 있었고, 그들의 절기는 오히려 지독하고 무서운 바가 있었지. 그러니 대단하다고 해야 하지 않겠느냐?"

"나라가 혼란하면 영웅이 나오듯, 강호가 어지러울 때에 오히려 뛰어난 초고수가 나오는 건 당연하겠지요."

"바로 그렇다."

"그 비급 중에 단천혈룡장법과 벽파도경이 있었겠군요?"

보주가 빙긋 웃었다.

"바로 맞췄다."

"그것을 아낌없이 흑풍객에게 주었을 때는 이미 그 절기들을 뛰어넘을 만했기 때문이겠지요."

"흐흐흐—"

"이상하군요. 흑풍객은 그것들이 보주에게 있다는 걸 어떻게 알았을까요?"

"너는 매우 총명하면서 또 어리석기도 하구나. 내가 설마 자부선노처럼 벽사탄에서 꼼짝하지 않고 숨어 살았을 거라고 짐작한 것이냐?"

"아!"

무진이 제 무릎을 쳤다.

"보주께서는 그곳에서 비급의 절기들을 익힌 후에 강호로 나왔군요?"

"오 년 동안 그 다섯 권의 비급을 익혔다. 그리고 강호에 나왔을 때는 모든 게 다 우스워 보였지."

당시 흑룡보주의 자부심과 오만함이 얼마나 컸을지 짐작이 되어서 무진은 저도 모르게 머리를 끄덕였다.

"문탁이가 그랬던 것처럼 나도 그 길로 화산을 떠났다. 그때 섭천부라는 이름은 화산에 묻어둔 거야. 화산에 대한 나의 애정이었다."

무진은 보주의 심정을 이해할 수 있을 것 같았다.

"진천무(鎭天武)라는 이름을 스스로 지어 갖고 오 년 동안 강호를 주유했다."

"무공으로 하늘마저 억누르겠다는 뜻이니 그건 자부선노의 말에 영향을 받은 탓이겠군요."

"그렇다. 나는 커다란 뜻을 품었다. 자부동천을 찾아서 그것을 차지하고 천하를 발 아래 두는 절대자가 되려는 것이지."

"아! 보주는 강호의 지존이 될 꿈을 가졌군요."

"웅패강호(雄覇江湖)! 그게 내가 이루고자 하는 바다!"

"으음—"

어깨 너머로 산악처럼 일어서는 보주의 웅장한 기세와 광오하다고 해야 할 그 자신감을 보며 무진은 저도 모르게 깊은 신음을 흘렸다.

'과연 영웅인가? 아니면 강호를 어지럽힐 대마인인가?'

그런 생각이 무진의 마음을 어둡게 했다.

"나는 오 년 동안 은밀하게 네 아비를 찾아 헤맸고, 어쩔 수 없이 다섯 번을 싸웠다. 모두가 한 지방의 패자라고 할 만한 절정의 고수들이었지. 나는 단천혈룡장법과 벽파도법을 썼을 뿐인데, 그들 중 누구도 나의 삼초지적이 되지 못했다. 어디에선가 흑풍객은 내가 싸우는 걸 본 모양이다. 그래서 나는 그를 모르는데 그는 나의 장법과 도법을 안 것이지. 때문에 그가 나의 절기를 탐냈던 것이다."

당시 강호에는 진천무에 대한 소문이 은밀하게 퍼졌다. 그의 측량할 수 없는 무공에 놀랐기 때문이다. 그에게는 어느새 흑룡대제(黑龍大帝)라는 별호가 붙여졌다. 너는 장차 용이 될 것이라고 했던 자부선노의 말이 이루어져 가는 것인지도 몰랐다.

그리고 그때로부터 이십 년이 지난 지금은 세상에는 그를 기억하는 사람이 없었다.

"아버지를 찾아다녔던 것은 그를 벌하기 위해서만은 아니었겠지요?"

"그렇다. 나는 그를 통해서 자부동천을 알아내려고 했던 것이다."

"그럼 아버지는 그 자부동천으로 들어갔던 것인가요?"

"나도 처음에는 그렇게 생각했다. 하지만 그렇지 않다는 걸 알았지. 그도 동천이 어디에 있는지 모르고 있었던 거다."

"그런데 어째서 아버지를 찾아서 동천을 알아낼 생각을 한 겁니까?"

"바로 벽옥소 때문이다."

"예?"

"동천의 비밀은 그 벽옥소에 고스란히 들어 있을 것이다. 그러나 네 아비는 죽을 때까지 그것을 알아내지 못했다. 아니, 어쩌면 벽옥소에 그런 비밀이 감추어져 있다는 것조차 모르고 있었을 것이다. 그러니 동천에 들어가지 못했던 게야."

무진은 보주의 짐작이 옳다고 생각했다. 그랬기에 아버지는 그것에 대한 말을 한 번도 해주지 않았던 것이리라.

아버지를 죽였던 다섯 괴한들도 그것만은 모르고 있었던 게 틀림없었다. 그렇지 않았다면 벽옥소를 그대로 두고 갔을 리가 없을 테니 그렇다.

선노는 스스로를 자부선노라고 했고, 자부신공이라는 절세의 신공을 창안했다. 그리고 자부신공은 벽옥소와 완벽한 조화를 이룬다. 그런데 선노는 그것을 신공과 함께 곽문탁에게 주었고, 신비의 동굴을 자부동천이라고 했다.

그런 모든 일을 두고 보면 확실히 선노는 벽옥소 안에 동천에 대한 비밀을 감추어둔 게 틀림없었다.

무진은 이 모든 일의 발단이 바로 그 자부선노에게 있다는 걸 알았다. 그는 미래의 일에 대해서 알고 있었던 것이다. 천기를 보았다는 그런 것일 수도 있고, 아무도 눈치채지 못한 어떤 비밀을 엿보았기 때문일 수도 있을 것이다.

어떤 경우이든 선노는 과연 뛰어난 사람이 틀림없었다. 그래서 곽문탁과 흑룡보주를 통해 미래에 대한 안배를 해두었던 것이다.

"내가 아는 곽문탁의 이야기는 거기까지다. 그 후 그가 화산에서 내려가 어디를 돌아다니며 무엇을 했는지는 오직 그만이 아는 일이겠지."

"그게 다입니까?"

무진의 얼굴에 실망이 어렸다.

아버지가 어째서 신비 집단과 원한을 맺게 되었는지, 또 내 어머니는 누구인지, 아버지를 죽인 그들 다섯 괴한들은 누구인지 알게 될지도 모른다고 여겼던 처음의 기대가 와르르 무너졌다.

아버지의 과거에 대해서, 그리고 자부동천이라는 곳의 존재에 대해서 알게 된 것이 수확일 뿐이다.

무진은 이 일이 선노에게서 비롯되었지만, 그 배후에는 바로 자부동천이 있다는 것을 알았다. 그렇다면 선노가 동천에 묶어두었다는 그 흑암의 기운이 어쩌면 자신이 찾아다니고 있는 신비 집단과 깊은 연관이 있을지도 모른다.

그건 흑룡보주가 사표를 은밀히 유명밀부에 잠입시켜 두었던 것과도 맞아떨어진다. 보주 또한 신비 집단과 자부동천이 연관이 있다고 여겼다는 것 아니겠는가.

그렇지 않다면 선노의 말대로 이곳에 웅크러서 이십 년이라는 세월 동안 동천이 나타나기를 기다리고 있었을 리가 없는 것이다. 그리고 그가 움직이기 시작했으니 어쩌면 자부동천의 존재가 곧 드러날 때가 된 건지도 모른다.

아버지가 돌아가시기 직전 말했던 이십 년과 흑풍객이 말했고, 호은암의 무광 노스님이 말했던 십 년이 바로 그때를 암시한 것이라는 생각이 들었다. 그렇다면 정말 혈풍의 때가 다가와 있는 것이다.

'틀림없을 것이다.'

무진은 흑룡보주가 벽옥소를 두고 단정했듯, 자신의 추측이 맞을 것이라고 굳게 믿었다.

"가겠습니다."

더 들을 게 없을 테니 머뭇거릴 필요 없다.

무진이 일어서자 흑룡보주가 미련이 남은 얼굴로 바라보았다.

"나와 함께 있으면 너는 네가 원하는 것을 쉽게 이룰 수 있다. 나 또한 내가 원하는 것을 갖게 될 테니 서로 좋은 일 아니겠느냐?"

"저는 제 힘으로 아버지의 복수를 할 겁니다. 아버지가 그들의 손에 의해 돌아가실 때 저는 숨어서 떨고 있기만 했습니다. 아무 도움도 되어 드리지 못했지요. 그게 지금도 한이 되어 가슴에 남아 있습니다. 그러니 오직 제 힘으로 복수를 해야 합니다. 그게 저의 한과 죄책감을 씻는 유일한 길이기도 한 까닭이지요."

무진의 고집은 완고했다. 흑룡보주는 더 이상 그를 붙잡아둘 수 없었다. 제 입으로 한 약속을 깰 만큼 비열하거나 가벼운 자가 아닌 것이다.

한 번 읍하고 성큼성큼 걸어 떠나는 무진의 뒷모습을 바라보는 보주
의 눈가에 가는 떨림이 스쳐 지나갔다. 그에게서 화산을 떠나던 곽문
탁의 모습을 보았기 때문인지도 모른다.

*   *   *

자유란 이런 것이다.

이 얼마나 홀가분하고 시원한가.

무너지려는 지붕 한쪽을 나무로 받쳐 놓은 낡은 주가다. 입구의 초
라한 깃발보다 더 초라한 탁자를 두고 앉아서 무진은 한껏 형산의 맑
은 바람과 하늘을 들이마셨다.

흑룡보의 취운각(醉雲閣)만큼 정취가 없고 아늑하지 않아도 이름도
없는 이 낡은 주가에는 자유가 있었다.

무진은 화려한 새장에서 놓여난 새가 되었다. 거친 숲의 고단한 삶
을 살아야 하지만 새는 비로소 제 자유를 마음껏 노래하며 하늘 높이
날아오른다.

늘 가슴을 무겁게 옥죄어들던 압박감에서 벗어난 기쁨으로 낮술을
마셨다. 취운각에서 맛보았던 그 달콤한 미주(美酒)보다 더 달게 혀에
감겨오는 시큼털털한 술 맛이 환장할 만큼 좋다.

지금 이 순간만큼은 아무것도 생각하고 싶지 않았다.

머리 속을 복잡하게 하고, 가슴을 답답하게 하는 그 모든 상념들로
부터 온전히 놓여나 혼자라는 그 적막감을, 그리하여 적막할수록 알싸
하게 가슴에 박혀드는 자유를 마음껏 느끼고 싶은 것이다.

더러는 슬프고 더러는 쓸쓸하며 또 더러는 두렵기도 하지만, 낯선

세계에 혼자 떨어져 있다는 건 그러한 감정들마저도 반가울 만큼 행복한 것이기도 하다.

풀숲에 웅크린 한 마리 짐승처럼 고독해도 좋다. 아무도 간섭하지 않는 이 적막을 즐길 수 있으면 족하다.

하지만 무진의 그런 쓸쓸한 행복은 오래가지 못했다.

한 동이의 술을 거의 비워갈 때쯤 적막도 끝났다. 그가 불쑥 찾아온 것이다.

"혼자 마시는 술이 더 맛있냐?"

"응?"

놀라서 돌아본 곳에 이칠이 있었다. 삐걱거리는 낡은 기둥에 몸을 기댄 채 무료한 표정으로 빤히 바라보고 있는 얼굴이 음울했다.

"언제 왔어?"

"조금 전에."

"앉아라."

이칠이 늘쩡거리며 다가왔다. 대여섯 걸음을 걷는 데 한참이나 걸린다. 무진은 그가 자신의 모습을 되찾은 걸 보고 기뻤다.

털썩 주저앉은 이칠이 무진이 따라준 술을 마시고 음울한 어조로 말했다.

"늦었다. 게으름을 피운 거냐?"

"네 갈 데로 간 줄 알았더니 꼼짝 않고 기다리고 있었던 거야?"

"갈 데가 없거든."

거기서 말이 끊겼다.

이칠은 늘 우울하고, 무진은 그런 그를 대할 때마다 안쓰럽다.

두 사람은 잔이 비면 서로 따라주며 그렇게 술만 마셔댔다.

취기가 돌았다. 무진이 불콰해진 얼굴로 불쑥 말했다.

"고맙다."

"뭐가?"

"나를 구해줬잖아."

"싱겁기는……."

피식 웃는 얼굴이 쓸쓸해 보였다. 그를 물끄러미 바라보던 무진이 궁금하던 것을 물었다.

"왜 흑룡보로 따라 들어오지 않았지?"

"거긴 싫어. 무섭다."

"무섭다고? 네가?"

"난 내 느낌을 믿어. 눈으로 보는 것보다 더. 흑룡보는 거대한 어둠이다. 거기에 비하면 유명밀부 같은 것들은 코딱지만한 존재에 지나지 않지. 나는 무서워서 감히 들어갈 수 없었다."

"빌어먹을 놈."

무진이 흘겨보았지만 이칠의 굳은 얼굴은 펴지지 않았다.

말없이 몇 잔의 술을 거푸 마시고 난 이칠이 지나가는 말인 듯 중얼거렸다.

"형산 일대는 말할 것도 없고, 호남의 유명밀부 조직들이 모두 사라졌다."

"응?"

무진이 깜짝 놀라 술잔을 내려놓았다. 이칠이 머리를 설레설레 젓고 한숨을 쉬었다.

"나는 내 힘으로 하나하나 찾아내서 그놈들의 멱을 따는 즐거움을 누리려고 했었는데, 참으로 철없는 아이같이 유치한 생각이었어."

이칠의 가슴속에 가득한 것은 죽어버린 여인, 소앵(小鶯)에 대한 한과 복수심이었다. 그녀는 그의 가슴속에서 더 이상 추한 창기가 아니다. 그래서 이칠은 제 힘으로 유명밀부 전체를 없애 버리겠다는 지독한 마음을 품고 있었다. 한(恨)이다.

무진은 가슴속에 한을 가지고 있는 자의 고통을 누구보다 잘 알고 있다. 이제는 이칠도 그렇다. 그래서 그들은 서로를 바라보는 것만으로도 같이 아파하고, 위안을 주고받을 수 있었다. 한이라는 그 지독한 것을 공유하는 동지가 되어 있는 것이다.

물끄러미 이칠을 바라보던 무진이 한숨을 쉬고 말했다.

"흑룡보주가 그렇게 했단 말이냐?"

"아니면 누구겠어? 불과 마흔 명의 검수들이 사방으로 흩어져서 하룻밤 새 해버린 일이라더군."

"허!"

"이곳 형산에 똬리 틀고 있던 풍취전(風取殿)을 겨우겨우 알아냈는데, 재미를 볼 새도 없었다. 흑룡보에서 나온 다섯 명의 젊은 검수들이 후다닥 해치워 버리고 가더군. 아예 그놈들의 씨를 말려 버리고 말았으니 내내 기회만 엿보고 있던 나에게는 정말 맥빠지는 일이었지."

이칠이 한숨을 쉬고 머리를 흔들었다.

"한바탕 사나운 회오리바람이었다. 갑자기 들이닥쳐서는 싹 쓸어가 버리는 그런 무시무시한 돌개바람이었어."

"허!"

무진은 보주의 수신호위인 흑룡단과 적룡단이 한 일이라는 걸 짐작했다. 음산검로 구양순이 직접 그들을 이끌고 보에서 나갔다고 하지 않았던가.

그렇다면 보주는 이미 형산은 물론 호남 곳곳에 은밀하게 숨어 있는 유명밀부 조직들에 대해서 제 손바닥처럼 들여다보고 있었다는 말이 된다. 사표를 밀부의 호남 조직에 침투시킨 대가이리라.

그리고 마흔 명의 호위단 검수들을 각지에 풀어 일시에 괴멸시켜 버린 것이다.

그들이 서로 연락을 취하고 도와주지 못하도록 동시에 신속하고 강력하게 해치워 버린 것이니 과연 흑룡보주는 과단성있고 치밀한 사람이었다.

'그 정도였던가?'

무진이 머리를 갸웃거렸다.

호위단의 젊은 검수들을 몇 번 보았지만 그처럼 대단하리라고는 생각하지 않았기 때문이다. 무진은 자기가 아직도 흑룡보를 제대로 보지 못했다는 걸 깨달았다. 겉모습만 슬쩍 훑어본 데 지나지 않았던 것이다.

"어쨌든 이제 여기는 재미없다."

이칠이 투덜거렸다. 무진에게도 이곳은 더 이상 있고 싶지 않은 곳이었다.

"신검문은?"

문득 자신을 쫓아왔던 백풍대(白風隊)를 떠올린 것이다. 신검문의 추살대라고 하던 자들인데, 어찌 되었는지 궁금했다. 이칠이 콧방귀를 뀌었다.

"홍! 겉멋만 잔뜩 든 얼간이들이었지."

"어떻게 되었지?"

"멍청한 곰 한 마리를 당하지 못하고 몽땅 뒈져 버렸다."

“철괴신?”

“그놈이 너를 놓친 화풀이를 백풍대인지 뭔지에게 죄다 해버렸지. 네 손에 죽고 남은 네 놈 중 세 놈이 으깨진 찰떡처럼 되어서 즉사했고, 한 놈만 겨우 살아서 벌벌 떨며 달아났어.”

한숨을 내쉰 무진이 다시 물었다.

“그런 뒤에는 철괴신도 흑룡보에서 나온 검수들에게 죽었겠군?”

“뭐라고?”

이칠이 어리둥절해서 눈을 크게 떴다.

“네가 그랬잖아. 호남에 있는 유명밀부의 하부 조직들이 모두 박살 나 사라졌다고.”

“오라, 장정이라는 놈도 유명밀부의 조직원이니 그때 죽었지 않았겠 느냐, 이 말이군?”

“그렇지.”

“으흐흐흐—”

이칠이 음흉한 얼굴로 낮게 웃었다. 무진은 뭔가 자신이 알지 못하 는 사건이 있었다는 걸 짐작했다.

“가자. 이런 을씨년스런 데 더 있을 게 뭐야?”

이칠이 벌떡 일어서서 턱으로 밖을 가리켰다.

“엇?”

소로(小路)에서 벗어나 형산 북쪽 관도에 들어선 무진이 깜짝 놀라 멈추어 섰다.

바쁘게 오가는 사람들이며 우마차가 뽀얀 먼지를 피워 올리는 누런 황톳길 한쪽에 장정이 철괴를 깔고 주저앉아 있었던 것이다.

위낙 큰 덩치에 험상궂게 생겨먹은 얼굴이라 오가는 사람들이 모두 그 앞에서는 발걸음을 조심하며 힐끔힐끔 눈치를 보고 있었다. 웬 산적이 백주대로에 나와 앉아 있나, 싶었을 것이다.

어슬렁거리며 무진 곁에서 걷던 이칠이 잰걸음으로 앞섰다.

"많이 기다렸나?"

그가 소리쳐 부르자 장정이 눈을 끔벅이며 물끄러미 바라보다가 엉덩이를 털고 일어섰다. 웅크리고 있던 흑곰 한 마리가 어슬렁거리며 몸을 일으키는 것 같았다.

그가 무진을 힐끔거리며 투덜거렸다.

"조금만 더 기다리게 했으면 형이고 나발이고 그냥 받아버릴 참이었다."

"뭐라고? 네가 아직 혼이 덜 난 모양이로구나?"

이칠이 무기력해 보이던 모습을 싹 버린 채 매섭게 노려보았다. 장정이 어깨를 움츠리고 슬그머니 머리통을 집어넣었다.

"아니, 뭐…… 꼭 그러겠다는 건 아니었고, 그냥……."

두 손을 비벼가며 우물쭈물거리는 것이 어른 앞에서 혼난 아이 같다. 무진이 어리둥절해서 두 사람을 번갈아 바라보았다.

"어떻게 된 거야?"

"흐흐, 별거 아니다. 귀여운 데가 있는 놈이라 동생으로 삼았어."

이칠이 눈을 찡긋거렸다.

"네가? 철괴신을? 허!"

무진이 믿지 못하겠다는 듯 눈을 부릅떴다. 그의 기억 속에 남아 있는 철괴신 장정은 지옥의 야차 같은 자였다. 굵은 쇠사슬 끝에 달린 두 개의 철괴를 풍차처럼 돌려대던 그 무지막지한 모습이 떠올랐다.

그런 장정이 지금 이칠 앞에서 말썽 부리다 들킨 아이처럼 전전긍긍하고 있는 것이다.

나이로 따진다면 그가 이칠보다 위다. 하지만 좀 모자란 듯한 인물이라 그런 걸 생각하지 못했으리라. 어떤 까닭인지 이칠에게 된통 혼이 나고 협박을 당해서 졸지에 동생이 되기로 한 건지도 몰랐다.

그 일을 상상해 보자 절로 웃음이 새나왔다.

"뒈질 뻔한 걸 구해줬지. 그래도 버릇없이 설치기에 따끔한 맛을 한 번 보여준 것뿐이야. 그랬더니 저렇게 변하더군 그래."

이칠이 남의 말 하듯 건성으로 그렇게 중얼거렸다.

그를 보고 장정을 보면서 무진은 저간의 사정을 대충 눈치챘다.

아마도 호위단의 검수들과 싸움이 벌어졌을 것이다. 장정이 위기에 몰렸고, 숨어서 지켜보던 이칠이 뛰어들어 구해주었으리라. 그게 인연이 되었던 게 틀림없었다. 그런데 두려워하는 건?

무진이 눈으로 묻자 이칠이 피식 웃고 품을 슬쩍 들추어서 허리띠에 가지런히 박혀 있는 비도를 보여주었다.

"저게 타고난 힘만 셌지, 실은 아주 느려 터지고 미련한 놈이거든. 그러니 이걸 당할 수 있겠어?"

"하긴."

무진이 웃음을 띠고 머리를 끄덕였다.

이칠은 가볍고 빠르고 은밀하다. 게다가 누구보다 차갑고 잔혹하며, 비도를 날리는 수법이 입신지경에 이르러 있다. 그러니 둔하고 행동 반경이 넓은 장정에게는 천적이었던 것이다.

제 화를 참지 못하고 날뛰다가 그의 신출귀몰하는 움직임과 비도에 호되게 당했으리라. 그래서 저렇게 기가 팍 꺾여 있는 것이다.

일행이 한 사람 더 늘었다. 무진에게는 달갑지 않은 일이었다. 가는 곳마다 장정의 특이한 용모 때문에 사람들의 눈길이 떠나지 않으니 그렇다.

그날 저녁에 무진은 석변(石變)이라는 곳에 이르러 객잔에 들었다. 이칠이 무진의 그림자라도 된 듯 따라 들어왔고, 장정은 또 이칠의 꼬리가 되어서 머뭇거리며 들어왔다.

"거기서 뭘 하고 있었던 거야?"

저녁 식사를 마치고 객방을 잡아 들기 무섭게 이칠이 다그치듯 물었다. 그는 무진이 흑룡보에서 그동안 무엇을 하고 있었던 것인지 몹시 궁금한 모양이었다. 갑자기 뛰어들어 무진을 구해준 흑의복면인 중 한 명이 여자였다는 게 그의 호기심을 더 부채질했는지도 모른다.

"먼저 네 얘기를 해봐. 분명 네가 나를 구해서 업었던 것은 기억이 나는데 그 뒤의 일은 생각나는 게 하나도 없다. 내가 의식을 차렸을 때 왜 너는 거기 없었지?"

"그건 말이지……."

이칠이 빙긋 웃고 그때의 일을 말하기 시작했다.

숨 가쁘게 내달려서 숲 속 깊은 곳에 이르자 여자가 앙칼지게 말했다.

"넌 그만 돌아가."

"그러지."

이칠이 망설임없이 그들을 비껴가자 여자가 다시 빽, 소리쳤다.

"그놈은 놔두고!"

그럴 수는 없다. 여차하면 한바탕 싸움을 벌이더라도 누군지 알지도 못하는 자들에게 무진을 넘겨줄 수는 없었다. 하지만 이제 몸에 지닌 무기도 없는 상황에서 어떻게 해야 할지 난감하기만 했다.

덩치 큰 흑의인이 복면을 벗어던지고 말했다.

"우리는 그를 잘 안다오. 정 믿지 못하겠다면 함께 가도 좋소."

"어디로?"

삼웅이 빙긋 웃었다.

"흑룡보."

"아! 당신들은 흑룡보의 사람이었군?"

"그렇소. 그와도 잘 알지."

이칠은 그가 거짓말을 하고 있는 게 아님을 알았다. 여자가 신경질적으로 복면을 벗어던지고 장한을 노려보았다.

"사형!"

"괜찮다. 그의 친구잖아."

"그래도 함부로 말해 주다니……."

소봉이 투덜거렸지만 삼웅은 개의치 않았다. 그가 이칠에게 순박하게 웃어 보였다.

"가시려오?"

"아니, 사양하겠어."

이칠이 더 망설이지 않고 무진을 삼웅에게 넘겨주었다.

지금처럼 쫓기고 있는 상황에서는 흑룡보에 숨어 있는 게 가장 안전할 것이다. 하지만 자신은 결코 그곳에 들어가고 싶은 마음이 없었다.

그들과 헤어진 이칠은 뒷일이 궁금해서 다시 남악묘 앞의 광장으로 돌아왔는데, 그때는 화가 난 장정이 철괴를 휘둘러 백의인들을 쳐부수고 있을 때였다.

“그렇게 된 일이었군.”

이칠의 말을 들은 무진이 머리를 끄덕였다. 그래서 의식을 차렸을 때 그가 보이지 않았던 것이다.

“자, 그러니 말해 봐. 대체 그 안에서 열흘씩이나 뭘 하면서 지냈던 거냐? 또 그들과는 어떻게 되는 사이지?”

이칠은 집요했다. 쉽게 물러설 것 같지 않았다. 무진이 빙긋 웃었다.

“한바탕 꿈을 꾸고 나온 것 같아서 아직까지도 머리 속이 혼란할 뿐이다.”

“얼렁뚱땅 넘어갈 생각이라면 재미없어. 수틀리면 고문을 하는 수가 있다.”

눈을 흘기고 손가락 마디를 뚝뚝 꺾는 것이 우습기만 해서 무진이 대소를 터뜨렸다.

“하하, 그건 싫다. 넌 아주 끔찍하고 무서운 놈이거든.”

“그걸 잘 안다면 어서 말해.”

“흑룡보주에게 내가 백부님이라고 불러야 한단다.”

“뭐라고?”

이칠이 깜짝 놀라 눈을 크게 떴다. 그리고는 이내 어리둥절해져서 머리를 갸웃거렸다.

“그런데 말투가 뭐 그러냐? 남의 말을 하고 있는 것 같잖아?”

“그럴 만한 사정이 있다.”

한숨을 쉰 무진이 그동안의 일들을 간단히 얘기해 주었다. 내내 정신을 집중해서 듣고 있던 이칠이 탄식했다.

“그가 네 아버지의 사형이었다니…… 너에게 그런 아픈 과거가 있었다니……."

"동정할 것 없다."

"아니, 나는 너무 기쁘다. 그래서 눈물이 나려고 한다."

정말 이칠의 눈은 젖어 있었다. 그는 무진이 비로소 자신을 완전한 친구이자 동료로 받아준 것을 알았다. 그렇지 않았다면 어찌 감추고 있어야 할 비밀을 다 털어놓았겠는가.

무진이 살아온 날들이 얼마나 힘들고 외로웠을지 가슴으로 느껴졌고, 그의 한이 얼마나 크고 깊은지 이제 알 수 있었다.

"좋아, 내가 도와주지."

그가 무진의 손을 꽉 잡고 결연하게 말했다. 무진이 피식 웃었다.

"너는 벌써 나에게 큰 도움을 주었다."

"아니, 아니, 그런 것만으로는 부족해. 네 한을 나누어 가지려는 거다."

"너의 한도 혼자 감당하기 벅찰 텐데?"

"미련한 놈 같으니. 그건 반쯤 뚝 덜어서 너한테 줘버릴 건데 무슨 걱정이냐?"

"하하하― 좋아! 반씩 나누자!"

"뭐라고? 누가 지금 나를 욕한 거지? 너냐?"

구석에서 꾸벅꾸벅 졸고 있던 장정이 눈을 번쩍 뜨고 무진을 노려보았다. 졸던 중에 미련한 놈이라고 하는 말을 언뜻 들은 것이다. 그건 무식한 놈이라는 말과 함께 그가 가장 듣기 싫어하는 욕이다.

"이리 와라. 주먹으로 대갈통을 한 번 갈겨줘야겠다!"

솥뚜껑만한 주먹을 불끈 쥔 채 옷소매까지 걷어붙이며 씩씩거리는 게 영 엉뚱하기만 해서 무진과 이칠은 손뼉을 치며 웃었다.

"어? 아니었나?"

제 큰 머리통을 두드리고 눈을 끔벅이는 모습이 더욱 우스웠다.

"제기랄, 누구든 나를 욕하는 놈이 있으면 철괴로 눌러 버리고 말 테야. 그때는 형이고 뭐고 다 소용없다. 그런 줄…… 알어…….

말소리가 점점 느려지고 가늘어지더니 끝에 가서는 다시 코를 골았다.

"쳇, 형편없는 놈 같으니."

혀를 찬 이칠이 다시 무진을 보고 정색을 했다.

"그러니까 선친으로부터 물려받은 그 벽옥소에 모든 비밀이 들어 있는 셈이구나?"

"그렇지."

"자부동천이라…… 그건 매우 구미가 당기는걸? 대체 어디에 숨겨져 있는 걸까?"

"그걸 밝혀내면 이 일의 전모가 드러나게 될 텐데, 알 수가 없으니 답답하기만 하다."

"자부선노라는 그 노인네가 아주 심술 고약한 늙은이였구만 그래."

이칠이 불만스럽게 투덜거렸다. 아예 속 시원하게 다 말해 주고 죽을 것이지 이따위 수수께끼를 남겨두고 간 게 못마땅했던 것이다.

"나는 우화등선할 테니 나머지는 너희들끼리 알아서 해라. 이 심보 아니었겠어? 넌지시 암시라도 주고 가던가."

무진이 머리를 가로저었다.

"때가 아직 되지 않았다는 걸 알았기 때문이겠지. 인연이 닿으면 절로 풀어질 테니 구차하게 말할 필요를 못 느껴서일 거야."

"그 인연이 닿을 때가 언제인데? 네가 아닐지도 모르잖아? 그러면 억울하지 않겠어?"

"그럴 수도 있겠지. 하지만 억울할 건 없다."

"어째서?"

"어차피 내 손으로 해야 할 복수다. 그놈들을 통쾌하게 죽여서 한을 풀든지, 아니면 내가 죽을 뿐 다른 선택은 없다. 천길 벼랑에 걸쳐져 있는 외길을 달려가고 있는데 다른 곳에 한눈팔 여유가 어디 있어? 그러니 누군지 알지도 못하는 자부선노의 배려나 안배 따위는 필요없다."

"하하, 그렇지. 그래. 내 마음과 똑같다. 나도 그렇거든."

이칠이 통쾌해 할 때 불쑥 장정의 말이 들려왔다.

"나는 안다."

"응?"

무진과 이칠이 깜짝 놀라 돌아보았다. 장정이 퉁방울 같은 눈을 부릅뜨고 있었다. 잠이 달아났는지 어느 구석에도 졸음이 남아 있지 않은 얼굴이었다.

"지금 뭐라고 했냐?"

이칠이 다그쳤다. 눈을 끔벅이던 장정이 다시 불쑥 말했다.

"자부선노. 나도 알아."

"네가 어떻게?"

무진도 놀라서 상체를 내밀고 급하게 물었다. 장정이 한동안 제 콧구멍을 후비적거리고 나서 중얼거렸다.

"사부님이 말해 주셨거든."

"사부님이라니?"

"우리 집에서 하루 밤 묵어갔던 절대고수이시다. 그분이 떠나기 전에 나한테 철괴신공을 전해주셨어. 나는 무려 이십 년 동안이나 하루도 쉬지 않고 연마했다. 그래서 드디어 대성한 거야. 그러니 나도 사부님처럼 절대고수가 된 거지. 나를 무시하면 안 돼. 그러다가는 머리통이 박살나서 다시는 밥을 먹지 못하게 되는 수가 있지. 암. 그렇게 돼진 놈들이 이만큼도 더 된다."

그리고는 의기양양해서 제 열 손가락을 활짝 펼쳐 보였다.

도대체가 정신이 나간 놈 같았다. 몇 마디 하는 동안 제가 뭘 말하려고 했던 건지 잊어버리고 그저 생각나는 대로, 입에서 나오는 대로 주워섬기기만 하니 그렇다.

"저, 저런 멍청한 놈이!"

이칠이 발칵 화를 냈다. 장정이 눈을 부릅뜨고 그를 노려보았다.

"욕하면 대갈통을 때려준다고 했지? 미련한 놈, 멍청이, 바보, 무식한 놈. 이런 욕은 참을 수 없어. 네가 아무리 형놈이라고 해도 마찬가지다. 이리 와라. 형놈 대갈통을 한번 때려보자."

"저놈이!"

이칠이 발끈해서 일어섰다. 노려보는 눈길이 매섭기 짝이 없다. 그 기세에 찔끔한 장정이 목을 집어넣고 또 중얼거렸다.

"너만 빼고…… 제기랄, 그러면 될 거 아냐. 왜 신경질은 내고 지랄이람."

제7장
꼬리를 밟다

"절대고수는 무슨……."

이칠이 코웃음을 쳤다.

"지나가다 하루 밤 신세를 지고 간 떠돌이 무인이 초식도 뭣도 아닌 재주 하나를 가르쳐 줬다고들 하더라. 돈이 없었던 게지. 그걸 대단한 신공절학이라도 되는 양 죽기살기로 익히고 연습한 네놈도 정말 대단해."

"어? 어떻게 알았지?"

"사람들이 죄다 그러더라."

어리둥절하던 장정이 콧김을 내뿜었다.

"이런 쳐죽일 것들이 감히 이 철괴신 어르신을 뒤에서 흉봤구나!"

장정이 분해서 이를 갈았지만 이칠은 재미있기만 할 뿐이었다. 그가 빙글빙글 웃으며 여전히 놀려댔다.

“그들 말이 사실이잖아. 새끼줄에 돌멩이를 달아서 연습하던 게 쇠사슬에 철괴로 발전한 거라며?”

“아니다! 새끼줄 휘두르는 재주 아니다! 철괴신공이야!”

장정이 목에 핏대를 세워가며 악을 바락바락 썼다.

“알았다, 알았어. 절대고수의 절대신공이라고 해두자. 네가 운이 좋아서 아주 훌륭한 스승을 만난 거지. 게다가 아침나절에 잠깐 배운 신공을 익혀서 이렇게 대성했으니 너도 절세의 기재가 맞다.”

눈을 부라리며 대드는 장정의 기세가 심상치 않았다고 여겼던지 이칠이 손을 내저었다.

잔뜩 비꼬는 말이었지만 장정이 그 속에 숨겨진 뜻을 알 리가 없다. 그가 비로소 헤헤, 하고 만족한 웃음을 흘렸다.

무진이 정색을 하고 다시 물었다.

“이제 말해 봐. 너에게 자부선노에 대해서 말해 줬다는 그 스승이 누구냐?”

“몰라.”

“모른다고? 허―”

무진이 난감한 얼굴을 했다. 장정은 태연하기만 하다.

“제기랄 사부가 나를 무시하고 그냥 가버렸지 뭐냐? 그래서 이름을 몰라. 안 가르쳐 줬거든.”

“그럼 자부선노에 대한 이야기는?”

“응, 그거? 사부가 그랬다. 그래, 좀 알아봤느냐? 어디에도 종적이 없습니다. 그래? 나도 이곳까지 오면서 수없이 많은 사람들을 만나보았지만 한 명도 자부선노라는 이름을 아는 자가 없었다. 도대체 그 늙은 것이 어디로 숨어버린 걸까요? 흐흐흐, 어디에 숨었든 반드시 찾아내서 끌고 가야 한다. 흥! 자부선노 그놈이 감히 우리 보물을 훔쳐 갔으니 붙잡아서 토해내게 한 다음에 천 조각 만 조각을 내줘야지."

"대체 무슨 소리냐?"

쉼없이 나불대는 장정의 입을 멍하니 바라보던 이칠이 어리둥절해서 그렇게 물었다.

무진은 그가 남의 말을 흉내 내고 있다는 걸 알았다. 제딴에는 지금 열심히 두 사람의 대화 내용을 옮기고 있는 중이었던 것이다. 목소리마저 하나는 굵게 하나는 가늘게 해서 실감을 살리려고 애쓰고 있었다.

무진이 심각해진 얼굴로 다시 물었다.

"네 사부는 한 사람이 아니었느냐?"

"나중에 한 놈이 또 왔다. 내가 자는 줄 알고 저희들끼리 말한 거야. 하지만 나는 그때 잠들지 않았었다. 다 들었어."

따로 묵을 방이 없어서 장정의 방을 하루 밤 함께 썼는데, 한밤중에 누군가 찾아왔던 것이다. 그리고 저희들끼리 태연히 비밀을 주고받았다. 장정이 좀 모자라는 아이라는 걸 알았으니 크게 신경 쓰지 않았고, 또 그가 깊이 잠들었다고 여겼기 때문이리라.

"그것뿐이냐?"

무진이 급히 물었다.

"응. 그리고 나서 나는 진짜로 잠들었거든. 그러니 다음 말들은 몰라."

"휴— 애석한 일이군."

조금만 더 있었더라면 무언가 단서가 될 만한 말을 엿들었을지도 모른다. 하지만 장정이 여태까지 그것을 잊지 않고 있었다는 것만도 대단한 일이니 탓할 수도 없었다.

"다음날 사부가 유성추 쓰는 법이라면서 새끼줄에 돌멩이를 매달아 휘둘러 보였거든? 고마워서 내가 절하고 물었다."

"무얼?"

"사부님으로 모십죠. 네 마음대로 해라. 그런데 이름이라도 알아야…… 그랬더니 잠시 생각하다가 그런 거야. 토가(土哥)라고 알아두어라. 그래서 내가 그랬지. 어디서 왔는지도 가르쳐 줘야죠. 그러니까, 더 알 것 없다. 그럼 홀어머니 봉양 잘하고 잘 있어라. 인연이 있으면 또 만나게 되겠지. 그리고는 그냥 도망가 버렸다."

"옳거니!"

이칠이 무릎을 쳤다. 무진의 얼굴도 흥분으로 달아올랐다.

그가 자부선노를 찾았고, 선노가 자신들의 보물을 훔쳐 갔다고 했으니 자부동천의 비밀에 관련된 자가 틀림없었다. 그리고 장정의 말을 통해서 그자가 토씨 성을 쓴다는 걸 알았다. 이건 뜻밖에 얻은 커다란 수확이었다.

"선노는 보물을 자부동천에 숨겨두고 왔다고 했다. 그 비밀을 옥소에 담아서 세상에 남겼고, 토가라는 그자는 선노를 붙잡아서 자부동천을 알아내려고 한 거야. 그러니 그자가 이 일의 뿌리라고 할 수 있지."

"그럴까?"

무진은 흥분으로 들떠 있었지만 이칠은 무엇을 생각했는지 머리를 갸웃거렸다. 그러다가 잔뜩 의심스런 눈으로 장정을 쏘아보며 불쑥 말했다.

"믿을 수 없는걸? 네가 진짜 기재라도 된단 말이냐? 이십 년 전에 한 번 엿들은 말을 그렇게 생생하게 기억하고 있다니……."

장정의 입이 불쑥 튀어나왔다.

"제기랄, 내가 아무리 무지막지한 놈이라도 사부를 잊어버리지는 않는다. 그 음성과 얼굴을 잊지 않으려고 매일 그때 들었던 말을 떠올렸다. 사부 얼굴마저 까먹으면 정말 후레자식이 되지 않겠어? 그래서 지금도 생생하게 기억하는 거지. 그러니 나는 효심이 가득한 제자 맞다."

"너도 정이 그리운 놈이었구나."

무진이 머리를 끄덕이고 장정을 지그시 바라보았다. 측은한 마음이 들었다.

장정이 하루 밤 인연에 지나지 않고, 별것도 아닌 재주 한 가지를 툭 던져 주었을 뿐인 자를 사부라고 믿는 건 정 붙일 사람이 필요해서였다. 이 넓은 세상에서 그는 늘 혼자였던 것이다.

저를 무서워하고 놀리는 자들은 있어도 진심으로 따뜻한 정을 베풀어주는 사람은 없었다. 그래서 그는 허전하고 쓸쓸한 마음속에 그 낯선 자라도 사부라는 이름으로 붙들어두고 정을 만들어 갖고 싶었던 것이다.

무진은 장정이 이칠에게 스스로를 굽히고 들어간 것도 바로 그래서일 것이라고 짐작했다. 이칠이 호감을 보이자 그에게서 정을 받고 싶었던 것이다.

"그나저나 이 넓은 세상에서 토씨 성을 쓰는 자를 어떻게 찾냐? 또 한두 명이 아닐 텐데 그중에서 가려내는 것도 문제고……."

"장정이 있잖아."

이칠이 코웃음을 쳤다.

"쳇, 저놈을 어디 믿을 수가 있어야지?"

다음날 한 사람과 마주쳤다. 아침 식사를 하려고 주청으로 나왔을 때였다.

"응?"

무진이 깜짝 놀라 우뚝 섰다. 이칠이 무슨 일인가 싶어서 무진의 시선을 따라갔고, 장정은 벌써 빈 탁자를 차지하고 앉아 술과 고기를 내오라고 소리치고 있었다.

"어라?"

이칠도 깜짝 놀라 몸을 굳혔다. 그들의 시선이 가 닿은 곳에 한 여인이 홀로 앉아 느긋하게 차를 마시고 있었는데, 소봉이었다.

"이리 와."

소봉이 돌아보지도 않은 채 손가락을 까닥거려서 그들을 불렀다. 이칠의 얼굴이 일그러졌다.

"저런 고약한 년이 있나."

무진이 살짝 그의 옷소매를 잡았다.

이칠이 끙, 하고 한숨을 쉬었지만 화를 드러내지는 않았다. 무진이 말리지 않았더라도 그에게 소봉은 껄끄러운 존재였던 것이다. 그녀가 두려워서가 아니라 흑룡보라는 배경 때문이다.

"너 혼자냐?"

다가간 무진이 묻자 소봉이 흥! 하고 코웃음을 쳤다.

"나를 찾아온 거야? 무슨 일로?"

"따라가려고."

"뭐라고?"

무진이 깜짝 놀라 눈을 크게 떴다. 소봉은 태연하기만 했다.

"사부님이 허락하셨다. 너를 잘 보호해 주라고 하셨어."

"허—"

무진이 어이없어하는데, 곁에 다가온 이칠이 이죽거렸다.

"감시하라고 했겠지. 보물을 혼자서 독차지하지 못하도록 말이야."

"뭣이!"

소봉이 발끈해서 이칠을 노려보았다. 그러더니 다시 무진에게 표독스런 눈길을 돌렸다.

"이자에게 다 말해 준 거냐?"

"그는 믿을 수 있는 친구니까."

"믿을 수 있다고? 흥! 나는 조금도 믿지 못하겠어."

한숨을 쉰 무진이 타이르듯 말했다.

"돌아가라. 가서 보주께 전해. 내 일은 내가 알아서 할 테니 염려할 것 없다고 말이다."

"쳇, 내 일도 내가 알아서 해. 그러니 네가 이래라저래라 할 게 아니지."

지그시 소봉을 바라보면서 무진은 참 곤란한 일이라고 생각했다. 대체 보주가 무슨 생각으로 이 철없는 아가씨를 혼자 내보낸 건지 궁금하기도 했지만, 그녀가 고집을 부리면 말릴 수도 없다는 걸 알기 때문이다.

"소 소저, 강호는 험난하고 거친 곳이라오. 곱게 자란 소저가 검 한 자루를 믿고 함부로 나설 만한 곳이 절대로 아니지. 그러니 정 강호행을 하고 싶거든 소저의 사형들과 함께 오는 게 좋을 거요."

무진이 점잖게 타일렀지만 소봉은 매섭게 흘겨볼 뿐이다.

"네 걱정이나 해. 내 앞가림은 충분히 할 수 있으니 말이야. 그리고 나는 사부님의 명을 받았다고 했잖아. 그대로 수행할 뿐이다."

"정말 나를 보호하라고 하셨단 말이냐?"

“보호하고 감시하라고 하셨다. 왜?”

“허―”

어이가 없었다. 대체 이 콧대 높은 아가씨가 뭘 믿고 이처럼 당당하기만 한 건지 궁금해졌다. 노골적으로 ‘너를 감시하기 위해서 왔다’고 말하니 그렇다.

무진은 흑룡보주의 뜻을 알 것도 같았다. 자신이 직접 강호에 나와 자부동천을 찾아다닐 수 없으니 소봉을 대신 내보낸 것이다.

사실 소봉은 무진이 흑룡보를 나가자마자 즉시 보주에게 찾아가 졸라댔었다. 저놈을 저렇게 놓아 보낸다는 건 나와 사표 사형의 자존심이 상하는 일이다. 쫓아가서 기어이 혼내주겠다고 떼를 쓰자 물끄러미 바라보던 보주가 빙긋 웃었다.

“그 아이에게 관심이 있는 모양이로구나?”

“관심이라니요? 쳇, 죽이고 싶도록 미운 놈인데 무슨 그런 말씀을 하세요?”

“따라가고 싶으냐?”

“그게 아니라…….”

우물쭈물하던 소봉이 용기를 내서 말했다.

“저도 강호라는 곳에 나가 구경도 하고 이름도 얻고 싶어요. 이제는 그럴 때도 되지 않았어요?”

“이름이라…… 그래, 언제까지 흑룡보 안에만 있을 수 없으니 나가서 경험을 쌓는 것도 좋겠지.”

“가도 되나요?”

소봉이 기쁨으로 눈을 반짝였다.

보주는 다섯 제자들 중 그녀를 가장 사랑하고 아꼈다. 생각하는 바가 있어서 허락은 했지만 걱정을 감출 수 없는 그가 짐짓 근엄한 얼굴로 말했다.

"무진이는 매 걸음마다 죽음의 위험을 무릅써야 한다. 그러니 네가 그의 힘이 되어주어라. 또한 그는 반드시 자부동천을 찾을 것이니 그때가 되면 나에게 즉시 알려야 하느니라."

"명심하겠습니다."

"너는 나의 절기를 칠성 정도 익혔으니 그만하면 네 한 몸을 지키기에는 족할 것이다. 사흘에 한 번씩 반드시 표기(標記)를 남겨라."

"알겠습니다."

보주가 품에서 손가락만한 작은 죽통 한 개를 꺼내주었다.

"목숨이 경각지경에 달린 위급한 상황을 만나면 이것을 터뜨려라. 도와주는 사람이 있을 것이다."

소봉이 좋아하며 당에서 뛰어나갔다. 그 뒷모습을 물끄러미 바라보던 보주가 중얼거렸다.

"그 아이와 인연을 맺으면 그것도 좋겠지. 문탁이에 대한 나의 서운함도 많이 줄어들게 될 거야."

*   *   *

"이곳의 일은 이제부터 내가 직접 처리한다."

음침한 당 안에 노인의 음성이 웅웅 울렸다.

그 앞에 납작 엎드려 있는 세 사람의 어깨가 움찔거렸다. 산동 신검문의 분타라고 할 수 있는 호남 신검문의 세 향주들이었다.

노인이 지그시 그들을 내려다보았다. 눈길에 노여움이 은은히 깃들어 있었다.

"밀부사자를 들라 해라."

밖에서 복명하는 소리가 들리더니 곧 검은 옷을 입은 중년의 깡마른 사내가 흐느적거리는 걸음으로 소리없이 들어와 섰다.

백염, 백발의 노인이 타는 듯한 눈길로 한동안 바라보다가 침중하게 말했다.

"이제 이 일은 신검문에게 맡기고 당신들은 본연의 임무로 돌아가시오."

"그럴 수 없소."

유명밀부의 사자로 왔다는 흑의인이 음침하게 말했다.

"신검문의 일이라고 하나 밀부의 일도 되오. 나는 부주의 특명을 받고 온 몸. 당신이 내게 명령할 수는 없소."

"하하하— 언제 누가 내 앞에서 이처럼 과감히 말한 적이 있었던가?"

백염, 백발의 노인은 철옹방에 신비 집단의 사자(使者)라는 신분으로 와 은밀한 모임을 주관하던 바로 그 사람이었다.

신검문의 봉공이라는 표면적인 신분을 갖고 있는데, 강호에는 장백노(長白老) 양처앙(楊處仰)이라는 이름으로 널리 알려진 노고수였다.

장백노 양처앙이 신광이 뿜어지는 눈으로 한동안 흑의인을 쏘아보다가 천천히 말했다.

"그대들 밀부에서는 본 천(天)의 경고에도 불구하고 성급하게 행동하다가 일을 이처럼 어렵게 만들어놓은 죄과가 있다."

"죄과라니? 우리가 지난 이십 년 동안 그들을 감시하고, 그들의 발을 형산에 묶어놓았던 덕에 당신들은 마음 놓고 활동할 수 있었던 것 아니오?"

"동청강! 네가 감히 본좌의 면전에서 음성을 높인단 말이냐?"

장백노가 노하여 소리쳤지만 밀부의 사자라는 흑의인, 동청강은 눈썹 하나 까딱하지 않았다.

"으흐흐흐— 장백노의 위명이 한때는 천하에 널리 알려졌지만 이십 년 전의 일. 지금 그대를 아는 사람은 거의 없어도 염라흑수(閻羅黑手) 동청강(董淸强)을 아는 사람은 아직 많지."

"무엇이?"

"한때의 위엄으로 나를 억누른다면 피차 피곤해질 뿐이니 현명하게 판단하시기 바라오."

동청강은 결코 위축되거나 기가 죽지 않았다. 그가 어둠 속에서 귀화(鬼火)처럼 새파랗게 일렁이는 눈길로 장백노를 노려보았다.

당 안의 분위기가 심상치 않아졌다. 그러자 곳곳에서 날 선 살기들이 동청강의 몸에 쏟아져 왔다. 어둠 속에 몸을 숨기고 있는 자들이 적의를 드러낸 것이다. 동청강이 우흐흐, 하고 낮게 웃었다.

"까불지들 마라. 암습이라면 너희들 신검문의 추혈대는 밀부의 상대가 되지 못한다."

어둠이 크게 흔들렸다. 추혈대(追血隊)라고 불리는 자들이 분노한 것이다.

그들은 신검문에서 숨겨두고 있는 살수조였다. 평소에는 문주의 신변에 숨어서 은밀한 호위를 할 뿐 겉으로 드러나는 일이 없었다. 때문에 의협을 표방하는 신검문에서 위험하고 지독한 살수조를 숨겨두고 있으리라는 것을 강호에서는 아무도 알지 못했다.

그런데 동청강은 즉시 그들의 정체를 간파했으니 과연 유명밀부의 정보력은 대단하다는 게 다시 한 번 드러난 것이다.

"좋다. 네가 원하는 것을 말해 보아라."

장백노가 슬쩍 손을 들어 어둠 속에 숨어 있는 자들을 물리치고 말했다.

동청강이 음침한 소성을 흘리고 나서 느긋하게 말했다.

"본 문의 유령대(幽靈隊)가 신검문의 추혈대보다 못할 것이라고 생각하시오?"

"그럴지도 모르지. 적어도 몰살당하는 일은 없을걸?"

형산에서 밀부의 추살대인 유령대 호남 분대가 몰살당했고, 그들을 이끌고 있던 유령마군이라는 자도 고문을 당한 참혹한 모습으로 죽었다. 장백노는 그 일을 두고 비웃은 것이다.

"흥!"

동청강이 코웃음을 쳤다.

"당신들과는 타협의 여지가 없으니 나는 이번 일에서 손을 떼겠소. 당신들에게 공을 세울 기회를 주지. 잘해보시오."

싸늘하게 말한 동청강이 인사도 없이 돌아서서 당을 떠났다.

"멍청한 것들. 도움을 주려고 했지만 그럴 필요가 없다. 길이 다르면 어울릴 수가 없는 법이지."

그가 어깨를 펴고 늘어서 있는 신검문의 백의검수들 사이를 지나가며 중얼거렸다.

그들은 신검문이 자랑하는 추살대였다. 백, 청, 흑의 삼 개 대로 구성된 백풍대(白風隊)인 것이다. 그들 중 흑호대가 남악묘 앞에서 몰살당했고, 지금 장백노는 백월(白月)과 청룡(靑龍) 두 대를 모두 이끌고

와 있었다.

백월과 청룡은 몰살당한 흑호대보다 무서운 자들이다. 대부분의 일은 흑호대가 전면에 나서서 처리하고, 그들이 하지 못하는 일만을 백월이나 청룡 중 한 조직이 나서서 해치우는 것만 봐도 그랬다.

강호에는 그들이 나서는 일이 거의 없었다. 웬만한 건 흑호대의 손에서 다 끝났던 것이다.

그들 마흔 명의 검수들이 늘어서 있었지만 동청강은 조금도 위축되지 않고 당당하게 지나갔다. 그리고 당 안에서는 장백노가 잔뜩 불쾌한 얼굴로 중얼거렸다.

"어리석은 것들이 흑룡보를 끌어내 놓고서는 제가 뭘 잘못했는지도 모르고 있다. 한심한 것들 같으니. 쯧쯧……."

흑룡보는 아직 웅크리고 있어야 한다. 그들이 이처럼 일찍 쏟아져 나와서는 안 되는 것이다. 그게 장백노가 가지고 있는 생각이었고, 그가 천이라고 부른 윗전의 생각이었다.

아직 시기가 도래하지 않았는데 흑룡보주 진천무가 움직였으니, 이쪽에서도 가만히 있을 수 없게 되었다. 천주는 그 일에 잔뜩 화가 났다. 하지만 정작 일을 망쳐 놓은 유명밀부에서는 반성하는 기미가 없었다.

"역시 길이 다른 건가?"

장백노 또한 동청강과 같은 의미의 말을 중얼거렸다.

"그 아이는?"

장백노가 문득 허공에 대고 물었다. 어둠 속에서 웅웅 울리는 음성이 즉각 보고했다.

"북쪽으로 가고 있습니다. 일행이 세 명으로 늘어났는데, 흑룡보주의 여제자가 포함되어 있습니다."

"응?"

장백노가 놀란 얼굴을 했다가 잔뜩 눈살을 찌푸렸다.

"그놈이 흑룡보에 들어가 있더니 진천무와 손을 잡았구나. 이건 뜻밖인걸, 뜻밖이야."

어려운 문제라도 생각하는 듯 노인이 한 손으로 턱을 괸 채 무겁게 침묵했다.

"흥! 소봉이라는 계집애가 함께 있다고? 내가 그럴 줄 알았다."

낡은 사당 안에서 동청강도 잔뜩 인상을 쓰며 그렇게 중얼거렸다. 그 앞에는 다섯 명의 흑의인들이 늘어서서 명을 기다리고 있었다.

"우선 그놈을 잡아라. 어떠한 희생이 있더라도 신검문보다 먼저 손에 넣어야 한다."

"존명!"

흑의인들이 퍽, 하고 꺼지듯 사라졌다.

"흐흐흐, 이제 본격적으로 시작해 보는 거야. 신검문? 흥! 네놈들의 오만한 콧대가 뭉개질 날도 멀지 않았다. 흐흐흐……."

그의 음침한 웃음이 흘러가는 하늘 저쪽, 산 능선 두 개를 넘은 골짜기 속에 또 한 무리의 수상한 자들이 모여 있었다.

"어찌 된 건가? 우리만 명을 받은 줄 알았더니 신검문과 밀부에서도 나섰다고?"

철웅방주 상곡운이었다.

그가 검은 수염을 쓰다듬으며 의아해서 묻자, 앞에 부복해 있던 자가 조심스럽게 보고했다.

"밀부에서는 흑룡보를 감시하기만 하라는 명을 따르지 않을 듯했습니다. 그들은 곽무진이라는 놈을 탐내고 있는 게 분명합니다."

"곽무진…… 얼마 전만 해도 대단치 않게 여겼건만, 어느새 그놈이 이렇게 커버렸을 줄이야……."

철웅방의 비무대회에 몽려지라는 이름으로 참석했던 자가 바로 곽무진이고, 곽문탁의 일점 혈육이라는 걸 안 것은 얼마 전이다. 그리고 그가 그날 밤 영웅각에서의 은밀한 집회를 훔쳐본 자라는 것도 이제는 확신했다.

상곡운에게 유명밀부를 도화 흑룡보를 견제하라는 천주의 명령이 떨어졌다. 그 즉시 방의 정예 고수들 일백여 명을 이끌고 직접 달려왔는데, 이곳에 와보니 사태가 의외로 복잡했다.

"이럴 때 여상이 그놈이라도 있었으면 도움이 되었을 것을……."

상곡운이 잔뜩 눈살을 찌푸리고 중얼거렸다. 여상이 무진과 친분을 쌓았으니 조금만 도와주면 일을 쉽게 처리할 수도 있을 텐데, 그는 아직 사천의 당가에서 돌아오지 않았다.

"꼭 필요할 때면 곁에 없어. 고얀 놈 같으니……."

아들에 대한 서운함이 컸지만 지금은 그가 돌아오기를 기다리고 있을 수가 없었다.

"가자! 우리는 명받은 대로 행할 뿐, 다른 일에 관여하지 않는다."

상곡운이 마음을 정하고 몸을 일으켰다. 그러자 즉시 어두운 골짜기 곳곳에 흩어져 있던 일백여 명의 방도들이 보주 곁으로 모여들었다.

*　　　　*　　　　*

"어디로 가는 거야?"

소봉이 또 물었다. 벌써 다섯 번째다.

무진은 애써 그녀를 무시하고 있었다. 그녀 스스로 화를 내고 토라져서 떨어져 나가 주기를 바라고 있는 것이다. 그래서 무얼 물어도 대꾸조차 해주지 않고 묵묵히 앞만 보며 걸었다.

"흥!"

눈을 흘긴 소봉이 조금 뒤에 다시 물었다.

"곽 공자님, 우리는 지금 어디로 가고 있는 중인가요?"

지칠 줄을 모른다.

무진이 한숨을 쉬고 걸음을 멈추었다. 그대로 두면 수백, 수천 번이라도 똑같이 묻고 또 물을 게 틀림없었다.

"너는 정말 끈질기군."

"쳇, 그대 또한 매우 끈질기답니다. 대단하신 공자님이시지요."

잔뜩 비꼬는 것이다.

"휴—"

무진이 한숨을 내쉬고 마지못해 말해 주었다.

"호은암으로 간다."

"호은암?"

소봉과 이칠이 동시에 물었다. 실은 이칠도 그의 행로가 궁금했던 것이다.

"내가 자랐던 곳이지."

"꼭 그래서만은 아니겠지?"

이칠이 의심스런 눈길을 보냈다. 지금이 어느 때인데 한가롭게 제

추억이나 더듬고 있느냐고 책망하는 눈길이기도 했다.

"만나볼 사람이 있거든."

"그게 누구야?"

기다렸다는 듯 소봉이 또랑또랑한 눈으로 물었다. 이칠도 호기심이 가득한 눈으로 무진의 입만 바라보았다.

무진은 마음이 복잡했다. 흑풍객과 수련에게 약속한 기한이 아직 삼 년 남았는데, 이렇게 그들을 찾아가도 되는 건지 몰라서다.

하지만 지금이야말로 그들을 만나야 할 때라는 생각도 들었다. 흑풍객과 무광 노스님이 십 년 뒤를 얘기한 것은 강호에 일 커다란 분란을 두고 한 말이 분명했다. 그런데 그것이 뜻밖에도 앞당겨지고 있는 것 같으니 초조해지기도 했다.

'흑풍객은 또 다른 무엇을 알고 있을지도 모른다.'

그런 생각도 감출 수 없다.

무진은 이리저리 흩어진 조각을 하나씩 주워 모아 맞추고 있는 중이었다. 그것이 완성되면 비로소 완전한 형상이 드러나리라. 흑풍객은 그 조각의 하나일 것이고, 어쩌면 무광 노스님도 그럴지 모른다는 의심이 들었다.

제 생각에 잠긴 무진이 묵묵히 걷기만 하자 뒤따라오던 장정이 버럭 소리쳤다.

"저 어린 놈이 정말 건방지구나! 이놈아! 아가씨가 물었으면 대답을 해야 할 것 아냐!"

그가 엉뚱하게 화를 내자 소봉이 신경질적으로 빽, 소리쳤다.

"너, 덩치 큰 미련한 놈아! 내가 가만히 있는데 왜 네가 나서고 지랄이냐?"

"뭐라고?"

장정이 우뚝 서서 퉁방울 같은 눈을 이리저리 굴렸다.

이상한 일이었다. 누가 그에게 미련한 놈이라고 했다면 죽이려고 길길이 날뛰었을 텐데 소봉의 말에는 그저 눈만 끔벅이고 있으니 그렇다.

"왜? 그 잘난 철괴를 한번 휘둘러 보시지?"

소봉이 허리에 손마저 척, 얹은 채 매섭게 노려보았다. 장정이 그녀의 눈치를 보며 우물쭈물하다가 슬며시 눈을 깔고 중얼거렸다.

"제기랄, 어르신은 계집애하고 싸우지 않는다."

"뭐라고?"

"아니, 너…… 예쁜 소저 말고 저기 저 계집애 말이다."

소봉의 눈꼬리가 치켜져 올라가자 장정이 급히 아무 데나 가리키며 변명했다. 거기에는 아무도 없었다.

"흥! 한 번만 더 쓸데없이 나서면 따귀를 때려줄 테다!"

앙칼지게 꾸짖은 소봉이 다시 무진 곁에 붙어 서서 걸으며 또 물었다.

"누구를 만나러 가는데?"

"너는 정말 지독하구나."

"흥! 그러니까 이 아가씨께서 물을 때 빨리 말해 주면 되잖아."

"가보면 안다. 너도 아는 사람이니 반가울 거야."

"응? 내가 아는 사람이라고?"

소봉이 머리를 갸웃거렸다.

다음날 그들은 형산 끝자락에 우뚝 솟아 있는 영파(嶺坡)라는 곳에 이르렀다. 발 아래 운해를 깔고 있는 높은 고갯길이다. 저 멀리 남쪽으로 형산의 준봉들이 구름을 뚫고 우뚝우뚝 솟아 있었다.

무진은 등에 검이 든 함을 메고 흑풍객을 따라 이곳에 왔던 때를 떠올렸다.

현철이 정말 신검문에서 빼앗아온 거냐고 묻자 흑풍객은 서슴없이 그렇다고 대답해서 무진을 당황하게 했었다.

따져 묻는 무진에게 그는 힘이 있는 자가 모든 것을 결정할 수 있는 것이 강호의 생리라는 말로 잡아뗐다.

'정말 그런 것일까?'

무진은 자기 자신에게 물었다. 그러나 대답할 수 없었다.

무진이 우울한 얼굴로 어두운 숲을 향해 천천히 돌아섰다.

마음속에 한 번 일기 시작한 의문이 회의가 되어 가슴을 답답하게 했다.

'이것이 대답이 될지도 몰라.'

자기 자신에게 그렇게 중얼거려 주었다. 저 숲 속에 숨어 있는 자들의 기운을 느낀 것이다.

강호에 나오면서부터 위험은 언제나 계속되었다. 살아남기 위해서는 그것들과 싸워 이기는 수밖에 없었다. 그렇다면 정말 힘만이 나를 지켜주는 것인지 모른다.

무엇을 느꼈던 것인지 이칠이 미끄러지듯 무진에게 다가왔다.

"왔지?"

그가 헐떡이듯 무진의 귓전에 대고 급히 물었다. 숲을 바라보는 무진의 눈길이 무심해졌다.

"내가 할까?"

이칠이 갈라진 음성으로 다시 속삭였다. 그때쯤 저쪽에 있던 소봉도 수상한 기운을 느낀 듯 긴장하고 있었다. 넋을 잃은 얼굴로 그녀를 훔쳐보기에 정신없는 장정만 아무것도 모르고 있다.

"숲 속에서라면 해볼 만해."

이칠이 다시 재촉했다. 무진이 가만히 머리를 가로저었다.

"우선 알아보자."

적인지 아닌지, 적이라면 무엇 때문에 노리고 있는 건지 알아야 할 것이다.

"친구들, 그만 나오는 게 어때?"

무진의 말이 채 끝나지 않아서 세 명의 흑의복면인들이 어딘지 덜그럭거리는 듯한 무겁고 둔한 걸음걸이로 걸어나와 숲을 등지고 섰다.

"어디에서 온 친구들이오?"

대답이 없다. 차갑고 무감정한 눈으로 이쪽을 바라보기만 할 뿐이다.

"저놈들은 나와 같은 부류인걸? 그러니 이 싸움은 내가 해야 어울리겠어."

이칠이 어느새 번들거리기 시작한 눈길로 그들을 훑어보며 입술을 핥았다. 복면인들에게서 생기가 느껴지지 않았기 때문이다. 그건 곧 자신의 기운을 최대한 억제할 수 있도록 훈련받은 자들이라는 말이 된다. 그런 자들은 살수라고 불리는 한 부류가 있을 뿐이다.

'그런데 살수라면 멍청한 놈들이군. 저렇게 당당하게 나서다니 말이야. 게다가 둔해 보이기까지 하잖아?'

그가 머리를 갸웃거리는데 숲에서 다시 한 사람이 걸어나왔다. 흑의를 입은 중년의 장한으로, 복면은 하지 않았다. 세모꼴로 찢어진 눈이 음침하고 잔혹해 보이는 자였다.

그자가 입가에 비웃음을 띠고 턱짓으로 산 아래를 가리키며 말했다.

"상관없는 자들은 돌아가라."

쇠를 긁어대는 듯한 음성이 역겹게 들려서 모두 눈살을 찌푸렸다. 소봉이 날카롭게 물었다.

"누구에게 한 말이냐?"

"저놈만 빼고 다."

그자가 불쑥 손을 뻗어 무진을 가리켰다.

무진이 가만히 소봉의 어깨를 잡아당겼다.

"물러서 있어."

소봉이 흘겨보고 신경질적으로 어깨를 털어 무진의 손을 뿌리쳤다.

"고작 귀신 놀음이나 하는 것들쯤은 내가 상대해도 충분해."

너야말로 물러서서 구경이나 하라는 듯하다. 이칠이 피식 웃고 눈짓으로 무진을 말렸다. 그녀가 하게 내버려 두라는 암시다.

'한 번쯤 실전의 경험을 해보는 것도 좋겠지.'

그런 생각에서 무진이 쓰게 웃고 물러섰다.

하지만 장정은 그렇지 않았다. 소봉이 나서려는 걸 보자 쿵쿵거리고 달려와 흑의장한에게 대뜸 욕설을 퍼부었다.

"이 후레자식이 감히 소저에게 욕을 하다니? 이리 와라. 내가 네놈의 그 지저분한 주둥아리를 좀 어루만져 줘야겠다!"

흑의장한은 욕한 적이 없다. 장정이 소봉에게 잘 보이려고 억지를 쓰는 것이다. 누가 보아도 유치해서 낯을 찡그릴 만큼 노골적으로 으스대는 꼴이 가관이었다. 장정 저만 모르고 있다.

소봉이 어이없다는 듯 그를 바라보다가 피식 웃었다.

"별꼴이야, 정말. 냄새 나서 못 견디겠네."

눈을 흘기고는 멀찌감치 떨어졌다. 소봉 곁에 떡 버티고 서서 으쓱거리던 장정은 머쓱해지고 말았다. 흑의장한이 그런 장정을 싸늘한 눈으로 노려보았다.

"너는 철괴신 장정이라는 놈이지?"

"응? 네가 어르신을 어찌 아느냐?"

"너는 밀부를 배신한 것이냐?"

"유명밀부?"

"호남 분소에 속해 있는 놈 아니더냐?"

소봉에게서 호의를 무시당하고 외면당한 노여움이 큰데 마침 화풀이할 곳이 생겼다. 장정이 숯칠한 듯한 얼굴을 잔뜩 일그러뜨린 채 버럭 소리쳤다.

"이놈아! 누가 그까짓 시시한 유명밀부의 하수인 노릇을 했다는 거냐? 그놈들이 하도 통사정을 하기에 잠시 거들어주었던 것뿐이다! 이 어르신은 언제나 떳떳했어. 누구의 하수인 노릇이나 하고 그러는 얼간이가 아니란 말이다! 알아들어?"

"부정하겠다는 거냐?"

"쳇, 멍청한 놈 같으니."

장정이 욕을 했다. 가장 듣기 싫어하는 말이지만 제가 말할 때는 그렇지 않은 모양이다.

사실 그는 유명밀부에 완전히 속해 있던 게 아니었다. 돈을 받고 고용되어서 계약된 기간만큼 일해 주는 매기자(賣技者)라고 해야 하리라. 그런데 그를 고용했던 호남 분소가 몰살당해 사라졌다. 그건 계약이 해지된 것과 같은 의미이니 장정은 더 이상 밀부의 하수인이 아닌 것이다.

흑의장한이 싸늘한 눈으로 한동안 장정을 노려보다가 예의 그 쇠를 긁어대는 듯한 음성으로 음침하게 말했다.

"흐흐흐, 좋다. 하나씩 차례로 죽여주지. 그 다음에 저놈을 끌고 갈 테다."

음침하게 웃은 그가 뒤로 물러서더니 손뼉을 한 번 쳤다. 그것이 신호였던 듯, 꼼짝하지 않고 늘어서 있던 흑의복면인들 중에서 한 명이 천천히 걸어나와 장정을 마주 보고 섰다. 칙칙하게 가라앉아 있는 무감정한 두 개의 눈만 보일 뿐인데, 그게 왠지 꺼림칙했다.

"으흐흐흐—"

장정이 음충맞은 웃음을 흘리며 몸에 두르고 있던 쇠사슬을 풀었다. 소봉에게 무시당한 화풀이를 확실히 할 작정인 것이다. 자신의 무시무시한 힘을 본다면 그녀의 마음이 달라질지도 모른다는 엉뚱한 희망도 가졌다.

우두둑, 우두둑—

흑의복면인이 몸에 힘을 불어넣자 뼈마디 부딪치는 끔찍한 소리가 들렸다.

"시끄럽다, 이놈아!"

장정이 버럭 소리치고 쇠사슬 끝에 달려 있는 철괴를 내던졌다. 그것이 무시무시하게 부딪쳐 왔지만 복면인은 꿈쩍도 하지 않았다. 철괴가 면전에 이르렀을 때 그가 '우얍!' 하고 폭발하는 듯한 기합성을 터뜨리며 깡마른 두 손을 벼락처럼 움직여 그것을 꽉 붙잡았다.

까가강!

쇠와 쇠가 긁히는 역겨운 괴음이 높게 울렸다. 그리고 믿을 수 없게도 그 무겁고 단단한 철괴가 그자의 손 안에 잡혔다.

“엇?”

장정이 의외의 일에 놀란 외침을 터뜨렸고, 그것을 본 무진과 이칠도 ‘앗!’ 하고 경악성을 터뜨렸다.

흑의복면인의 손아귀와 손가락 힘은 사람의 것 같지 않았다.

소봉 앞에서 으스대려다 오히려 망신을 당한 꼴이 된 장정은 노여움으로 가슴이 터질 것 같았다. 그가 ‘어헝!’ 하고 부르짖으며 온 힘을 다해 쇠사슬을 잡아당겼다.

그의 생각대로라면 복면인은 견디지 못하고 철괴를 놓거나, 아니면 그것과 함께 와락 끌려와야 했다.

하지만 그자는 꿈쩍도 하지 않았다. 부드득, 부드득, 하고 뼈마디에서 괴이한 소리만 들려왔다.

장정의 얼굴이며 목에 굵은 힘줄이 꿈틀거리며 일어섰다. 팽팽하게 당겨진 쇠사슬이 곧 끊어질 듯 뿌드득거리며 떨렸다.

두 사람은 온 힘을 다하고 있었다. 철괴가 복면인의 손아귀에서 조금씩 빠져나갔다. 그러자 손톱이 그것을 긁는 날카로운 소리가 끼이익 하고 터져 나왔다.

온몸에 소름이 돋게 하는 그 끔찍한 소리를 견디지 못한 소봉이 창백해진 얼굴로 귀를 틀어막았다. 이칠도 그 소리에는 견딜 수 없었던지 제 귀를 막은 채 얼굴이 시뻘게지도록 힘을 쓰고 있었다.

무진도 자부신공을 끌어올려 송곳처럼 귀를 찌르고 머리를 찔러대는 그 소리에 대항하고 있었지만 조금씩 가슴이 뜨거워졌다.

복면인의 무릎에서 우두둑거리는 소리가 쉬지 않고 들려왔다. 그의 발이 조금씩 단단한 땅속에 박혀들고 있는 게 보였다.

과연 장정의 타고난 힘은 놀라웠다. 두 손의 완력으로 드디어 철괴를 빼낸 것이다.

핏발 선 눈으로 흑의복면인을 노려보며 숨을 헐떡이던 장정이 '우와악!' 하고 맹수처럼 울부짖었다. 그의 포효가 온 산에 쩌르릉 울려 퍼졌다.

쉬아앙—

철괴가 무서운 파공성을 내며 다시 날아갔다. 기다렸다는 듯 복면인이 조금 전처럼 두 손을 번쩍 뻗어 철괴를 좌우에서 눌러 잡았다. 깡! 하는 쇳소리가 났고, 철괴는 역시 그의 두 손 사이에 꽉 끼고 말았다. 단단한 집게로 잡아낸 것 같다.

상황은 처음과 같았지만 그 다음에 보여준 장정의 반응은 놀랍도록 영악한 것이었다.

"이놈!"

노성과 함께 그가 또 한 개의 철괴를 무섭게 휘두르며 덮쳐 갔다. 한 덩이의 검은 구름이 몰려가는 듯했다. 허공에 붕붕거리는 요란한 소리가 가득했다.

흑의복면인은 두 손으로 철괴를 붙잡고 있으니 또 하나를 막을 수가 없다.

꽝—!

바윗덩이가 부서지는 듯 엄청난 소리가 터졌다.

장정이 휘두르는 철괴가 그자의 머리통을 박살 내놓은 것이다.

"악!"

그 끔찍한 모습을 본 소봉이 새파랗게 질린 얼굴로 찢어지는 듯한 비명을 터뜨리고 와락 무진의 가슴에 얼굴을 파묻고 말았다.

"저건!"

　이칠아 눈을 부릅뜨고 소리쳤다. 장정도 의외라는 듯 '엇?' 하고 놀
란 외침을 터뜨린 채 우뚝 서버렸다. 박살이 나 흩어지는 흑의복면인
의 머리통에서 먹물처럼 검은 피가 터져 나왔기 때문이다. 역겨운 냄
새가 진동했다.

■제8장■
낙화신장(落花神掌)의 출현

낙화신장(落花神掌)의 출현

"저게 대체 뭐냐?"

이칠이 경악해서 소리쳤다. 무진도 입술을 악문 채 눈을 부릅떴다.

얼떨떨해 있던 장정이 겁에 질려서 악을 썼다.

"아니, 이게 이제 보니 요물들이었구나! 난 싸우기 싫다, 싫어! 귀신
도 싫고 요물도 싫다!"

장정의 철괴에 복면의 괴인 하나가 덧없이 박살난 것을 본 흑의인이
분노로 치를 떨었다.

"모두 다 죽여 버리고 말겠다!"

이를 부드득 간 그가 품에서 작은 호각을 꺼내 날카롭게 불었다. 그
러자 깎아놓은 장승처럼 우두커니 서 있기만 하던 두 명의 복면인이
성큼성큼 걸어나왔다.

"안 싸운다!"

장정이 울상이 되어서 철괴를 끌며 주춤주춤 뒷걸음질쳤다. 그는 생긴 것과 달리 귀신에 대한 두려움이 큰 모양이었다.

소봉은 너무 놀라 어떻게 해야 할지도 잊은 채 무진에게 매달려 있기만 했다. 돌아볼 엄두도 내지 못하고 무진의 가슴에 얼굴을 파묻은 채 바들바들 떨기만 할 뿐이다.

그녀가 언제 이처럼 잔인한 광경을 본 적이 있었던가. 처음 본 그 참혹한 모습에 충격을 받고 정신이 혼미해지는 게 당연했다.

이칠이 튕겨진 듯 튀어나갔다.

"비켜, 멍청한 놈!"

장정을 밀쳐 내고 슬쩍 허리춤을 더듬는 듯했는데, 한 자루의 비도가 소리도 없이 쏘아져 나갔다.

십여 보의 거리에서 그의 비도는 무엇보다 빠르고 정확하다. 그것이 복면인의 인후(咽喉)에 빨려들 듯 꽂혔다. 아니, 그렇게 보였을 뿐이다.

땅!

마치 쇳조각을 때린 듯한 소리와 함께 비도가 맥없이 튕겨져 나갔다. 복면의 괴인이 방향을 틀어 이칠을 향해 쿵쿵거리며 달려들었다. 동작이 어색하지만 움직임은 매우 빠른 것이어서 고수가 내달리는 것과 다를 바 없었다.

"실혼인(失魂人)인가?"

무진의 말에 이칠이 바쁘게 움직여 복면괴인의 손을 피하며 소리쳤다.

"아니, 이놈들은 단순한 실혼인이 아니다. 온몸이 강철같이 단단해! 마치 금강불괴를 이룬 것들 같다!"

"금강불괴라고?"

무진이 얼굴을 찌푸렸다. 도검이 소용없는 그런 신체라는 게 있다는
말은 들었다. 하지만 믿지 않았다.

인간의 몸은 뼈와 근육과 살점으로 되어 있다. 제아무리 단련을 한
들 어찌 예리한 칼에도 베어지지 않을 수 있을 것인가.

"저리 물러서 있어."

떼어놓으려 했지만 소봉은 더욱 가슴에 매달리기만 했다.

"싫어! 무섭단 말이야!"

그사이 다른 한 명의 흑의괴인이 쿵쿵거리며 달려와 지척에 이르러
있었다. 이렇게 소봉과 씨름하다가는 둘 다 괴인의 손에 붙잡힐 참이
다.

"어서 떨어져!"

무진이 다급하게 소리쳤다. 그의 가슴에 얼굴을 파묻고 있는 소봉이
위급함을 알 리 없었다. 떼어놓으려고 할수록 오히려 더욱 붙잡고 매
달릴 뿐이다.

역겨운 냄새가 이마에 훅, 끼쳐 왔다. 괴인의 숨결이었다.

"*끄흐흐흐―*"

무진과 눈이 마주친 괴인이 기괴한 목소리로 낮게 웃었다. 그가 손
을 뻗어 잡아왔는데, 옷소매 속에서 불쑥 튀어나온 그것이 검고 단단해
보였다. 잘 마른 나무토막 같기도 했다.

"쳇!"

당황한 무진이 소봉을 안고 돌며 칼을 뽑아 후려쳤다. 씨잉― 하고
뿌려진 칼날에 괴인의 손목이 부딪쳤다.

깡!

쇠를 두드리는 소리가 났다. 괴인이 충격을 받은 듯 주춤거리며 손

목을 늘어뜨렸다. 무진의 머리 속에 이건 아니라는 생각이 불같이 떠올랐다.

소봉을 안고서는 움직임이 부자유스럽다. 괴인의 몸뚱이가 정말 쇠처럼 단단해서 대충 후려치는 칼로는 흠집조차 낼 수 없다는 걸 알았으니 방법은 한 가지뿐이다.

"나를 보호해 주겠다고 했지? 도와준다고도 했지? 지금이 바로 그때야. 나를 도와줘."

무진이 소봉의 귀에 대고 급하게 속삭였다.

소봉이 얼굴을 들었다. 겁에 질려 있는 가련한 얼굴이다. 두 눈 가득 공포를 띤 채 무진을 빤히 바라보았다.

"이러다가는 다 죽게 될지도 몰라."

무진이 다시 속삭였다. 그를 붙잡고 있던 소봉의 손에서 힘이 빠져나갔다.

끼이이—

어느새 다가온 괴인이 다시 손을 뻗어 무진의 머리를 잡아왔다.

"비켜!"

그를 왈칵 밀친 소봉이 눈을 질끈 감고 괴인의 가슴에 일장을 쳤다. 무진의 속삭임이 그녀에게 스스로도 믿을 수 없는 용기를 준 것이다.

꽝! 하는 굉음이 터졌다.

"악!"

소봉이 뾰족한 비명을 지르고 물러섰다. 두꺼운 철판을 때린 듯 손바닥과 손목은 물론 팔꿈치까지 지독한 통증으로 얼얼해졌던 것이다. 괴인이 주춤거리다가 이제는 그녀를 향해 돌아섰다. 소봉이 새파랗게 질린 얼굴로 정신없이 뒷걸음질쳤다.

“와라! 네 상대는 나야!”

비로소 홀가분하게 된 무진이 칼을 휘둘러 뒤에서 괴인의 어깨를 찍었다.

깡!

다시 한 번 요란한 쇳소리가 났다. 괴인은 여전히 조금의 상처도 입지 않았다. 옷이 베어져 너풀거리고, 잠시 주춤거렸을 뿐이다. 드러난 맨살이 청동에 낀 녹처럼 푸르스름한 것이 사람의 살빛이 아니었다.

저려오는 팔목을 털며 물러선 무진의 눈에 이리저리 쫓기고 있는 이칠의 모습이 보였다. 그는 연검을 뽑아 휘두르고 있었는데, 매번 괴인의 옷자락만 찢고 베어낼 뿐 역시 조금의 효과도 보지 못하고 있었다.

‘이것들은 사람이 아니다.’

무진이 어금니를 악물었다. 이렇게 싸우다가는 괴인의 손에 잡히기 전에 먼저 지쳐서 쓰러지고 말 것이다.

저쪽에서 두려움에 떨고 있는 장정과 소봉의 모습을 바라보았다. 이럴 때 그의 무지막지한 힘과 철괴가 큰 도움이 될 텐데 그는 괴인들을 두려워하고만 있으니 안타까운 일이었다.

“소봉을 부탁해!”

장정에게 소리쳐 주의를 준 무진이 칼을 다시 잡고 괴인을 막아섰다.

끼이이이—

괴인도 제가 상대해야 할 자가 누구인지 이제 알아본 모양이었다. 그것이 쇠를 비비는 듯한 휘파람 소리를 불어내며 쿵쿵거리고 달려왔다.

“끼야앗!”

무진의 입에서 엄청난 기합성이 터져 나왔다. 자부신공을 한껏 실은 척가보도가 눈부시게 빛나며 울었다.

꽝!

와락 다가서며 쳐 내린 일격이 괴인의 어깨에 떨어졌다. 굉음이 터졌고, 괴인의 한쪽 어깨가 팔과 함께 매끈하게 잘려 떨어졌다. 검은 핏줄기가 뿜어지고 역겨운 냄새가 진동했다.

쿠앙!

이칠이 있는 곳에서도 요란한 폭음이 터져 나왔다. 화약 냄새와 함께 검은 연기가 뭉클 솟아올랐다. 그가 더 견디지 못하고 기어이 화연란(火煙卵)을 터뜨린 것이다.

무진이 상대하던 괴인은 한쪽 팔이 잘렸지만 그래도 쓰러지지 않았다. 잠시 멈칫거리던 그것이 검은 피를 콸콸 쏟아내면서도 다시 쿵쿵거리고 달려들었다.

'대체 어떻게 해야 일격에 무너뜨릴 수 있단 말인가?'

무진의 얼굴 가득 당혹감이 떠올랐다. 눈앞의 물건에 대해서는 괴물이라는 말밖에 달리 부를 수 있는 말이 없었다.

"좋아!"

불끈 오기가 솟구친 무진이 여전히 한 팔을 휘두르며 달려드는 괴인의 품속으로 성큼 뛰어들었다. 마음껏 휘둘러 치는 칼에서 날카롭고 높은 휘파람 소리가 났다.

깡! 하는 쇳소리가 터지더니 그제야 괴인의 목이 매끈하게 잘려 미끄러졌다. 다시 역겨운 냄새와 함께 검은 피가 뿜어져 허공을 적셨다.

괴인이 비로소 멈추어 섰다. 완전히 죽은 것이다. 하지만 머리통을 잃은 채 우뚝 서 있는 그 모습이 더 끔찍해 보였다.

“어떻게 됐어?”

무진이 괴인의 모습에서 눈을 떼지 못한 채 헐떡이며 물었다. 그리고 이칠의 당황한 음성이 들렸다.

“제기랄, 틀렸다!”

뭉클거리는 화약 연기 속에서 괴인이 느릿느릿 걸어나오고 있는 게 보였다. 입고 있던 옷에 불이 붙어 활활 타오르고 시커멓게 그슬린 푸른 몸뚱이가 흉물스럽게 드러나 있었다.

이제는 이칠도 그것을 상대한 방법이 없다. 그가 놀라고 당황한 얼굴로 주춤거리며 물러섰다.

“내가 한다!”

그의 위급함을 본 무진이 두려움없이 달려갔다. 머리 위에 높이 치켜들었던 칼이 바람을 가르고 벼락처럼 떨어졌다.

꽝!

둔한 충격음과 함께 괴인의 머리통이 사선으로 비스듬히 쪼개지더니, 어깨 위에 반쪽을 남기고 미끄러져 떨어졌다.

괴인이 붙어 있는 반쪽의 머리통을 건들거리며 우뚝 섰다.

그렇게 세 명의 괴인이 모두 당하리라고는 생각하지 못했던 듯, 그것들을 조종했던 흑의인이 놀라 벌어진 입을 다물지 못한 채 무진을 바라보았다.

“이놈!”

단단히 화가 난 이칠이 땅을 박차고 그자를 향해 튕겨진 듯 쏘아져 나갔다.

“흐흐흐, 보채지 마라.”

그자가 품에서 비수를 꺼내 들고 음충맞게 웃었다.

"저것들을 베다니, 과연 대단했다. 하지만 이게 끝이 아니야. 그러니 너무 좋아할 것 없다. 흐흐흐……."

흑의인이 제 목에 비수를 꽂아 넣은 것과 이칠이 그의 어깨를 틀어쥔 것은 동시의 일이었다.

"제기랄! 이것들은 하나같이 지독하군!"

이칠이 신경질적으로 그자를 밀어 쓰러뜨리고 땅을 굴렀다. 붙잡아 저 괴물들의 정체에 대해서 알아볼 생각이었는데 소용없게 된 게 분하기만 했다.

끔찍한 일을 보고 난 뒤부터 소봉은 말이 없어졌다. 얼굴에 가득하던 오만함이 이제는 놀라고 두려워하는 것으로 바뀌었다.

도도하고 팔팔하던 그녀가 풀이 죽어 있으니 그게 측은하고 가엽기도 해서 무진이 혀를 찼다.

"내버려 둬. 잠시뿐일 테니까."

이칠이 다가와 속삭였는데, 그의 얼굴도 밝지 않았다.

그들은 기억하고 싶지도 않은 그곳을 떠나 산에서 내려오고 있는 중이었다. 다들 말이 없었다. 장정마저도 잔뜩 위축된 모습으로 슬금슬금 무진의 눈치만 볼 뿐이어서 분위기는 더욱 무거워지기만 했다.

그는 무진이 용감하게 괴물들을 쳐 넘기는 걸 보고 커다란 감명을 받은 게 틀림없었다.

영파에서 내려온 그들은 뛰듯이 걸었다. 뒤에서 그 괴인들이 쫓아오고 있는 것만 같아 두렵기 짝이 없었다. 장정과 소봉이 자꾸 뒤돌아보는 건 뒷덜미가 서늘해서일 것이다.

"더 늦기 전에 돌아가는 게 어떻겠어?"

무진이 묻자 그의 팔을 붙잡고 있는 소봉의 손에 더욱 힘이 들어갔다.

"싫어!"

"앞으로 더 끔찍한 일을 겪게 될지도 모르는데?"

"설마 이것보다 끔찍한 일이야 있겠어?"

"강호는 아무래도 너에게 맞지 않을 것 같다. 흑룡보로 돌아가서 네 사부님을 모시고 사는 게 좋을 거야."

"싫어!"

소봉이 완강하게 머리를 저었다.

"나를 감시하라는 보주의 명령 때문이냐? 자부동천을 알아오라고 했겠구나?"

"어쨌든 나는 너와 함께 갈 거야."

우물쭈물하던 그녀가 용기를 내서 단호하게 말했다.

예나 지금이나 고집스럽기는 마찬가지여서 무진은 머리를 설레설레 저었을 뿐 입을 다물었다.

뒤따르고 있는 장정이 실쭉해진 얼굴로 무진의 뒤통수를 노려보고, 소봉의 뒤통수를 노려보았다. 무진을 노려볼 때는 입을 삐죽거리다가 소봉을 보면서는 한숨을 내쉬곤 했다.

"화연란으로도 통하지 않는 놈들이라니……."

묵묵히 걷던 이칠이 우울하게 중얼거렸다. 그것의 폭발력이면 충분할 줄 알았는데, 겨우 괴인의 머리카락과 옷을 태웠을 뿐, 살갗에 상처 하나 남기지 못했다는 게 못마땅하고 분한 것이다.

이칠이 우뚝 멈추어 서서 무진의 옷깃을 잡았다. 무진이 어리둥절한 얼굴로 돌아보았다.

“왜?”

“아무래도 더 강력한 걸 만들어야 할 것 같다.”

“벽력탄이라도 갖고 다닐 셈이냐?”

그가 형양성에서 밀부의 태평전을 그것으로 초토화시켰던 일이 떠올라 던진 말이다. 이칠이 음울한 얼굴을 끄덕였다.

“그래야 할지도 몰라.”

무진의 얼굴도 어두워졌다.

영파에서 없앤 세 명이 다가 아닐 것이라는 생각 때문이었다. 그것들은 사람의 형체를 하고 살아 있지만 사람이라고 부를 수도 없는 괴물들이었다. 유명밀부에 저와 같은 것들이 얼마나 있는지 모른다는 게 두려웠다.

무진이 어두워져 가는 하늘을 바라보며 중얼거렸다.

“이제 때가 다가오고 있는 거야.”

그자들이 숨겨두고 있던 괴물까지 동원해서 자신을 잡으려고 나섰다는 건 그만큼 상황이 급해졌다는 반증이리라. 그렇다면 이제는 정말 한 걸음 한 걸음이 위험의 연속일 것이다.

다음날 그들은 장사성(長沙城)에 이르렀다. 거기서 이칠이 걸음을 멈추었다.

“호은암이라고 했지?”

그가 불쑥 물었으므로 생각에 빠져 있던 무진이 의아해서 바라보았다.

“열흘 뒤에 그곳으로 찾아가마.”

“함께 가는 게 아니고?”

“해야 할 일이 생겼으니 나는 여기에 당분간 머물러 있어야겠어.”

이칠이 씩 웃어 보였다.

"새로운 장난감을 만들려면 재료를 구해야 하는데, 여기서는 쉽게 구할 수 있을 거야."

"설마 정말 벽력탄을 만들 셈은 아니겠지?"

정색을 하고 묻자 이칠이 혀를 찼다.

"쳇, 내가 바보인 줄 아냐? 그건 지니고 다니기에 너무 크잖아. 그 괴물들을 상대하려면 작으면서 더 강력한 게 있어야 해."

무진이 머리를 끄덕였다.

"그렇게 하자. 열흘 뒤에 다시 만나기로 하지."

"조심해라."

손을 잡아준 이칠이 장정에게 손짓을 했다.

"이리 와. 너는 나와 함께 가야지?"

"왜? 둘이 싸웠냐? 왜 헤어지는 거야?"

장정이 어리둥절한 얼굴로 무진을 보고 이칠을 보았다. 이칠이 매섭게 노려보았다.

"너처럼 누구하고나 싸우는 줄 알아? 우리는 따로 할 일이 있으니 그런 거다."

"그럼 저 예쁜 소저도 데리고 가자."

"이놈이!"

이칠이 비수를 차고 있는 허리춤을 더듬는 시늉을 하자 장정이 금방 풀이 죽어서 몸을 웅크렸다.

"알았어, 제기랄. 그냥 가면 될 거 아냐."

그리고 애틋한 눈길로 소봉을 바라보았다. 소봉은 그 눈길이 끔찍해서 고개를 홱, 돌려 버리고 말았다. 장정이 한숨을 쉬고 그런 소봉에게 말했다.

"소저, 그럼 열흘 뒤에 보자구. 그때까지 몸조심해야 돼?"

무진을 노려보며 당부의 말도 잊지 않았다.

"소저를 잘 모시고 있어라. 무슨 일이라도 생기면 알지?"

눈을 부라리며 주먹을 들어 보이고 나서야 이칠을 따라 허둥거리며 멀어졌다.

장사성은 큰 성이다. 어디를 가나 사람들이 들끓고 저잣거리에는 생기가 넘쳐 났다. 이처럼 눈이 많은 곳에서는 아무리 담이 큰 자들이라 할지라도 함부로 난동을 부리지 못할 것이니 안심이 되었다.

어느새 날이 저물었다. 무진은 소봉과 함께 동등로(東쯒路)에 있는 만성객잔(滿成客棧)에 들었다. 일부러 번화한 대로변에 있는 객잔을 택한 것이다.

그곳은 일대에서도 소문난 집이라 늦은 시간까지 사람들로 북적거렸다. 저녁을 먹고 방을 청하자 점원이 무진과 소봉을 한 번 바라보고는 웃으며 후원의 조용한 객사를 권했다.

"아니, 이층의 객방이 좋을 듯한데?"

"거기는 시끄럽고 지저분한뎁쇼?"

"상관없어. 붙어 있는 방 두 개를 주게."

"두 개라굽쇼?"

점원이 알 수 없다는 눈길로 다시 한 번 무진과 소봉을 바라보더니 머리를 갸웃거리고 그들을 안내했다.

무진은 길가로 창이 나 있는 바깥쪽 방을 쓰기로 했고, 소봉이 옆방에 들었다.

짐을 풀고 앉아서 차를 마시는데 소봉이 들어왔다.

“곤할 텐데 일찍 자지 않고?”

“무서워.”

“응?”

“잠이 들려고 하면 자꾸 그 괴물들의 끔찍한 모습이 보여.”

소봉이 치를 떨었다. 처음 본 그 충격은 오래갈 것이다.

“그럼 어쩌겠다는 거냐? 그러기에 흑룡보로 돌아가라고 했잖아.”

“여기서 자겠어.”

“뭐라고?”

무진이 깜짝 놀라 벌떡 일어섰다. 그를 한 번 흘겨본 소봉이 쪼르르 달려가 침상을 차지했다.

“너는 거기 탁자에 엎드려서 그냥 자. 가까이 오면 알지?”

앙칼지게 쏘아보며 주먹을 들어 보이더니 얇은 휘장을 펼치고 이불 속으로 들어가 버렸다.

“허!”

무진이 어이없는 얼굴로 멍하니 바라보다가 한숨을 쉬었다.

탁자에 앉아 이런 저런 생각에 잠겨 있는 중에 밤은 더욱 깊어졌고, 거리에서 왁자하게 떠들어대던 사람들의 소리도 잦아들었다.

소봉은 어느새 잠이 들었는지 고른 숨소리를 내고 있었다. 혼자가 아니라는 게 그녀에게서 두려움을 지워준 것이리라.

무진은 휘장 너머로 은은히 보이는 그녀의 잠든 모습을 바라보며 여자는 역시 여자라는 생각을 했다. 아무리 앙칼지고 표독해도 타고난 심약함을 버릴 수는 없는 것 아니겠는가.

놀란 사슴이 나무꾼에게 뛰어들듯, 불쑥 뛰어들어 저렇게 곤히 잠들어 있는 소봉을 보니 측은하기도 했다.

유등의 심지가 가물거리고, 주청의 소음도 사라졌다. 밤이 깊으니 번화한 거리도 인적없는 산속과 다를 게 없다.

어느새 무진도 탁자에 턱을 괴고 앉아서 꾸벅꾸벅 졸고 있었다.

탁.

창문을 가볍게 때리는 소리가 났다. 무진이 깜짝 놀라 머리를 번쩍 들었다. 그의 손은 본능적으로 탁자 위에 올려놓은 칼에 닿아 있다.

두리번거렸지만 아무것도 변한 게 없었다. 내가 잠결에 잘못 들었나? 하는 의심이 생기는데, 다시 무엇인가 창문을 때렸다.

작고 미세한 그 소리가 무진의 귀에는 천둥치는 소리처럼 크게 들렸다. 그가 머리를 털어서 정신을 차리고 일어섰다.

조심스럽게 탁자를 돌아 창문 곁에 붙어 섰다.

탁.

무엇인가 또 부딪쳤다. 기다렸다는 듯 창문을 왈칵 열자 건너편 지붕 위에 올라서 있던 자가 급히 손가락을 튕기고는 용마루 너머로 사라지는 게 보였다.

씨이잇—

날카로운 파공성이 어둠을 갈랐다. 무진이 재빨리 손을 저어서 면전에 쏟아져 오는 것을 잡아챘다. 콩알만큼의 크기로 떼어낸 작은 기와 조각이었다.

가볍고 작은 그것을 대로(大路) 건너편에서 손가락을 튕겨 암기처럼 쏘아 보낸 야행인의 솜씨가 놀랍기만 했다.

소봉을 돌아보니 그녀는 깊이 잠들어 있었다. 무진은 잠시 망설여야 했다. 야행인이 자신을 불러내는 게 틀림없는데, 과연 그녀 혼자 두고 그를 쫓아가야 할지 아니면 무시해야 할지 언뜻 판단하기 어려웠다.

'별일없을 거야.'

그렇게 생각하기로 했다. 많은 사람이 묵고 있는 객잔에 쳐들어와 난리를 칠 자도 없으려니와, 그들이 노리는 것은 자신이지 소봉이 아니기 때문이다.

마음을 정한 무진이 훌쩍 몸을 날렸다. 창틀을 한 번 걸어찬 그가 쏟아진 살처럼 어둠 속을 날아 건너편 지붕에 내려섰다. 그러자 저쪽에서 불쑥 몸을 일으킨 야행인이 지붕에서 지붕으로 건너뛰며 재빠르게 달려나갔다.

무진이 끓어오르는 신공을 두 발에 불어넣었다. 그러자 특별한 경공의 조예가 없어도 그는 새처럼 가볍고 날렵하게 어둠을 뚫고 나아갈 수 있었다.

야행인은 무진과 일정한 거리를 유지한 채 앞서 달려갔다. 십여 장 앞이라 정신을 차리지 않으면 어둠 속에 묻혀서 잃어버릴 것이다. 그래서 무진은 오직 그자의 뒷모습만 바라보며 있는 힘껏 달려야 했다.

순식간에 복잡한 거리를 벗어나 성 북쪽의 숲에 이르렀다. 태황산(太黃山) 중턱이다. 어둠 속에서도 산 능선을 따라 구불거리며 뻗어 있는 성벽이 보였다.

인적없는 숲 속에 낡은 관제묘가 있었다. 무너진 담 너머로 잡풀 우거진 뜰이 보였는데, 야행인은 그곳에 뒷짐을 진 채 우뚝 서 있었다. 그의 검은 옷자락이 바람에 가볍게 날리고 있었다.

한 숨에 담을 뛰어넘은 무진이 그를 매섭게 노려보고 낮게 호통 쳤다.

"귀하는 누구시오?"

야행인은 대답하지 않았다. 여전히 뒷짐을 진 채 등을 보이고 서 있을 뿐이다. 무진이 살짝 눈살을 찌푸렸다.

"나를 이곳까지 유인해 낸 데에는 이유가 있을 텐데?"

"흐흥!"

가벼운 코웃음만 허공을 칠 뿐이다. 무진은 화가 났다.

"돌아서라! 어떤 자인지 얼굴이라도 보고 가야겠다!"

그가 날카롭게 말하자 야행인이 비로소 서늘한 음성으로 대꾸했다.

"네가 곽무진인가?"

무겁고 건조한 낯선 음성이다.

"그렇소."

"곽문탁의 아들이고?"

"내 아버지를 아시오?"

"흐흐, 매우 잘 안다고 할 수 있지."

"응?"

뜻밖의 일이다. 무진이 흠칫 놀라 한 걸음 물러섰다.

강호에서 아버지를 아는 자라고는 고작 흑풍객과 흑룡보주를 만났을 뿐이다. 그런데 정체를 알 수 없는 야행인이 아버지를 잘 알고 있다고 하니 더럭 의심이 들었다.

"너는 누구냐?"

날카롭게 묻자 그자가 뒷짐 진 손을 풀고 천천히 돌아섰다.

"흡!"

무진이 급히 숨을 삼키고 주춤 물러섰다.

귀면(鬼面)이었다. 희미한 달빛 아래 으스스한 귀면탈을 쓰고 있는 사람. 검은 옷자락이 바람에 펄럭였다.

무진은 등줄기에 소름이 돋는 걸 느꼈다. 스산한 한기가 이마를 서늘하게 식히며 스쳐 갔다.

귀면의 괴인이 흐흐흐, 하고 낮게 웃었다.

"곽문탁을 잘 알 뿐만 아니라 네 품에 있는 벽옥소의 비밀에 대해서도 잘 알고 있지."

"무엇이?"

무진의 놀람은 극에 달했다. 벽옥소의 비밀을 알고 있는 사람은 흑룡보주뿐인 줄 알았는데, 귀면탈 역시 그렇다니 어리둥절해지기도 했다.

그가 눈을 부릅뜨고 귀면탈 속의 눈동자를 똑바로 노려보았다.

"그렇다면 나는 너를 고이 보내줄 수가 없다."

"어떻게 하려느냐?"

"그 탈바가지를 벗기고 네 진면목을 봐야겠다."

"우흐흐흐—"

귀면탈이 다시 음침한 소성을 흘렸다.

"네가 제법 재간이 있는 모양이다만, 아직 멀었다."

"흥! 과연 그럴까?"

"흐흐흐, 나는 너와 싸울 마음이 없고, 네 품속의 옥소를 빼앗아갈 생각도 없다. 그러니 너무 겁먹지 말거라."

"그렇다면 나를 불러낸 이유가 뭐지?"

"너를 도와주기 위해서지."

"도와주겠다고?"

무진은 어리둥절해지고 말았다. 도대체 귀면탈의 저의를 짐작할 수가 없었다.

"받아라."

괴인이 품에서 무엇인가를 꺼내 던져 주었다. 가죽 주머니였는데, 안에 구슬이 들어 있는 듯 짤랑거리는 소리가 났다.

주머니를 열고 보니 과연 다섯 개의 호두알만한 구슬이 들어 있었다. 흙빛을 띠고 있는 것이 점토를 구워 만든 게 분명했다.

"이게 뭐요?"

"밀부의 괴물들을 물리칠 수 있는 거지."

"무엇이?"

"그놈들이 만들어낸 지독한 마물(魔物)은 이미 겪어보아 잘 알겠지? 그것들을 없앨 수 있는 물건이다."

"누구인지 알지도 못하는 사람의 호의는 필요없소."

"고집 부리지 말아라. 때로는 못 이기는 척 수그러들 필요도 있는 거야."

"흥!"

"그것들은 함부로 상대할 수 없는 마물이다. 네가 해치운 것은 운이 좋았다고 할 수밖에 없어. 다음에 또 만난다면 너는 물론 네 동료들마저 그것들에게 잡혀서 갈가리 찢기고 말걸? 나는 네가 그렇게 되는 걸 원치 않는다."

"어째서?"

"내 일에 막대한 차질이 생기기 때문이지."

"나를 이용할 생각이라면 일찌감치 버리는 게 좋을 거야."

"그건 나중의 일이니 그때 가서 다시 말해도 늦지 않다. 하지만 위험은 당장 눈앞에 도사리고 있다. 이럴 때는 고집 부리지 않는 게 현명한 거야."

무진의 얼굴이 심각해졌다. 정말 다시 그것들을 만난다면 위험해질지도 모른다.

무진은 냉정하게 그것들과 싸우던 때를 생각했다. 하나씩 상대하더라도 진기의 소모가 많으니 몇 놈 베지 못할 것이고, 세 구의 마물이 동시에 달려든다면 당할 수 없을 것이다. 이칠이나 소봉은 더 말할 필요도 없다.

내 한 몸이라면 어떻게든 피할 수 있으니 귀면탈의 호의가 쓸데없으나, 소봉을 생각하면 고집을 부릴 수 없다.

무진이 구슬을 만지작거리며 망설이다가 마음을 정하고 품에 넣었다. 역시 귀면탈의 말처럼 못 이기는 척 받아들이는 게 좋을 거라는 생각이 들었던 것이다. 그걸 본 귀면탈이 주의를 주었다.

"조심해라. 깨지면 오히려 네가 한 줌 혈수로 녹아버리고 말 것이다."

"독?"

"그렇다. 그 안에는 강력한 화혈독(化血毒)이 들어 있다. 만독불침의 몸뚱이를 가진 그 마물들을 녹이는 거지. 그것이 있으면 적어도 두어 번은 너와 네 동료들의 목숨을 구할 수 있을 게다."

무진이 눈살을 찌푸렸다. 쉽게 깨지지는 않겠지만, 이런 위험한 걸 품에 지니고 다녀야 한다면 한시도 마음이 놓이지 않을 것이다.

어쨌거나 처음 보는 귀면탈이 호의를 베푸는 데는 이유가 있을 것이다.

"이제 솔직히 털어놓고 얘기해 봅시다. 당신이 이것을 준 것은 단지 나의 목숨을 걱정해서가 아니겠지?"

"그렇다. 나는 네가 살아서 반드시 자부동천을 찾기를 바랄 뿐이다."

서슴없는 말에 무진이 경악해서 입을 딱 벌렸다.

"당신은……? 당신이 어떻게 그것을 알지?"

"흐흐흐, 나 또한 동천을 애타게 찾고 있는 사람이라고만 알아두어라."

무진이 지그시 입술을 깨물었다. 마음속에 짐작 가는 바가 있었던 것이다.

"당신은 천주라는 자를 모시고 있는 신비 집단의 인물이로군?"

"엇?"

귀면탈이 흠칫 놀랐다. 그가 탈바가지 속에서 스산한 눈빛을 흘리며 노려보았다.

"네가 천주에 대해서 어찌 아느냐?"

"흥! 비밀이 언제까지나 유지될 줄 알았다면 어리석은 일이지."

"흐흐흐, 그 입을 조심하는 게 좋을 게다. 함부로 나불대다가는 동천을 찾기도 전에 네 아버지 꼴이 되고 말걸? 그때는 나도 도와줄 수가 없다."

"무엇이!"

무진은 너무 큰 놀라움 때문에 오히려 멍청해지고 말았다. 그가 벌어진 입을 다물지 못하고 멍하니 바라보기만 하자, 흐흐흐 하고 웃은 귀면탈이 불쑥 말했다.

"나와 손을 잡자."

"……!"

"너는 네 아비의 복수를 하려는 거지? 그런데 원수들이 누구인지, 어디에 숨어 있는지 알지 못해서 애가 타지?"

"아!"

무진이 번쩍 정신을 차리고 놀람의 탄성을 터뜨렸다. 대체 이자가 누구이기에 이처럼 속속들이 나의 사정을 알고 있는 건가? 하는 의심이 부쩍 들었다.

"나와 손을 잡는다면 너를 도와서 네가 원하는 걸 이루도록 해주겠다. 대신 너는 동천을 찾으면 나에게 가장 먼저 알려주고 나와 함께 들어가는 거야. 그 안의 보물을 반씩 나누어 갖는 것도 괜찮겠지. 어때? 너에게 손해는 없을 거다."

"……?"

"<u>흐흐흐흐</u>, 어렵게 생각할 것 없다. 나는 단지 그들보다 앞서서 동천에 들어가고 싶을 뿐이다."

무진의 마음속에 어쩌면 천주라는 자의 수하들 사이에 반목이 생긴 건지도 모른다는 짐작이 들었다. 눈앞의 귀면탈이 배반한 건지, 아니면 다른 자들이 배반한 건지 그게 궁금해졌다.

"당신이 천주의 수하라면 하수인인 신검문과 유명밀부를 도와줘야 할 텐데 어째서 나를 이롭게 하는 거요?"

"그놈들은 모두 내 마음에 들지 않아. 길이 다르니 함께 갈 수 없는 놈들이지."

"알겠어. 당신은 천주를 배신하려는 거로군?"

무진이 단정해서 말하자 귀면탈이 부르르 몸을 떨었다. 눈빛에 잠깐 두려운 빛이 떠올랐으나 곧 사라지고 음흉한 웃음을 흘렸다.

"<u>흐흐흐</u>, 경고했을 텐데? 그 주둥아리를 조심하라고 말이다."

"당신의 제의를 거절한다면?"

"자만하지 마라. 네 녀석을 죽이고 살리는 것쯤은 언제든지 내 마음대로 할 수 있다. 너는 이제 한시도 내 눈에서 자유로울 수 없어."

"흥! 분명히 말해 주지. 나는 당신의 제안을 거절하겠어. 누군지 알지도 못하는 자의 도움 따위는 필요없다."

"내가 결정한 일이다. 좋든 싫든 너는 그렇게 해야만 해."

오만에 가득 차 있는 그 말이 무진의 자존심을 건드렸다.

"좋아, 이제는 당신의 정체를 알아야겠다."

무진이 이를 악물고 나섰다.

잡겠다고 마음먹었으니 주저할 것 없다. 그가 즉시 자부신공을 극한으로 끌어올려서 두 손에 모으고 맹렬하게 덮쳐 갔다.

허공에 휘젓는 손에서 우우웅— 하는 무거운 바람 소리가 났다. 한껏 불러일으킨 신공이 주변의 공기를 진동시키며 쏟아진 것이다.

"흥! 하룻강아지 같으니!"

귀면탈이 냉랭하게 코웃음을 치고 옷소매를 털듯 가볍게 손을 뿌렸다. 그러자 태산 같이 무거운 암경이 뻗어 나와 무진의 힘을 눌렀고, 무수한 꽃잎이 바람에 날리는 듯한 가벼운 손 그림자가 허공을 가득 뒤덮어 눈을 어지럽게 했다.

"차합!"

무진이 힘찬 기합성을 터뜨리며 칠십이행착(七十二行着)의 수법으로 더욱 맹렬하게 치고 때리며 눌러댔다. 그때마다 웅웅거리는 파공성이 일어 수법보다 앞서서 귀면탈의 가슴을 압박했다.

"말귀를 못 알아듣는구나. 혼이 나봐야 정신을 차리겠단 말이지?"

귀면탈이 화가 나서 낮게 외치고 즉시 손바닥을 뒤집어 일장을 후려쳤다. 가벼워 보이는 그 한 번의 손짓에 실린 기운이 해일처럼 무섭다. 그것이 어지러운 무진의 손 그림자를 단번에 뚫고 들어와 흉흉한 암경을 쏟아냈다.

결코 밀리고 싶은 마음이 없는 무진도 자부신공을 더욱 집중해서 오른손을 힘껏 밀어내며 일장을 내쏟았다.

우르르르―

사방에 우레 치는 것 같은 소리가 가득 찼다. 그리고 그 정점에서 펑! 하는 굉음이 답답하게 터져 나왔다.

압축되었던 기파가 일제히 쏟아져 나가 거친 회오리를 만들었다. 주위의 풀들이 뿌리째 뽑혀 어지럽게 날았고, 삼 장 밖의 나무들이 태풍을 만난 듯 요란하게 흔들렸다.

쐐, 쐐― 하는 바람 소리가 무섭게 밀려 나갔다.

무진이 쿵쿵거리며 세 걸음이나 물러났다. 그가 겨우 신형을 바로 세웠을 때 귀면탈은 훌쩍 몸을 날려 관제묘의 담장을 뛰어넘고 있었다.

"흐흐흐, 본좌의 일장을 받아내다니…… 어린것이 제법이다. 하지만 아직 멀었다."

귀면탈의 음침한 음성이 숲 속의 어둠 속에서 들려왔다. 무진은 들끓어 오르는 기혈을 삼키느라 말을 할 수가 없었다.

이제 귀면탈은 보이지 않았다. 이미 멀리 사라졌으리라. 하지만 무진의 귀에는 그의 음침한 음성이 똑똑히 들려왔다. 마치 귓속에 관을 박아 넣고 그리로 소리를 흘려보내고 있는 것 같았다.

"명심해라. 너 혼자서는 아무것도 할 수 없다는 것을……. 너는 결코 본좌의 손에서 벗어날 수 없다."

"으으음―"

무진이 답답한 가슴을 누르며 깊은 신음을 흘렸다. 한줄기 선혈이 악다문 입술 사이로 가늘게 흘러내리고 있었다.

"낙화신장(落花神掌)이다."

자신의 자부신공을 깨뜨리고 쏟아지던 귀면탈의 장법이 눈에 보였다. 그건 아버지를 누르던 그것이 틀림없다.

낙화신장.

아버지의 죽음을 목격한 뒤부터 오늘날까지 한시도 잊어본 적이 없는 이름 아닌가. 눈앞에서 그것을 보았지만 무기력하게 당하고 말았다는 사실이 무진을 절망하게 했다.

무진의 턱이, 어깨가, 온몸이 덜덜 떨렸다. 이마저 딱딱 마주쳐서 시끄러운 소리를 냈다. 참을 수 없는 분노와 절망이 그의 가슴을 헤집고 기혈을 뒤흔들어 놓았다.

"우욱!"

무진이 허리를 꺾고 검붉은 핏덩이를 왈칵왈칵 토했다. 그의 눈에 맺혀 있던 눈물이 선혈에 섞여 뚝뚝 떨어졌다.

얼마 만인가.

그들을 찾아 그토록 헤맸던 세월이다. 오직 통쾌한 복수의 일념으로 온갖 역경을 참아 넘기고, 시련을 극복하며 여기까지 왔는데, 모든 게 허사가 되었다.

무진은 처음으로 자신의 무기력함을 느꼈다. 그토록 원했던 원수를 눈앞에 두고서도 아무것도 하지 못했다는 절망감에 휩싸여 울었다.

이만하면 내 힘으로 복수할 수 있으리라고 여겼던 것이 얼마나 큰 오만이었던지 깨달았다는 것. 그것 자체가 견딜 수 없는 부끄러움이었고, 그래서 더욱 무진을 괴롭게 했다.

객잔으로 돌아왔을 때는 동쪽 하늘이 뿌옇게 밝아오는 무렵이었다. 무진이 창백한 안색으로 방에 들어서자 침상에 쪼그리고 앉아 있던 소봉이 소리쳤다.

"어딜 갔었던 거야! 나쁜 자식! 나를 혼자 내버려 두다니! 내가 얼마나 무서웠는지 알기나 해!"

그녀의 얼굴은 아직도 두려움으로 새파랗게 질려 있었고, 날카로운 음성에 흐느낌이 담겨 있었다. 밤새 두려움에 떨었던 모양이다. 그게 얼마나 무섭고 참기 힘든 고통인지 무진은 누구보다 잘 알고 있었다.

어두운 항아리 속에 숨어서 떨어야 했던 어렸을 때의 그 기억이 되살아나 가슴이 떨리는데, 소봉이 무너지듯 무진의 품안으로 뛰어들며 와앙— 하고 참았던 울음을 터뜨렸다.

하지만 무진은 그녀를 다독여 주지 못했다. 가슴에 부딪쳐 오는 뭉클한 그녀의 몸을 감당하지 못하고 그대로 쓰러져 버린 것이다.

"악!"

무진과 함께 넘어졌던 소봉이 비명을 지르고 튕겨진 듯 일어났다. 비로소 무진의 상태가 어떤지 알아본 그녀의 얼굴에 또 다른 두려움이 덧씌워졌다.

"왜, 왜 그래? 이봐! 무슨 일이 있었던 거야?"

창백한 무진의 낯빛과 입가에 말라붙어 있는 핏자국, 그리고 고르지 못한 호흡에서 그가 심상치 않은 내상을 입었다는 걸 안 소봉이 어쩔 줄 몰라 하며 덜덜 떨었다.

■제9장■
소봉(小鳳)과 수련(水蓮)

소봉(小鳳)과 수련(水蓮)

　다음날, 마차 한 대가 객잔 앞에 와 멎었다. 소봉이 무진을 부축해 계단을 내려오는데, 무진은 밤새 중병에 걸리기라도 한 사람처럼 심상 치 않아 보였다.

　얼굴에 핏기가 없고, 눈자위가 검었으며, 입술이 파랗다. 다리에 힘 이 풀려서 소봉의 어깨에 의지한 채 겨우 걸음을 떼어놓고 있었다.

　"쯧쯧, 그러기에 여자를 잘 만나야 한다니까……."

　"그렇게 멀쩡하던 사람이 하루밤 새 아주 초주검이 되었구만 그래. 에휴, 부럽다."

　그가 지나가자 뒤에서 점원들이 혀를 차고 중얼거렸다.

　무진을 부축해 마차에 오른 소봉이 휘장을 내리자 마부가 급히 말을 재촉해서 떠났다. 그는 소봉으로부터 단단히 약속받은 바가 있었다. 오늘 중으로 상음현 못 미처 화가촌까지 가주면 무려 스무 냥을 주겠다는 것이니 횡재도 이런 횡재가 없다.

화가촌까지는 이틀 거리다. 그러나 마부는 해질녘에는 그곳에 도착할 수 있다고 장담했다. 과연 큰소리를 칠 만큼 마차 모는 그의 솜씨는 뛰어나서 두 필의 말이 미친 듯 질주해 가는데, 질풍이 휩쓸어가는 듯했다.

"비켜, 비켜! 깔려 죽어도 모른다! 저리 비켜!"

마부의 고함 소리와 채찍질 소리가 끊이지 않고 들렸다. 아직 이른 아침이라 큰 길에 행인이 많지 않은 게 다행이다.

마차가 골목을 돌아 사라지자 맞은편 객잔에서 십여 명의 수상한 자들이 쏟아져 나왔다. 백의에 붉은 피풍을 두르고 있고, 어깨 너머로 검 자루가 삐죽 솟아 나와 있는 것이 한눈에 강호의 인물들이라는 걸 알아볼 수 있었다.

신검문의 백풍대다.

마차가 사라진 곳을 한 번 바라본 그자들이 서로 눈짓을 교환하고 빠른 걸음으로 달리기 시작했다. 행인들의 눈이 있어서 경공은 펼치지 못했지만, 내닫는 걸음이 가볍고 빨라서 보는 사람마다 혀를 내둘렀다.

성의 남쪽과 서쪽 사이에 있는 작은 문인 '태평문(太平門)'에 이르는 데 차 한 잔 마시는 시간밖에 걸리지 않았다. 성문을 지키던 수문 위사들이 즉시 마차 앞을 가로막아 세웠다.

소봉이 휘장을 걷고 내다보며 소리쳤다.

"상 위장을 불러주세요!"

그러자 망루 위에서 굵은 음성이 대답했다.

"소저, 일찍 오셨구려."

즉시 갑주를 바쳐 입은 늠름한 기상의 장수가 달려 내려왔는데, 태평문을 지키는 위사장이다. 그가 부하들을 돌아보고 호령했다.

"호위한다!"

준비하고 있었던 듯, 위사장의 명령이 떨어지기 무섭게 열 명의 기마병이 흑마를 몰아 나왔다. 번쩍이는 갑주에, 안장에 방패와 활을 걸고 장창을 들었다. 중무장한 기세가 당당하고 늠름한 것이 과연 장사성의 정예한 군병들다웠다.

두 명이 장사성 위사대의 깃발을 높이 든 채 앞장서서 말을 몰아 길을 트며 질주했고, 여덟 명은 마차 뒤를 따랐다. 활짝 열린 성문으로 마차와 기병들이 날듯이 달려나가자 뿌얀 먼지가 자욱이 일어 하늘을 덮었다.

마부는 신이 났다. 이런 일은 예상하지 못했던 터라 제가 마치 황제를 모시는 시위라도 된 듯 절로 어깨가 움찔거려지고 말 엉덩이를 후려치는 채찍질에 힘이 실렸다.

"이게 대체 어떻게 된 일이지?"

전후 사정을 지켜본 무진이 헐떡이며 물었다. 관병까지 동원할 줄 아는 소봉의 수단이 놀랍고 기특했다.

"별거 아니야. 위사장은 흙만 파먹고 살겠어? 돈을 듬뿍 집어줬지."

"돈?"

"그래, 너 때문에 무려 삼백 냥의 은자를 그냥 날렸다. 아직 먹물도 마르지 않은 빠삭빠삭한 전표다."

눈 흘기는 그녀를 바라보는 무진의 창백한 얼굴에 희미한 웃음이 실렸다.

소봉은 이른 아침부터 마차를 구하고, 여자의 몸으로 거리낌없이 성문을 지키는 위사들의 군막에 찾아가 과감한 흥정을 한 것이다.

그녀가 얼마나 가슴 졸이며 바쁘게 움직였을 것인지 보지 않아도 알수 있어서 무진은 마음이 무거워졌다. 신세를 지고 있다는 생각 때문이다.

"어떻게 관병을 이용할 생각을 했지?"

"몰라서 물어? 나는 그 괴물들과 다시는 만나고 싶지 않아. 이렇게 관병들이 호위하고 있는데, 정신 나간 놈 아닌 다음에야 설마 또 그 괴물들을 이끌고 나타나서 시비를 걸지는 않겠지. 흥!"

"훌륭한 생각이다. 철없는 떼보 아가씨인 줄만 알았는데, 다시 봐야겠는걸?"

"핏!"

소봉이 매섭게 눈을 흘겼지만 붉은 입가에는 웃음이 떠올라 있었다.

그들이 지나간 숲 속에서 희끗희끗한 것이 어른거렸다.

무려 스무 명이나 되는 백풍대의 무리가 기병의 호위를 받으며 관도를 따라 질주해 가고 있는 마차를 노려보고 있었다.

"영악한 놈이로군."

청룡대의 대주인 금필쌍검(金珌雙劍) 남궁문(南宮文)이 볼을 씰룩이며 중얼거렸다. 설마 관병의 호위를 받을 줄은 예상치 못했던 일이라 눈 멀쩡하게 뜨고 구경만 하고 있어야 한다는 게 어이없고 못마땅했다.

삐리리리리—

산바람을 타고 새소리 같기도 한 날카로운 호각 소리가 들려왔다. 남궁문이 차가운 조소를 흘렸다.

"밀부 놈들도 물러가는 모양이군. 하긴, 관병을 상대로 싸울 수는 없겠지."

그가 쓴 입맛을 다시고 손을 흔들었다.

"매복을 푼다!"

"저곳이오."

화가촌이 내려다보이는 언덕에 이르자 위사장이 기병들을 멈추어 세우고 손을 들어 가리켰다. 마차에서 내려온 소봉이 쌩긋 웃었다.

"수고했어요. 이건 별도로 드리는 것이니 부하들에게 술이라도 한 잔 사주세요."

다시 한 장의 전표를 꺼내 넌지시 갑주 사이에 찔러주자 부리부리한 위사장의 얼굴에 웃음이 활짝 피어났다.

"선녀처럼 아리따운 소저가 이처럼 씀씀이 또한 후하니 반드시 좋은 낭군을 만나 무량한 복을 누릴 것이외다."

"고마워요."

"언제든 어려운 일이 있으면 말씀만 하시오. 내가 힘 닿는 데까지 도와드리리다."

"그렇게 하지요."

말 위에서 군례를 취한 위사장이 부하들을 이끌고 떠났다. 소봉이 마차에 대고 물었다.

"저 아래 마을이 화가촌이야. 저기까지 가면 되는 건가?"

"아니, 그곳을 지나쳐서 천산평으로 가자."

"쳇, 처음부터 그렇게 말할 것이지."

머리 위에 있던 해가 어느덧 저물어가고 있었다. 이틀 길을 한나절로 줄였으니 얼마나 급하게 달려온 것인지 알 수 있다. 마부가 투덜댔지만 열 냥짜리 은괴를 받고는 금방 희희낙락해져서 다시 말을 몰았다.

화가촌을 빠르게 지나가는 마차 안에서 무진은 창문의 휘장을 살짝 젖히고 내다보았다. 염차목의 대장간 터가 뒤로 밀려났고, 그의 초라한 무덤이 있는 언덕도 빠르게 흘러갔다.

'언제 다시 와볼 수 있을지……'

무진의 눈에 어둠이 짙어졌다. 유년 시절 내 터전으로 여기고 보냈던 곳인데 이제는 낯설기만 했다.

마차가 드디어 천산평에 이르렀다. 거기서부터는 걸어가야 한다. 마차가 지나갈 만한 길이 없는 것이다. 땅거미가 짙어져 가는 하늘 아래 억새꽃들이 하얗게 피어서 파도처럼 일렁이고 있었다.

종일 흔들리는 마차 안에서 시달리느라 무진의 상태는 더욱 나빠져 있었다. 내상이 심각해서 빨리 안정을 취하지 않으면 위험해질지도 모른다.

귀면탈의 장력에 당한 것만으로는 이처럼 급격하게 나빠질 리가 없었다. 그때 안정을 취하고 운기요상을 했다면 이렇지는 않았을 텐데, 마음의 격동을 참을 수 없어서 흥분하고 절망한 것이 상세를 더 나쁘게 한 것이다.

일종의 심마(心魔)라고 해야 할 것이다.

무진은 경혈이 조금씩 굳어가는 걸 느끼고 있었다. 단전이 텅 빈 듯 공허해서 한 줌의 진기도 끌어 모을 수가 없었다.

"업을까?"

소봉이 창백한 얼굴로 가쁜 숨을 헐떡이는 무진을 부축해 걷다가 그렇게 말했다. 힘들어하는 그가 안쓰러웠던 것이다.

"굴러갈망정 사내대장부가 어찌 가녀린 아녀자에게 업힐 수 있겠어?"

“쳇, 보는 사람도 없는데 뭐 어때?”

“됐다. 부축이나 제대로 해다오. 네 어깨가 자꾸 가슴을 찔러서 그게 더 불편하다.”

“흥! 나는 힘들어 죽을 맛인데 엄살이나 부리고 있다니. 사내들은 죄다 짐덩어리야, 짐덩어리. 골치 아퍼.”

쫑알거리면서도 팔을 둘러 부축하는 데 더 조심하고 있었다. 무진은 그런 소봉에게서 따뜻한 정을 느꼈다. 겉으로는 팩팩거리고 오만해 보여도 역시 그녀의 가슴속에는 모성이 깃들어 있었던 것이다.

사부와 사형들의 사랑을 듬뿍 받으며 세상이 온통 흑룡보와 같은 줄로만 알고 자랐기에 철이 없고 고집이 셀 뿐이다. 오만함도 그래서 생겼으리라.

무진은 그런 소봉의 마음도 여느 아가씨나 다를 바 없이 여리고 따뜻한 데가 있다는 걸 안 게 기뻤다. 가슴을 통해 전해지는 그녀의 훈훈한 체온이 정답게 느껴지는 것이어서 깜짝 놀라 제 마음을 경계했다.

“어디로 가지?”

이제는 완연히 어두워진 벌판이었다. 키를 넘볼 만큼 웃자란 억새밭 한가운데에서 소봉은 길을 찾을 수 없어서 당황했다. 무진이 턱으로 한곳을 가리켰다. 한때는 눈을 감고서도 찾아갈 수 있었던 길 아니던가.

“저쪽이다. 조금만 더 가면 소나무가 우거진 야트막한 언덕이 보일 거야. 그리로 가면 된다.”

“대체 이런 황폐한 곳에 뭐가 있다는 거야?”

“호은암.”

“쳇, 그 암자에 사는 중은 굶어 죽기 십상이겠다. 이래서야 어디 아무리 불심 깊은 신도들이라고 해도 제대로 찾아올 수나 있겠어?"

귓가에 그녀의 쫑알거림을 듣고, 가슴에 닿아 있는 그녀의 체온을 느끼면서도 무진의 마음은 어느새 또 한 소녀의 귀여운 모습을 그리고 있었다.

두 갈래로 땋은 댕기머리를 팔랑거리며 불쑥 튀어나와, '이 바보야!' 하고 불러대던 짜랑짜랑한 음성이 귀에 쟁쟁 울렸다.

이제는 장성해서 소봉처럼 어엿한 처녀티가 나리라. 그리고 보니 수련의 나이도 소봉과 비슷할 것이다. 모두가 같은 또래인 것이다.

멀리에서 그들을 둘러싸고 움직이는 은밀한 자들이 있었지만 무진과 소봉을 그것을 알지 못했다. 그리고 천천히 걷는 중에 드디어 저만큼 어둠 속에 불쑥 솟아 있는 소나무 숲을 보게 되었다.

호은암은 괴괴한 밤의 적막 속에 깊이 잠든 듯 가라앉아 있었다.

예전의 그 언덕이고 소나무 숲이며 암자의 오래된 돌담이다. 그 모든 것이 눈에 생생하게 익은 것이어서 무진의 가슴 깊이 왈칵 그리움이 밀려들었다.

이끼 낀 돌계단을 힘겹게 올라가자 칠 벗겨진 낡은 대문이 그 자리에 그대로 서 있었다.

"이런 초라한 데서 살았단 말이야?"

"내가 아니다."

"뭐라고?"

소봉은 그가 염차목의 대장간에서 지냈다는 걸 모르는 모양이었다.

"수련이 여기서 살았지. 지금도 살고 있다."

"수련이라고?"

소봉의 눈꼬리가 실쭉해졌다.

무진이 녹슨 문고리를 잡고 두드리자 안에서 '누구세요?' 하고 묻는 소리가 들렸다. 종달새가 지저귀듯 앳되고 높은 옛날의 그 음성은 아니었지만 그게 누구의 것인지는 금방 알 수 있었다. 왈칵, 목이 메어와서 무진은 대답하지 못했다.

그의 표정을 바라본 소봉의 눈매가 날카로워졌다. 무진의 창백한 얼굴 가득 떠올라 있는 것이 그리움과 감격이라는 걸 금방 알 수 있었기 때문이다. 그 표정에 왜 이처럼 신경질이 나는 건지 미처 생각해 볼 새도 없이 그녀가 빽, 소리쳤다.

"손님이 왔으면 어서 달려나와 문을 열 것이지 뭐 하고 있어!"

마치 제 집에 와서 종에게 야단치는 것 같다.

안에서 자박거리는 발소리가 나더니 닫혀 있던 대문이 시끄러운 소리를 내며 열렸다. 그리고 그 얼굴이 보였다.

"누구⋯⋯."

달덩이처럼 환하고 선한 얼굴 가득 놀람이 번졌다. 그녀의 커다란 눈이 무진에게 못 박혔다.

"너, 너, 너⋯⋯."

창백해진 채 손을 떠는 것이 몹시 놀라고 반가워하는 것이다. 너무 기뻐서 혹시 이게 꿈이 아닌가? 하고 여기는 건지도 몰랐다. 아니, 두려워하는 것이리라. 꿈이 깰까 봐 떠는 것이리라.

"나를⋯⋯ 알아보겠어?"

쓸데없는 걸 묻는다. 할 말이 떠오르지 않아서였다. 그녀와 눈이 딱 마주친 순간 머리 속이 하얗게 비워졌다.

무진과 수련은 그렇게 서로를 마주 본 채 멍하니 서 있기만 했다. 거울을 앞에 둔 사람들 같았다. 수련의 얼굴에서 무진은 저의 추억을 보고, 수련 또한 무진의 몰라보게 변한 그 얼굴에서 저의 추억을 보는 것이다.

소봉의 눈매가 점점 더 날카로워졌다.

"뭐 하는 짓이야!"

성난 고양이처럼 앙칼지게 외치고 나서서 무진을 가로막고 섰다. 수련을 노려보는 얼굴에 서릿발이 앉아 있다.

"여기서 밤 새게 할 거야? 환자를 데려왔으면 따뜻한 방으로 먼저 안내해야 할 것 아냐!"

"아!"

수련이 그제야 정신을 차리고 무진에게 주춤 다가갔다. 그의 상태가 나쁘다는 걸 비로소 깨달은 것이다. 그녀가 팔을 뻗어 무진을 부축하려 하자 소봉이 다시 빽, 소리쳤다.

"손대지 마!"

화들짝 놀란 수련이 놀란 얼굴로 그녀를 바라보았다. 소봉이 여태까지 했던 것처럼 무진의 곁에 바짝 제 몸을 붙이고 팔을 둘러 그의 몸을 안았다.

"어서 안내하지 않고 뭘 보고만 있지?"

꾸짖는 소리를 듣는 수련의 얼굴에 문득 그늘이 졌다. 그녀가 눈길을 제 신발 코에 둔 채 말없이 돌아서서 달빛이 부서지고 있는 마당을 자박거리며 걸어갔다.

가지를 풍성하게 늘어뜨리고 커다랗게 자란 목련 나무를 돌아가자 암자가 보였다. 열두 계단 위에 있는 섬돌을 딛고 한 사람이 뒷짐을 진 채 서서 바라보고 있었다.

은은한 달빛에 드러난 얼굴이 희미하게 웃고 있었다.

“아!”

그를 알아본 소봉이 놀람의 탄성을 터뜨리고 우뚝 멈추어 섰다.

잿빛 승복을 입었고 목에 염주를 둘렀다. 길게 자란 머리카락이 서리를 맞은 듯 희었으며, 수염이 가슴 앞에 늘어져 있었지만 그 눈빛과 얼굴을 한시도 잊어본 적이 없다.

“다, 당신은 흑…… 풍객?”

“많이 자랐다. 몰라보겠구나.”

한눈에 소봉을 알아본 흑풍객이 따뜻하게 웃었다. 그건 한 번도 생각해 본 적이 없는 일이라 무진이 어리둥절한 얼굴이 되어서 그를 멍하니 바라보았다.

기억 속에서 그는 언제나 말이 없고, 얼음장처럼 차갑고 도도하기만 하던 사람이다. 저런 웃음은 본 적이 없고, 상상해 본 일도 없다.

흑풍객의 시선이 천천히 무진에게로 향했다. 그리고 그의 얼굴에 멎었을 때는 스승처럼 근엄한 표정이 되었다.

“조만간 네가 올 줄 알고 있었다.”

“아!”

그의 말을 듣고서야 무진은 정신을 차렸다. 소봉의 팔을 뿌리친 그가 비틀거리며 걸어나가 두 손을 모으고 허리를 숙였다.

“정정하신 모습을 뵈니 감회가 새롭습니다.”

“음.”

머리를 끄덕이고 지그시 무진을 바라보던 흑풍객이 선방으로 들어갔다.

“데리고 들어오너라.”

스스스숫―

여린 바람에도 활짝 핀 꽃을 인 억새는 그 무게를 이기지 못하고 이리저리 물결치며 흔들린다.

천산평 가득 억새들이 그렇게 몸을 비벼대는 소리가 퍼져 소란스러워졌다.

흰 달빛과 그만큼 흰 억새 꽃무더기. 그 사이사이로 한 무리의 사람들이 뱀처럼 은밀하고 민첩하게 움직이고 있었다.

우뚝 솟아 있는 소나무 언덕을 가운데 두고 마흔 명이나 되는 백풍대의 검수들이 넓게 둘러섰다.

"청룡대가 전면을 맡고 우리는 조금 사이를 두어서 뒤로 들어간다."

청면귀검(靑面鬼劍) 주운량(朱雲凉)이 낮게 속삭였다. 그 소리가 빠르게 전해져 청룡대의 대주인 금필쌍검 남궁문에게 고해지는 데는 촌각의 시간밖에 걸리지 않았다.

지금 백풍대의 명령권을 쥔 자는 총대주이면서 백월대주이기도 한 주운량이다. 남궁문이 명을 받았다는 표시로 머리를 한 번 끄덕이고 수하들에게 결의에 찬 눈길을 보냈다.

눈앞에 보이는 저 낡은 암자에 무진이 피해 있다. 그까짓 애송이 하나를 잡기 위해서 마흔 명이나 되는 인원이 모두 동원되었다는 게 못마땅하기만 했다.

'나 혼자서도 뚜벅뚜벅 걸어 들어가 그놈의 목을 붙잡고 끌어낼 수 있다.'

그런 생각이 드는 건 그에게 당연한 일이었다. 신검문 산동 본가에서도 열 손가락 안에 꼽히는 고수인 남궁문인 것이다. 자신의 뇌정팔검(雷精八劍)은 검의 종주라고 불리는 신검문 안에서도 짝을 찾아보기 힘들 만큼 위력적인 검법이라는 자부심이 있었다.

그들이 명령을 기다리며 몸을 웅크리고 있을 때, 백풍대 외곽 일백여 장 밖에는 또 한 무리의 수상한 자들이 모여 있었다.

상문팔귀(喪門八鬼)로 불리는 여덟 명의 괴인들이 스무 명의 흑의장한들을 뒤에 두고 우뚝 서서 저 멀리 보이는 검은 언덕에 눈길을 주고 있었다.

저쪽에서 깡마른 몸집의 흑의인이 천천히 다가왔다. 유명밀부의 사자라는 신분으로 장백노 양처앙을 만났던 그자, 염라흑수 동청강이다.

동청강이 다가오자 상문팔귀가 가볍게 포권하고 한목소리로 말했다.

"동 전주를 뵈오."

가볍게 턱을 끄덕인 동청강이 음침한 음성으로 물었다.

"신검문의 얼간이들은?"

"암자를 에워싸고 있습니다. 곧 시작할 것 같군요."

"흐흐흐, 양처앙 그 늙은 것은 정말 멍청하다니까. 눈앞의 먹이에 정신이 팔려 뒤에서 저승사자가 노리고 있다는 걸 까맣게 모른다. 그런 것이 신검문의 봉공이라고 으스대고 있으니 그놈들도 이제 망할 때가 된 거야."

무진의 맥을 쥐고 기혈의 움직임을 살피던 흑풍객이 빙긋 웃었다.

"어떤가요?"

한쪽에 다소곳이 서 있던 수련이 근심 가득한 얼굴로 물었다.

"다행히 늦지는 않았다. 이 고집 센 녀석이 그동안 열심히 수련해서 쌓은 진기가 워낙 두텁고 마음이 굳으니 모든 게 스스로에게 달려 있는 셈이지."

소봉이 반색을 하고 나섰다.

"죽지 않는 거지요?"

"하하, 너는 죽는다는 걸 쉽게 말하는구나? 이 녀석은 명이 길어서 오래 살 상이니 걱정할 것 없다."

"흥! 꾀병을 부리고 있었군?"

소봉이 눈을 흘겼다. 아직도 수련을 바라보던 그의 얼굴과 눈빛이 원망으로 마음에 남아 있는 것이다.

질투일 것이다. 하지만 소봉은 지금껏 그런 감정을 느껴본 적이 없으니 그게 무엇인지도 알지 못한다. 다만 무진과 수련이 서로 눈을 마주치는 것조차 밉고 싫을 뿐이다.

무진이 그동안 겪었던 일들의 중요한 것만 추려서 얘기해 주는 동안 흑풍객은 귀를 기울이고 하나하나 새겨가며 들었다. 수련과 소봉 또한 그랬는데, 수련은 무진의 얼굴에서 눈을 떼지 못했고, 소봉 역시 그랬다. 그녀는 무진이 살아온 날들이 그처럼 험하고 외로웠다는 걸 알게 되자 가슴 가득 연민의 감정이 치솟아 눈물마저 글썽거렸다.

"너는 어리석은 짓을 했다."

흑풍객이 가볍게 탄식하고 말했다.

"네가 가장 잘할 수 있는 것으로 싸우라고 했던 내 말을 그새 잊었던 거냐?"

"후회하고 있습니다."

무진이 얼굴을 숙였다. 오랜만에 들어보는 꾸지람이다. 마음속에 오히려 기쁨이 차 오르는 것은 무엇일까?

"네가 그자에게 당한 것은 성급하게 굴었기 때문이고, 마음이 조급해졌기 때문이다. 욕심 때문이겠지. 그것을 버려야 언제나 평정지심을 갖게 된다. 그때 비로소 나와 상대를 밝게 볼 수 있는 눈이 생기는 것이지."

"명심하겠습니다."

무진은 진심으로 뉘우쳤다.

귀면탈을 잡고야 말겠다는 욕심이 앞섰고, 그자가 아버지의 일을 알고 있다는 데에 흥분해서 깊이 생각할 새 없이 무작정 들이쳤던 것이다. 제 스스로 함정에 빠진 꼴이었다.

"너의 자부신공은 아직 십이성의 경지에 들지 못했다. 내가 본 바로는 이제 십성의 성취를 넘볼 뿐이지."

"아! 아셨군요?"

무진이 깜짝 놀라 흑풍객을 바라보았다. 그가 빙긋 웃었다.

"소문은 깃털처럼 가벼운 것이라 바람에도 실려서 날아온다. 내가 이곳에 웅크리고 있다 해서 강호의 소문마저 듣지 못하겠느냐? 하물며 늘 관심을 갖고 걱정하는 사람의 것임에야……."

무진이 부끄러움과 감격으로 얼굴을 숙이고 들지 못했다. 흑풍객에게 끝까지 저를 숨기고 있었던 것이 바늘이 되어 가슴을 찔러댔다.

늘 관심을 갖고 걱정하는 사람. 그 말이 무진의 가슴에 커다란 울림이 되어 울렸다.

"너의 칼은 굳세고 사납다. 가장 실전적인 도법이지. 강호에는 그와 같은 도법이 없다. 그러니 너는 그것으로 싸워야 했다."

과연 그때 칼을 뽑아 후려쳤더라면 어땠을까? 하는 생각은 무진도 내내 하고 있었다. 사로잡을 마음만 급해서 성급하게 굴었던 것이 다시 후회가 되어 밀려들었다.

"그래도 그자를 이길 수는 없었겠지. 하지만 지금처럼 이렇게 형편없이 당하지는 않았을 게다."

구구절절이 옳은 말이다. 흑풍객은 무진의 말을 들은 것만으로도 그때의 상황을 눈앞에 두고 본 듯 훤하게 꿰뚫고 있었다.

"벽옥소를 좀 보자."

그가 손을 내밀었다. 무진이 망설임없이 품에서 그것을 꺼내 공손히 건네주었다.

옥소를 쓰다듬는 흑풍객의 손이 회한으로 가볍게 떨렸다. 지그시 눈을 감고 그 감촉을 느끼는 얼굴에 수시로 격정의 물결이 출렁거리며 흘러갔다.

"휴—"

한참 만에야 그가 길게 한숨을 쉬고 눈을 떴다.

"이것이 곽문탁이 세상에 남긴 유일한 물건이란 말이지? 그의 손에 들려 있을 때는 천하를 놀라게 할 만한 보물이었는데, 이제는 제 주인을 잃고 이처럼 빛이 바래 있으니 안타깝기 짝이 없는 일이다."

언뜻 흑풍객의 눈가에 눈물이 맺힌 것 같았다. 그의 얼굴은 그리움과 원망과 미움, 그리고 안타까움으로 범벅이 되었다. 눈꼬리가 파르르 떨리는 것이 마음의 격동을 참기 위해 애쓰고 있는 게 여실히 드러났다.

"그를 꺾기 위해서 평생을 바치며 기어이 신공을 이루어냈건만, 그는 이미 염라전에 들었다니 과연 그동안 나는 무엇을 하고 있었던 것인가?"

그의 회한이 너무나 절절해서 무진은 물론 소봉과 수련마저도 숨을 멈춘 채 몸을 굳혔다. 무거운 침묵이 선방 안에 가득 찼다.

다시 한참의 시간이 흐른 뒤에야 흑풍객이 벽옥소를 무진에게 돌려
주고 수련과 소봉을 바라보았다.

"손님들이 오는구나. 너희들이 잠시 그들을 붙잡아두겠느냐?"

소봉이 어리둥절해서 수련을 돌아보았다. 수련은 수심 가득한 얼굴
을 숙인 채 말이 없다. 옷자락을 쥐고 있는 가녀린 손이 긴장으로 바르
르 떨리고 있었다.

"한 식경이면 될 게다. 나가 보아라."

"대체 무슨 말씀인가요?"

소봉이 눈을 휘둥그레 뜨고 묻자 수련이 그녀의 옷소매를 끌었다.

"뒤따라온 사람들이 있는 모양이군요. 좋은 뜻을 가진 자들은 아닐
거예요."

"응?"

그제야 상황이 어떻게 돌아가고 있는 건지 눈치를 챈 소봉이 이번에
는 놀란 얼굴로 수련을 보았다.

"아니, 너도 그럼 무공을 익히고 있단 말이야?"

그녀에게는 그게 놀라운 일이었다. 이처럼 여리고 얌전하기만 한 아
가씨가 무공을 익히고 있다는 게 놀랍거니와, 대단한 듯하니 그렇다.
흑풍객의 눈치를 보니 자신보다 수련을 더 믿는 것 같아서 이제는 질
투에 샘마저 곁들여졌다.

"흥! 그러면서 시치미를 뚝 떼고 있었다니? 이제 보니 아주 내숭덩
어리로구만?"

소봉이 수련을 따라 나가며 쫑알거렸다.

흑풍객은 무진의 내상을 치료해 주려 하고 있었다. 그러니 그동안
적이 방해하지 못하도록 호법을 서주어야 한다. 그게 자신과 수련이

해야 할 일이라는 걸 알자 소봉은 부쩍 투지가 솟구쳤다.

흑풍객이 두 손바닥에 내공을 실어서 무진의 막힌 경혈을 뚫어나가며 말했다.

"그들이 너를 노리는 것은 바로 이 벽옥소 때문일 것이다."

"하지만 아버지를 죽이던 다섯 괴한은 벽옥소의 효용을 모르고 있었답니다. 그랬기에 그것을 그냥 놔두고 갔겠지요."

"지금은 알게 되었다고 볼 수도 있지. 그건 그자들 사이에 어떤 형태로든 변화가 있었기 때문일 것이다. 아니면 옥소의 비밀을 알게 됨으로 해서 변화가 생긴 것일 수도 있지."

무진의 이야기를 듣는 동안 흑풍객은 나름대로 추리를 해내고 있었던 것이다.

"네 판단처럼 귀면탈의 괴인은 네 원수 중 한 명일 것이다. 그리고 그자는 신비 집단의 최상층에 속해 있는 몇 안 되는 수뇌부일 수도 있지. 아마 너의 원수들 모두가 그런 신분을 갖고 있을 것이다."

"결국 저는 그 신비 집단을 상대해야 하는 거로군요."

"그럴 것이다. 하지만 지금의 너로서는 많이 부족한 일이다."

"반드시 해내고 말 것입니다."

"네가 곽문탁의 유언대로 자부신공을 대성한 뒤라면 가능할지도 모른다."

"아버지의 말씀대로라면 앞으로 오 년 동안은 더 수련해야 합니다. 하지만 흉수들은 그때까지 기다려 주지 않을 것입니다."

"방법이 있겠지."

흑풍객이 말을 멈추었다. 무진의 경혈을 누르고 문지르는 손길이 더욱 뜨거워지고 빨라졌다.

"돌아가세요."

밖에서 수련이 조용히 말하고 있었다. 무진은 정신이 몽롱해져 가고 있는 중이었고, 그의 몸을 두드리고 쓰는 흑풍객의 손놀림은 더욱 빠르고 뜨거워져만 갔다.

다섯 명의 백의검수가 전면에서 밀고 들어왔다.

"이것들이 말을 듣지 않는군!"

소봉이 날카롭게 외치고 검을 뽑아 달려나가며 좌우로 쓸고 후려쳤다.

그녀의 무예는 절정의 고수에 뒤지지 않을 만하다. 흑룡보주로부터 절기를 사사받은 지 벌써 십수 년이 지나서, 사부가 전해준 몇 개의 신공절기들을 팔성이 넘게 익혔다. 그중 하나가 지금 검을 뽑아 어지럽게 휩쓸고 있는 유룡검법(遊龍劍法)이었다.

오래전 곤륜파의 비장절기로 전승되어 오다 단절되어 세상에서 사라진 절세의 검법인데, 그것이 지금 소봉의 검을 통해 되살아나고 있었다.

가볍고 재빠르며 변화가 기오막측(奇奧莫測)하고 신랄해서 여자가 익히기에 제격인 검법인 것이다.

일백 년 전, 곤륜파의 일대 여협이자 검성으로 불렸던 구유선자(九遊仙子) 소소옥(蘇素玉)이 완성시킨 검법으로써, 당년에 그녀는 유룡검법 하나로 천하에 적수를 찾아보지 못했다고 한다.

소봉의 검이 휩쓸어가는 곳마다 쐐아아— 하는 바람 소리가 났다. 꿈틀거리는 검봉이 구름을 희롱하는 신룡 같아서 종잡을 수가 없다.

놀란 백의검수들이 일제히 갈라서며 검을 휘저어 대항했다. 곧 따다

당, 하는 요란한 쇳소리가 높이 울려 퍼졌다.

다섯 명의 검수들이 소봉의 검초에 가로막혀 좀체 힘을 쓰지 못하고 있는 걸 지켜보던 금필쌍검 남궁문이 눈살을 찌푸렸다.

사정은 연약하고 수줍어 보이는 수련 쪽도 마찬가지였다. 그녀는 한 개의 긴 허리띠를 두 손으로 잡고 춤을 추듯 허공에 휘저어대고 있었다.

은은한 달빛 아래 고요히 바라보고 있으면 선녀가 하강한 듯 아름답기 짝이 없는 모습일 것이다. 하지만 수련의 그 부드러운 허리띠 아래에서 다섯 명의 날렵한 검수들이 어쩔 줄 모르고 쩔쩔매고 있었다.

수련은 허리띠의 중간을 붙잡고 양쪽 끝을 허공에 펼쳐 휘젓거나 감아 올리고 있었는데, 때로는 그것이 두 자루의 보검을 손에 들고 검무를 추는 것 같기도 했고, 때로는 두 개의 채찍으로 동시에 후려치는 것 같기도 했다.

부드러운 천이 우아하게 움직일 때는 향기가 났다. 하지만 내력을 싣고 매섭게 후려쳐 갈 때면 검수들의 보검이 그것을 당하지 못하고 이리저리 튕겨나기 일쑤였다.

수련에게는 살기가 없었다. 그녀는 다만 신공절학을 발휘해서 백의검수들이 접근하지 못하도록 막고 있을 뿐이다.

그것은 소봉도 크게 다르지 않았다. 그녀는 수련보다 날카롭고 매섭게 검을 쓰고 있었지만 상대의 목숨을 빼앗을 상황에 이르러서는 매번 주저할 뿐 모질게 찔러 넣지 못했다. 아직 실전에서 목숨을 빼앗아본 경험이 없으니 살인을 하게 될까 봐 오히려 두려워하는 것이다.

하지만 그녀의 놀라운 검법은 백의검수들을 주저하고 머뭇거리게 하기에 충분했다. 그자들은 감히 소봉에게 접근하지 못하고 날카로운 검봉을 피하기에 바빴다.

흑풍객의 무궁무진한 내력이 밀물처럼 명문을 통해 무진의 혈맥 속으로 스며들었다. 굳게 뭉쳐 있던 본연의 진기가 그것에 반응하여 꿈틀거리기 시작했다.

무진은 구름 위에 떠 있는 듯 몽롱하고 황홀한 중에 자부신공의 구결을 외며 운기에 들어갔다.

기해의 바다에 강물처럼 흘러들던 흑풍객의 진기가 조금씩 무진의 진기를 이끌어내면서 합쳐지더니 드디어 불쏘시개가 되어서 가라앉아 있던 무진의 내력을 활활 타오르게 했다.

무진이 스스로 진기를 끌어올려 운기하게 되자 흑풍객이 긴 숨을 불어내고 명문에 붙이고 있던 손을 떼어냈다.

진기의 소모가 적지 않은 듯 그의 붉던 안색이 창백해져 있었다. 그는 곧 무진과 같이 지그시 눈을 감고 운기행공에 들어갔다. 적어도 한 식경은 그렇게 집중해서 행공을 해야 회복될 것이다.

피이잉—
소봉의 검이 구름을 찢는 번갯불처럼 어둠을 뚫었다.
"헛!"
당황한 자가 급히 몸을 틀자 그 자리를 두 명의 검수가 메우며 신랄하게 검격을 쏟아냈다. 그들은 나이 어린 계집애 하나 처리하지 못하는 자신들에게 화가 나 있었다. 일검일검 내뻗는 것이 조금 전과는 확연히 달라져 있었다.

흉흉한 살기를 마주하고 있기는 수련도 마찬가지다. 그녀는 조금씩 뒤로 밀려나고 있었는데, 제 목숨을 아끼지 않고 악착같이 달려드는 백의검수들에게 질린 탓이었다. 어떻게 해야 할지 아직도 마음의 갈피를 잡지 못하고 겨우겨우 허리띠를 휘둘러 제 앞을 지키기에 바빴다.

"시간이 없다!"

뒤에서 팔짱을 끼고 지켜보던 남궁문이 날카롭게 꾸짖었다. 그러자 소봉과 수련을 상대하고 있던 열 명의 검수들이 한층 사나워져서 더욱 매서운 살기를 뿌리며 검을 휘둘러 댔다.

살갗을 찌르는 그들의 살기 때문에 가슴이 덜덜 떨려왔다. 소봉은 이럴 때가 아니라는 걸 알았다. 이렇게 망설이고 주저하다가는 이자들의 검에 찔려 죽고 말 것이다. 아무리 절묘한 신공절학을 지니고 있으면 무엇 할 것인가.

이건 사형들과의 비무가 아니라는 걸 비로소 실감했다. 목숨이 걸린 싸움인 것이다. 눈앞의 백의검수들을 죽이지 않으면 내가 죽게 되리라. 그 사실을 깨닫는 일이 이처럼 힘들었다.

수련도 그런 생각이 들었다. 지금 선방 안에는 무진이 운기요상을 하고 있을 것이다. 흑풍객이 어떻게 그의 내상을 치료해 줄지 짐작이 갔다. 그렇다면 지금쯤 흑풍객도 소진한 자신의 진기를 되찾기 위해 운기 삼매경에 빠져 있을 것이었다.

그들의 목숨이 지금 이 순간만큼은 제 손에 달려 있다는 생각이 수련을 당황하게 했고, 망설이게 했다.

그녀가 붉은 입술을 악물었다. 이렇게 주저하고 양보하다가는 자신의 목숨은 물론 무진과 흑풍객의 목숨마저 위태롭게 되리라는 자각이 들었다. 그렇다면 선택할 길은 달리 없다.

"스스로 어려움을 느끼고 물러가지 않는다면 더 이상 사정을 봐주지 않겠어요!"

수련이 입술을 악물고 소리쳤다. 그러나 백의검수들은 콧방귀도 뀌지 않았다. 오히려 흉흉한 살기를 더욱 짙게 내뿜으며 맹렬히 들이쳐왔다. 그들에게는 수련의 경고보다 뒤에서 지켜보며 못마땅해하고 있는 남궁문의 눈총이 더 무서울 뿐이다.

"이얏!"

소봉의 입에서 여태까지와는 달리 살기를 실은 매서운 기합성이 터져 나왔다. 그녀의 검법이 돌변했다. 주저하고 망설이던 검끝이 새파란 검기를 내쏘며 부르르 떨렸다.

피이잉—

일검이 섬광처럼 허공을 갈랐다.

"헛!"

돌변한 그 검세에 놀란 검수가 숨을 들이키며 다급히 검을 휘둘러 몸을 가렸다. 하지만 소봉의 검은 한 마리 꿈틀거리는 용이 되어서 가볍게 그것을 헤집었다. 쏟아지는 변화가 층층이 쌓이자 이제는 그녀의 검이 어디를 어떻게 노리고 있는 건지 알아볼 수가 없게 되었다.

"으악!"

최초의 비명성이 어두운 하늘 높이 터져 나왔다. 소봉의 날카로운 검에 가슴을 꿰뚫린 자가 쿵쿵거리고 물러나더니 털썩, 쓰러졌다. 붉은 피가 뻗어 나와 하늘에 걸렸다.

"아악!"

소봉의 입에서도 자지러지는 비명이 쏟아졌다. 그녀는 검을 통해 온몸 가득 밀려들던 그 감촉 때문에 놀란 것이다. 살아 있는 무엇을 이처럼 찔러본 건 처음이다. 검이 뚫고 들어가던 생소한 느낌과 눈앞에 확 퍼지던 선연한 핏줄기.

소봉의 안색이 창백해졌다. 그녀가 부들부들 어깨를 떨며 주춤거리고 물러섰다.

"으악!"

수련 쪽에서도 거의 동시에 비명이 터져 나왔다. 그녀의 허리띠가 좌측에서 달려드는 자의 손목을 휘감는 듯하더니 살아 있는 생명체인 것처럼 검을 말아 올렸다. 그리고 그것이 화살처럼 매섭게 허공을 날아 반대편에 있는 자의 가슴에 박혀 버렸다.

그자가 참혹한 비명을 터뜨리며 쓰러졌고, 소봉과 마찬가지로 수련 또한 새파랗게 질린 얼굴로 놀라서 신음을 삼키며 몸을 떨었다.

"후우—"

흑풍객이 긴 숨을 불어내고 먼저 눈을 떴다. 무겁게 갈무리된 신광이 두 눈 안에서 은은하게 번쩍였다.

밖에서 들려오는 비명은 무진의 귀에도 파고들었다. 그가 천천히 눈을 뜨고 호흡을 돌렸다. 내상이 완전히 회복된 건 아니지만 요긴한 고비를 넘겼으니 이제 시간이 해결해 줄 것이다.

흑풍객이 무진의 상태를 살펴보고 머리를 끄덕였다. 만족하는 얼굴이다.

"너의 내공이 내 생각보다 심후하구나. 조금만 더 노력한다면 자부신공을 대성할 수 있겠다."

"이렇게 도와주셔서 감사합니다."

"쓸데없는 소리."

가볍게 책망한 흑풍객이 미처 하지 못한 말을 다시 했다.

"흑룡보주에게 그런 사연이 있었다니 의외다. 그는 내 짐작대로 역시 강호에 피바람을 일으킬 효웅이었다."

"도와줘야 하지 않을까요?"

밖에서 들려오는 병장기 부딪치는 소리와 기합성들이 무진을 불안하고 초조하게 했다. 하지만 지금 나가서 그녀들을 대신해 싸울 형편이 되지 못한다. 그래서 흑풍객에게 은근히 재촉했는데, 흑풍객은 태연하기만 했다.

"그 아이들은 좋은 경험을 하고 있는 것이다. 강호에 나서기로 한 이상 누구나 한 번은 겪어야 할 일이지. 그것을 너를 위해 감수한다는 게 그 아이들에게는 오히려 다행인 일이 될 게다."

"하지만……."

"걱정할 것 없다. 그보다 너의 문제가 더 급하고 중요하다. 그것에 대해서 이야기해 보자꾸나."

바깥의 긴박함과는 아무 상관이 없다는 듯 태연하기만 한 흑풍객의 말과 모습이 무진을 어리둥절하게 했다. 그러나 무진은 곧 그가 이처럼 태연한 건 그녀들을 믿기 때문일 것이라는 걸 알았다. 그렇다면 위험은 있을지 몰라도 무사할 것이다.

"너는 그자들이 왜 너를 쫓는 건지 생각해 보았느냐?"

"벽옥소 때문이라고 조금 전에 말씀하지 않았나요?"

"그렇다면 너를 죽이고 그것을 빼앗아가면 그만일 텐데 왜 그렇게 하지 않았을까?"

그건 무진도 궁금하게 여기던 일이다. 흑룡보주도 그렇고 귀면탈도 그랬다. 벽옥소가 자부동천의 비밀을 풀어줄 열쇠라는 걸 알고 있으면서도 굳이 그것을 빼앗아갈 생각은 없는 듯했다.

한동안 생각하던 무진은 한 가지 결론을 얻었다.

"그렇군요. 벽옥소의 비밀을 풀 사람은 오직 저밖에 없는 탓입니다. 그들은 그것을 가져가 봐야 아무 쓸모가 없지요."

"내 생각도 그렇다."

"그렇다면 역시 자부신공 때문일 것입니다."

흑풍객이 빙긋 웃고 머리를 끄덕였다.

세상에서 자부선노의 신공을 이어받은 사람은 무진 한 사람뿐이었다. 그리고 벽옥소는 선노가 신공과 함께 세상에 유일하게 남긴 유품이기도 하다. 흑룡보주를 통해서 자부신공과 벽옥소가 서로 깊은 관계가 있다는 걸 알았을 때 짐작했어야 했다.

"너의 자부신공만이 벽옥소의 비밀을 여는 열쇠가 될 것이고, 벽옥소는 또 자부동천을 여는 유일한 열쇠인 셈이니 결국 모든 게 네 손에 달려 있는 것이다. 그들이 너를 잡으려 하고, 흑룡보주가 너를 풀어준 게 다 그런 이유인 게지."

"아버지께서는 그런 사실을 알고 계셨을까요?"

무진이 문득 떠오르는 생각이 있어서 물었다. 흑풍객이 한동안 침묵하더니 무거운 안색으로 머리를 끄덕였다.

"아마도 그랬겠지."

흑룡보주는 아버지가 아마 벽옥소의 비밀을 모르고 있었을 것이라고 했다. 그런데 지금 흑풍객은 알고 있었을 것이라고 단정했다. 무진은 혼란스러워졌다. 대체 누구의 말이 옳은 것인지 판단할 수 없었기 때문이다.

'흑풍객의 말이 옳을 것이다.'

마음이 그렇게 쏠렸다. 아직 흑룡보주보다는 흑풍객에 대한 믿음이 더 큰 탓이다. 또 그렇게 보아야 나중의 일들이 더 쉽게 이해되기도 했다.

"아버지가 신비 집단과 연관이 있었고, 나중에 그들에게 쫓긴 게 그런 이유 때문이었겠군요."

거기서 무진의 머리 속에 퍼뜩 떠오르는 생각 하나가 있었다.

'그렇다면 신비 집단은 자부선노와 연관이 있을 것이다. 천주라는 자와 선노는 깊은 관계를 맺고 있었던 게 틀림없다!

그 비밀을 캐내기 위해서 아버지는 스스로 신비 집단에 투신했던 것이고, 결국 알아냈을 것이다.

아버지를 쫓았던 다섯 괴인들은 그런 내막을 알지 못했다. 오직 천주의 명을 수행했을 뿐인 것이다.

그렇다면 천주 혼자 비밀을 알고 있었다는 말이 되는데, 그게 어떻게 이제 와서 귀면탈에게도 알려지게 되었는지 궁금했다.

'어쩌면 귀면탈뿐만이 아닐 것이다.'

잠시 생각하던 무진은 그렇게 결론지었다.

아버지를 죽였던 그들 다섯 괴한들 모두가 알고 있을 수도 있는 일이고, 그것이 최근의 일이 아닐지도 모른다. 그건 무진 자신이 곽문탁의 아들이고 벽옥소를 지니고 있다는 걸 알게 되면서 그자들이 기를 쓰고 덤벼드는 것만 봐도 그랬다.

그자들이 천주와 자부동천의 비밀을 알고 있었지만 그 열쇠가 되는 벽옥소의 행방을 알지 못해서 여태까지 잠자코 있었던 것이라면 앞뒤가 맞았다.

무진은 이제부터 자신이 그들 다섯 괴인을 쫓는 게 아니라 그들이 자신을 쫓는 상황으로 돌변했다는 걸 알았다. 애써 찾아다닐 필요가 없게 되었으니 좋은 일이지만 그만큼 위험하고 힘들어졌다는 건 불안한 일이다.

■제10장■
흑풍객(黑風客)의 신위(神威)

흑풍객(黑風客)의 신위(神威)

"으악!"

다시 참혹한 비명성이 들려왔다.

소봉의 검이 두 번째 백의검수의 목을 반쯤 잘랐다. 그리고 수련 역시 매서운 일지(一指)를 날려서 한 놈의 이마에 구멍을 뚫어놓았다.

소봉은 엉엉 울고 있었다. 큰 소리로 울면서 검을 휘둘렀고, 수련 역시 눈물을 흘리며 흐느끼고 있었다.

무섭고 끔찍했지만 손을 멈출 수가 없다. 내가 포기하면 무진과 흑풍객이 죽게 될 것이라는 두려움이 더 컸기 때문이다. 그러나 비록 내 목숨을 지키고 무진을 보호하기 위해서라고 해도, 제 손으로 사람을 죽였다는 사실이 그녀들을 놀라게 했고, 서럽게 했다.

남은 자들이 이를 부드득 갈며 야차처럼 흉악해진 얼굴로 짓쳐 들어왔다. 눈앞의 나약해 보이는 두 계집애에게 벌써 여러 명의 동료를 잃었다는 게 그들을 미쳐 날뛰게 했다.

"죽엇!"

한 놈이 벼락치는 것 같은 검격을 소봉에게 날렸고, 저쪽에서는 두 놈이 제 목숨을 돌보지 않은 채 수련에게 달려들고 있었다.

휘리릭—

소봉이 검을 비틀어 올리자 창! 하는 낭랑한 소리와 함께 정면에서 달려든 자의 검이 휘말려 올라갔다. 그리고 그녀의 검은 다시 그자의 목줄기 깊이 박혀 들어갔다.

"나는 세 개의 비급을 모아 그 안의 것을 다 끄집어냈다."

"익혔나요?"

"흥! 남의 것을 따라 해서야 어디 진정한 고수가 될 수 있겠느냐?"

무진이 피식 웃었다. 한때 자신의 무공을 배우라고 윽박지르다시피 하던 일이 떠올라서였다.

흑풍객도 말을 해놓고 나니 그때의 일이 생각난 듯 빙긋 웃었다.

"어떠냐? 너는 내가 창안해 낸 신공을 배울 마음이 있느냐?"

"남의 것을 따라 해서야 어디 진정한 고수가 될 수 있나요?"

무진이 조금 전에 한 흑풍객의 말을 그대로 따라 하자 그가 껄껄 웃었다.

"그렇지. 네 녀석이 그렇게 말할 줄 알았다."

그가 말을 뚝 멈추고 돌변하여 엄숙한 얼굴로 노려보았다. 그 눈에 이글거리는 안광이 맑은 하늘의 태양 같아서 무진은 감히 마주 볼 수 없었다.

"그렇다면 너는 어떻게 천하제일의 고수가 될 셈이냐?"

“자부동천을 열면 그 안에 비급들이 널려 있을 테니 그것을 모아서 아저씨처럼 연구해 볼까요?”

한번 심통을 부려보는 말에 지나지 않았다. 하지만 흑풍객은 진지하게 받아들였다.

“그것도 한 방법이겠지. 흑룡보주가 그때 자부선노로부터 받은 다섯 권의 비급을 익혀 오늘날과 같은 절대자가 되었으니 너도 그렇게 되지 말란 법이 없겠지.”

“그렇다면 각자의 길이 다르지만 도달하는 곳은 같다는 말이 되겠군요.”

“그렇다. 어찌 무학의 길이 한 가지뿐이겠느냐?”

“아저씨는 스스로 깨우쳐서 그렇게 되었지만 그 길은 힘들겠지요. 하지만 절세적인 비급을 얻어 그것을 익힌다면 훨씬 쉬울 것입니다.”

“틀린 말이 아니다. 그러나 어디에서 절세적인 비급을 얻을 것이냐? 보통 사람에게는 그것이 오히려 더 어려운 일인데, 사람들은 그 생각은 하지 않는다. 오직 비급을 탐내서 그것을 찾아다니느라 세월을 허비할 뿐이지. 그동안 제 스스로 부지런히 연마하고 연구한다면 하찮은 무공이라 할지라도 들인 공력에 따라 신공절학이 부럽지 않게 될 것이다.”

“그런 사람을 한 명 알고 있습니다.”

“응?”

“철괴신 장정이라는 자이지요. 그자는 아주 하찮은 초식 하나를 십수 년간 미련하다고 할 만큼 집요하게 연마하더니 드디어 누구도 함부로 볼 수 없는 고수가 되었답니다.”

“호! 그런 자가 있었단 말이냐?”

흑풍객이 큰 관심을 보였다. 그래서 무진은 제가 보고 겪은 철괴신 장정에 대해 자세히 말해 주었다. 흑풍객이 감탄했다는 얼굴로 탄성을 발했다.

"과연 그놈은 크게 될 재목을 타고났구나. 어리석은 천성이 오히려 도움이 된 것이다."

"저는 아저씨와 같은 길을 가고자 합니다."

"이제 와서 제자로 삼아달라고 할 셈이냐?"

"스스로 신공절학을 깨우친 그 길을 따르겠다는 거지요."

"좋다. 그렇다면 너에게 비결을 전수해 주지."

바로 그 말을 기다리고 있었다. 무진이 눈을 빛내며 흑풍객의 입을 뚫어지게 바라보았다.

"비록 자부동천에 숨겨진 비급들이 세상을 놀라게 할 만한 것이라 만인이 탐낸다 해도 너는 그럴 필요가 없다."

"어째서요?"

"사람들은 어리석은 생각에 그것을 익히면 천하제일의 고수가 될 것이라고 믿지만, 아니다. 천하제일의 절기라는 것 자체가 존재하지 않는 거야."

"……?"

"그게 무엇이 되었든, 제가 지닌 무공의 정수에 도달했다면 그는 이미 고수의 반열에 든 것이다. 저잣거리의 떠돌이 약장수들이 흔히 펼쳐 보이는 삼재검법(三才劍法) 같은 것도 그것을 익히고 익혀 초식이 내 뜻과 함께하고, 변화를 자유자재로 이끌어낼 만큼 되었다면 대단한 고수가 될 수 있지."

"쳇, 삼재검법으로요?"

무진이 비웃자 흑풍객의 얼굴은 더욱 엄숙해졌다. 그가 근엄하게 물었다.

"도검이란 무엇이냐?"

"그건……."

"사람을 찌르고 베어 죽이기 위해 만든 물건이다."

"어?"

대단한 해석을 듣게 되나 보다 했는데, 너무도 간단한 말에 무진은 어리둥절해지고 말았다.

"왜 검법을 배우고 초식을 익히느냐? 더 효과적으로, 더 잘 찌르고 베어 죽이기 위한 기술을 습득하기 위해서다."

"……!"

"그러니 복잡하고 어려운 화산파의 검법보다 간단하기 짝이 없는 삼재검법이 더욱 효과적인 검법일 수 있는 것이지."

혼란스러워하는 무진을 물끄러미 바라보던 흑풍객이 빙긋 웃고 다시 말해 주었다.

"명심해라. 활검(活劍), 활인검(活人劍)이란 없다. 검에는 살검(殺劍)이 있을 뿐이다. 그게 검이 존재하는 이유이기도 하다."

"그래도 검법의 궁극은 바로 그 활검이라고 하지 않습니까? 그 경지에 이르게 되면 무검으로 유검을 이기고, 내 뜻이 곧 검이 되기도 한다고요."

"흥! 말짱 개소리지."

"예?"

"한 사람을 죽여 백 사람을 살릴 수 있게 된다면 그 백 사람에게는 활검이겠지만 한 사람에게는 살검이 되는 것이다. 그러니 어떻게 생각하느냐의 차이가 있을 뿐, 검이 사용되는 것은 결국 똑같다."

“……!”

“도사들은 검도 법기(法器)의 하나라고 하면서 검법을 통해서 스스로를 단련하고 도의 경지에 더 가깝게 다가가려고 노력한다. 그러니 그자들의 검법은 쓸데없이 복잡하고 화려할 뿐 실용적인 면이 적어질 수밖에. 실제로 죽고 사는 싸움이 벌어진다면 그들 역시 그동안 땀 흘려 익힌 검법의 본래 목적을 버리고 오직 죽이기 위해 그것을 휘두른다. 단순하고 치열해질 뿐, 검법의 요란함은 찾아볼 수 없지. 그러니 그들 또한 검의 본래 목적을 스스로 인정하는 셈 아니겠느냐?”

“알 것도 같으면서 아직은 잘 모르겠군요.”

“네 스스로 더 많이 부딪쳐 싸우게 된다면 스스로 알게 될 것이다.”

“알겠습니다.”

“그러니 초식이나 수법은 치장일 뿐 본질이 아니라는 거지. 그런데 대부분의 사람들은 그것에 현혹되어서 본질을 잊기 일쑤다. 초식은 점점 복잡해지고 수법은 점점 어려워지기만 한다. 하지만 그게 무슨 소용이겠느냐? 결국 한 번 찌르거나 한 번 깊이 베면 그만인데 말이다.”

“그렇다면 아예 검법을 배울 필요가 없겠군요?”

“스스로 잘 방어하고 가장 효과적으로 공격할 수 있는 몇 가지 수단만 익히게 된다면 그걸로 족하지.”

흑풍객은 무진에게 수많은 가지와 줄기들을 죄다 잘라 버리고 가장 간단하면서 근본적인 것 하나를 가르쳐 주었다. 본질이다.

무진은 흑풍객의 그 말이 자신이 익힌 척가도법에 부합된다고 생각했다.

강호의 명숙들은 무진의 도법을 보고 잔혹하기 짝이 없고, 살인만을 위한 것일 뿐 무예의 본질이 아니라고 할 것이다. 그들의 눈으로 본다면 그래서 사악한 도법이고 마도(魔道)에 치우친 것일지 모른다.

하지만 흑풍객의 논리대로라면 그것이야말로 칼의 본성에 가장 부합되는 도법이었다. 그만큼 정직하고 효과적인 도법인 것이다. 무진은 흑풍객의 그 논리를 백 번 인정했다.

흑풍객이 다시 말했다.

"깨우침이 자기 안에서 나오는 것이듯 무공 또한 어떤 경지에 이르게 되면 결국 자기 자신에게서 나오게 된다."

무진은 어렵고 까마득히 높아만 보이던 상승의 검법이며 무공이라는 것을 이제는 단순하고 쉽게 바라보았다. 그러자 마음이 가벼워지고 머리 속이 맑아졌다.

무진은 그의 말을 환히 이해했다. 방법은 수백, 수천 가지였지만 원리는 결국 하나인 것이다.

"이제야 머리 속이 밝아지는 것 같습니다."

무진이 심각한 얼굴로 머리를 끄덕이자 흡족한 웃음을 띤 흑풍객이 다시 말했다. 그는 내친김에 자신의 무학(武學)에 대한 이론을 무진에게 전수해 주려는 것 같기도 했다.

"어느 무공이나 절학이라는 말을 듣게 된 것들은 서로 지향하는 곳이 다르고 초식의 성질이 충돌하는 것들이다. 그러니 나 같은 사람에게는 그것들이 죄다 쓸데없을 뿐이지."

"그럼?"

"비급을 보되 그 안의 초식에 현혹되지 말고 그것을 만든 자의 생각을 보아야 하는 것이다."

무진은 존경이 담긴 눈으로 흑풍객을 바라보았다. 그리고 흑룡보주를 생각했다.

보주 역시 흑풍객과 같은 그런 깨우침에 이르렀을 것이다. 그는 자부선노로부터 받은 절세의 비급을 익히고, 그것을 통해 무학의 정점을 보았을 테니 흑풍객과는 다른 길을 택해서 나아갔지만 결국 같은 경지에 오른 것이다.

무진은 칠 년 전, 흑룡보주가 망설임없이 두 권의 비급을 흑풍객에게 내주던 일을 떠올렸다. 그때 보주는 바로 이와 같은 것들을 깨달았기 때문에 더 이상 비급에 미련을 두지 않았던 것이리라.

'그는 또 한 명의 절대자다.'

무진은 다시 한 번 그것을 느꼈다. 흑풍객이 천하제일인이라 불릴 만한 성취를 일구어냈다면 흑룡보주 또한 그런 것이다.

'내 아버지도 그러셨을 것이다.'

그런 생각이 무진에게 자부심을 가져다 주었다. 흑풍객이나 흑룡보주에 앞서서 절대의 경지를 넘보았던 사람. 그게 자신의 아버지였다는 건 이미 흑풍객이 인정했고, 흑룡보주도 인정하지 않았던가.

'하지만 원수들의 손에 돌아가셨다.'

우쭐하던 생각 끝에 그런 사실이 떠올라 다시 울적해졌다. 결국 절대적인 강자란 존재하지 않는다는 결론을 내릴 수밖에 없었다. 무공은 상대적인 것이라는 흑풍객의 말이 비로소 이해되었다.

무진은 흑풍객과의 문답을 통해서 제가 가야 할 길을 보았다. 희뿌연 안개 속처럼 어슴푸레하던 길이 윤곽을 드러낸 것이다.

여산에 잠시 머물렀을 때는 차고 맑은 용담에 몸을 담그고 여동빈이 검술을 연마했다던 쌍검봉을 바라보며 부동심을 얻었다. 다음에는 석고서원의 늙은 스승에게서 가르침을 받으며 제 의지로 칼을 억누르는 경지를 보았다. 그것은 그때까지 의지로 칼을 움직여 왔던 그에게 하나의 새로운 세상이 열린 것이나 같았다. 움직이는 것과 억누르는 것의 차이가 하늘과 땅만큼이나 컸던 것이다.

처음 검이나 칼을 쥔 자들은 내 의지와 도검이 하나가 되는 경지를 원한다. 그런 다음에 비로소 그것들을 다스리게 되는 것이다. 거기서 더 나아가면 이제는 나의 의지가 도검의 의지를 억누를 수 있게 된다.

세 번째로 무진은 흑풍객이 보여주었던 난화구류의 검법에서 구류일도(九流一道)의 쾌변일식(快變一式)을 깨우치고 제 것으로 만들어 가지면서 또 한 번의 도약을 했다. 그것은 뜻이 통하고 마음이 통해서 스스로 조화를 이루게 되는 그런 경지에 든 것을 의미했다.

흑풍객은 과연 무진에게 있어서 스승이라고 불릴 만했다. 모든 것이 그에게서 나왔으니 그렇다.

그는 무진에게 세 번에 걸쳐 자신의 심득을 전해주었다. 처음에는 소봉과의 싸움을 통해서, 두 번째는 천산평에서의 헤어짐을 아쉬워하며, 그리고 지금은 자신의 모든 것을 통째로 준 것이다.

무진은 마음이 더없이 가벼워져서 날아갈 것만 같았다. 당장에라도 저 밝은 달빛 아래 뛰어나가 칼을 쥐고 제가 보고 느낀 것을 시험해 보고 싶어졌다. 하지만 아직은 그럴 수 없다.

"보름쯤 정양해야 한다. 그 안에는 결코 무리하지 말거라."

흑풍객이 천천히 일어섰다. 벽에 비친 그의 그림자가 커다랗게 일렁거렸다.

"저리 비켜!"

기어이 참지 못한 남궁문이 팔짱을 풀고 나섰다.

벌써 다섯 명의 수하들이 죽었고, 두 명은 중상을 입었으니 치욕도 이런 치욕이 없다.

그가 등에 지고 있던 쌍검을 뽑아 들었다. 저까짓 솜털이 보송보송한 계집애들을 상대하기 위해 검을 뽑았다는 것 자체가 수치스럽게 여겨져서 더 화가 났다.

"하나씩 할 테냐? 아니면 두 계집이 한꺼번에 덤빌 테냐?"

핏자국으로 얼룩진 하얀 마당 복판에 우뚝 버티고 서자 장중한 기세가 구름처럼 피어났다. 한눈에 보아도 그가 범상치 않는 고수라는 걸 누구나 알 수 있을 정도였다.

소봉과 수련은 몹시 지쳐서 가쁜 숨을 할딱거리고 있었다. 첫 싸움에서 이만큼이나 버틴 게 기적이라고 해야 하리라.

"너희들은 할 일을 다했다. 그러니 이제 그만 쉬어도 좋다."

선방에서 나온 흑풍객이 담담하게 말했다.

"응?"

의외라는 듯 남궁문이 눈을 크게 뜨고 흑풍객을 바라보았다. 본 적이 없는 얼굴이다.

"네놈은 중이냐?"

승복을 입고 목에 염주를 걸었으니 중 같은데, 긴 머리카락과 수염을 보아서는 그것도 아니라 의아해졌다.

섬돌로 내려선 흑풍객이 마당에 버티고 선 남궁문을 내려다보며 빙긋 웃었다.

"그걸 알아보겠다고 여기까지 온 건가?"

"하긴."

남궁문이 머리를 끄덕이더니 다시 물었다.

"그 안에 숨어 있는 애송이만 내놓으면 곱게 물러가겠다."

"그렇다면 보름 뒤에 오도록 해라. 그때는 내가 등을 떼밀어서라도
그놈이 나서게 해주지."

"그래?"

남궁문이 피식 웃었다.

"그때까지 기다려 줄 수 없어서 유감이다. 그런데 너는 누구지? 죽
기 전에 이름이라도 남기면 덜 원통하지 않겠어?"

물끄러미 남궁문을 내려다보던 흑풍객이 싸늘하게 말했다.

"흑풍객 이정청."

"헛!"

생각하지도 못했던 일이다. 남궁문이 크게 놀라 물러섰다. 흑풍객을
바라보는 눈에 의혹과 호기심이 교차했다.

흑풍객이라는 이름은 이미 강호에 널리 알려져 있었다. 하지만 정작
그를 본 사람은 매우 적었으므로 혹자는 과장된 소문이라고 치부했다.

남궁문은 그가 강호에서 종적을 감춘 지 벌써 팔 년이나 되어간다는
걸 떠올렸다. 죽었거나 은퇴했다고 여겼는데 이 보잘것없는 암자에서
중 아닌 중노릇을 하고 있었다니 더욱 의심스럽다.

"흐흐흐, 그 이름을 대면 내가 겁을 먹고 도망갈 줄 알았나? 그렇다
면 오산이지."

"언제까지 노닥거리고 있을 셈이냐?"

"내려와라!"

남궁문이 뒤로 더 물러서서 자리를 내주며 소리쳤다. 그는 저자가
거짓말을 하고 있는 거라고 믿었다. 아니, 흑풍객이 맞는다고 해도 물
러서고 싶은 마음은 조금도 없었다.

'나의 뇌정팔검이 흑풍객 따위를 당하지 못할 리가 없다.'

그런 자부심이 그에게 그 어느 때보다 투지를 불러일으켰다. 신검문의 남궁문이 흑풍객을 죽였다는 소문이 난다면 자신의 이름이 그만큼 높아진다. 그건 칼을 들고 강호에 나온 자라면 누구나 바라는 영웅심이기도 했다.

흑풍객이 천천히 계단을 내려와 남궁문 앞에 섰다.

허허롭다. 한가롭게 달빛을 받으며 산책이라도 나서려는 사람 같았다. 어디에도 긴장하거나 주저하는 기색이 없으니 남궁문은 그게 오히려 이상했다.

한동안 허실을 탐지해 보았지만 어디까지가 거짓 위세이고 어디까지가 본연의 모습인지 분간해 볼 수가 없었다.

'제기랄, 부딪쳐 보면 알겠지.'

그 한 번의 생각이 이승에서 하는 마지막 생각이 될 줄은 조금도 알지 못했다.

"차합!"

그가 날카롭게 외치며 쌍검을 휘둘러 쳐들어왔다. 좌우의 검이 가리키는 곳이 다르고, 변화가 다르며, 빠르고 느림이 다르니, 서로 다른 두 사람이 일제히 들이치는 것 같았다.

뇌정팔검이라더니, 과연 그것에 실려 있는 힘과 쾌속함이 벼락이 거푸 떨어지는 듯했다. 팔 검이 일 검인 듯 와르르 쏟아져 나가는 곳에서 살아날 것은 아무것도 없어 보였다.

잠깐 사이에 그물처럼 온몸을 덮어씌운 검기 검광 아래에서 흑풍객이 슬쩍슬쩍 움직였다. 춤을 추는 것 같았고, 술에 취해서 비틀거리는 것 같았다.

두 손은 여전히 뒷짐을 진 채 무릎을 살짝 굽혔다 펴거나 발목을 비틀어 조금씩 움직일 뿐이었는데, 교묘하게도 벼락치듯 하는 사나운 검기가 그를 모두 비껴 나갔다.

남궁문과 흑풍객은 서로 다른 시간 속에 몸을 두고 있는 사람들 같았다. 흑풍객의 시간이 남궁문의 그것보다 아주 조금씩 빨리 가는 것이리라. 그러기에 그가 움직이고 난 다음에 검기가 쏟아져 그가 있던 빈자리를 뚫고 나가는 것 아니겠는가.

또 흑풍객은 바람 앞에 놓인 목화솜 같기도 했다. 사납고 거친 검기를 타고 그것에 이끌리듯 이리저리 날고 있는 것이다. 검이 닥치면 검기가 그를 떠밀어서 저절로 멀어진다. 그러니 제아무리 빠른 검이라 해도 옷자락 하나 건들이지 못하는 게 당연했다.

그건 보법이 아니었다. 경신술이라고 흔히 말하는 그런 것도 아니다. 격식이 있는 것도 아니고, 일정한 수순이 있는 것도 아니며, 정해 놓은 방위가 있는 것도 아니다. 그저 움직인다는 것. 그것을 흑풍객은 무진에게 보여주고 있었다.

"아!"

활짝 열려진 문 앞에 서서 그 신묘한 광경을 바라보던 무진이 부지불식간에 탄성을 터뜨렸다.

"깨우침이 자기 안에서 나오는 것이듯 무공 또한 어떤 경지에 이르게 되면 결국 자기 자신에게서 나오게 된다."

조금 전에 들었던 그 말의 의미가 확연히 깨달아지는 순간이었다.

완전한 자유. 무공이라는 이름에서조차 벗어난 그 자유의 경지가 지금 무진의 눈앞에서 펼쳐지고 있었다.

무진은 흑풍객이 남궁문의 검과 자신의 의지를 완전히 일치시켰다는 걸 알았다. 검에서 이는 의지가 내 의지와 같으니 남궁문의 검은 곧 나이기도 하다. 이끈다거나 억누른다는 것마저 벗어나 하나가 되어버린 것이다.

검을 든 자라면 누구나 나와 내 검이 하나가 되기를 바란다. 그런데 나와 상대의 검을 하나로 묶어 버리다니…….

그렇다면 흑풍객은 나무와도 하나가 될 수 있을 것이고, 저 산과도 하나가 될 수 있을 것이다. 그게 자유다.

흑풍객. 그는 이미 '나' 라는 탈을 벗고 자유 속에서 노니는 사람이 되어 있었다.

호은암이 그를 그렇게 만들어주었고, 무광 노스님의 죽음이 그를 그렇게 만들어주었을 것이다.

무진의 마음이, 온몸이 주체할 수 없는 감동으로 덜덜 떨렸다. 과연 나는 저와 같은 경지에 이를 수 있을 것인가? 하는 의문과 함께, 나도 반드시 저 경지에 이르고 말리라는 의욕도 꿈틀거렸다.

그가 우뚝 멈추어 섰다. '흡!' 하고 숨을 빨아들이자 그것이 남궁문의 검을 이끌어들이는 것 같았다.

흑풍객은 거대한 자철석(磁鐵石)이 된 것일까? 남궁문의 검이 그의 몸을 찌르고 베었는데, 그것이 마치 흑풍객이 스스로 끌어들여서 그렇게 된 것처럼 보였다.

예리한 검봉이 그의 승복 자락을 뚫지 못하고 활처럼 크게 휘어졌다. 새파랗게 선 날도 펄럭이는 낡은 옷소매를 가르지 못했다.

깡!

두 자루의 검이 날카로운 비명 소리를 내고 부러져 날았다. 가슴을 찔렀던 검편이 튕겨져 오히려 남궁문의 이마를 꿰뚫었으니 그는 자신의 검에 의해 죽은 것이다.

부릅뜬 남궁문의 눈에 비로소 두려움이 실렸지만 그의 혼백은 이미 육신을 떠난 뒤였다.

남은 자들이 모두 잠깐 사이에 벌어진 그 놀라운 일에 넋이 나가 목석처럼 서 있기만 했다.

흑풍객이 천천히 왼쪽 담장 아래의 그늘을 바라보았다.

"언제까지 숨어 있을 생각이냐?"

잠시 어둠이 술렁이더니 다섯 명의 흑의인들이 어둠 속에서 태어나는 정령인 것처럼 천천히 형체를 드러냈다.

장백노 양처앙을 따라온 신검문의 살수들이었다. 추혈대라고 불리는 자들인 것이다.

흑풍객의 무심한 눈길이 그들에게 향했다. 다섯 명의 살수가 한 몸인 것처럼 부르르 떨었다.

"돌아가라."

그 말에 추혈대의 살수들이 머뭇거렸다.

그때 산문 안으로 백발의 노인이 들어서며 다시 말했다.

"너희들은 그의 말대로 역시 돌아가는 게 낫겠다."

장백노 양처앙이다. 비로소 사면을 받은 듯한 얼굴로 다섯 살수가 모습을 드러냈을 때처럼 소리없이 어둠 속으로 녹아들었다.

"너희들도 모두 물러가라."

살아남아 있는 청룡대의 검수들이 재빨리 죽은 자들을 수습해 들고 놀란 토끼들처럼 후다닥 뛰어 사라졌다. 그 자리를 대신하려는 듯 백월대의 검수들 스무 명이 줄지어 산문 안으로 들어오더니 양처앙의 뒤에 늘어섰다.

"이 대협을 뵈오."

양처앙이 포권하고 머리를 숙였다.

"그대는 장백노 양처앙이로군."

"그렇소."

"어쩔 셈인가?"

양처앙은 전대의 고수다. 그가 명성을 날릴 때 흑풍객은 막 강호에 나온 풋내기에 지나지 않았을 것이다. 하지만 아랫사람을 대하듯 하는 그의 말을 누구도 이상하게 여기지 않았고, 양처앙도 그랬다.

양처앙이 곤혹스러운 얼굴로 흑풍객을 물끄러미 바라보다가 한숨을 쉬고 나서 말했다.

"설마 당신이 저 아이의 보호자를 자처할 줄이야……."

"옛날부터 나는 그의 보호자였다."

"당신 홀로 우리에게 대항하겠다는 거요?"

"흥!"

흑풍객이 냉랭한 코웃음을 날렸다. 그는 다시 예전의 그로 돌아간 듯 무심하고 냉막한 표정이었는데, 두 눈에서 뿜어지는 싸늘한 빛이 양처앙의 이마에 닿아 있었다.

'이건 옛날보다 훨씬 더 고약해졌군.'

양처앙이 잔뜩 눈살을 찌푸리고 중얼거렸다.

"옛 정을 한 번만 생각해 줄 수 없겠소?"

"하하하—"

흑풍객이 하늘을 보며 커다란 웃음을 터뜨렸다.

"어떻게 된 건가? 장백노 당신은 옛날 일을 기억하면서 지금은 내가 누구인지 잊어버린 듯하군?"

"어찌, 어찌……."

양처앙이 곤란한 얼굴로 급히 손사래를 쳤다. 그는 흑풍객을 잘 알고 있고, 그래서 몹시 두려워하는 것 같았다.

'이상한 일이다. 과거에 그들은 인연이 있었나?

무진에게 그런 의심이 들었다. 흑풍객이야 언제나, 누구 앞에서나 당당했으니 그렇다지만, 쩔쩔매는 양처앙의 모습이 의외였던 것이다.

흑풍객이 냉엄한 얼굴로 다시 말했다.

"돌아가라. 가서 신검수사(神劍秀士) 장운령(張雲嶺)에게 말해라. 흑풍객이 이번 일만큼은 반드시 상관하려 한다고 말이다."

"지나치다!"

뒤에서 그들의 말을 묵묵히 듣고 있던 백월대주 청면귀검(靑面鬼劍) 주운량(朱雲凉)이 발끈해서 나섰다.

그는 하늘처럼 떠받들고 있는 문주의 이름을 흑풍객이 함부로 부르는 걸 참을 수 없었던 것이다.

"물러서라!"

양처앙이 꾸짖었지만 단단히 화가 난 주운량에게 그 말은 소용없었다. 그가 손가락으로 흑풍객을 가리키며 소리쳤다.

"네가 아무리 이름 높은 고수라지만 감히 양 노사를 모욕하고 문주님의 이름을 욕보이는 짓을 하다니! 과연 큰소리치는 것만큼 실력이 뛰어난지 직접 봐야겠다!"

주운량은 백풍대의 총대주인만큼 그 무공 또한 고절한 자다. 신검문에 구름처럼 모여 있는 검사들 중에서도 다섯 손가락 안에 꼽힐 만한 자이니, 평소에도 그의 자부심과 오만함은 하늘을 찔렀다.

양처앙이 미처 손을 써서 말릴 새도 없이 그가 땅을 박차고 곧장 흑풍객에게 부딪쳐 들어갔다.

"이얍!"

한 소리 날카로운 외침과 번쩍이는 검광이 동시에 터져 나와 흑풍객을 찔렀다.

"흥!"

검봉이 코앞에 이르러서야 흑풍객이 냉랭한 코웃음을 치며 불쑥, 말아 쥐었던 손가락 한 개를 튕겼다.

땅!

주운량의 보검이 손가락 힘을 이기지 못하고 크게 휘었다. 허공에 윙윙거리는 검명(劍鳴)이 가득 찼고, 주운량은 무지막지하게 밀려든 힘에 안색이 창백해졌다. 그리고 흑풍객의 비수처럼 예리한 지풍 한줄기가 그의 미간 속으로 빨려 들어갔다.

사람들은 그의 머리 속에서 꽈지직! 하고 뼈가 부수어지는 소리가 나는 걸 똑똑히 들었다. 그리고 주운량이 갑자기 깊은 잠에 빠지기라도 한 듯 멀쩡한 모습으로 천천히 쓰러져 누웠을 때에야 비로소 뭐가 어떻게 된 일인지 짐작하고 낯빛이 새파랗게 질렸다.

그의 머리에는 아무런 흔적도 남지 않았다. 지풍이 뚫고 들어갔지만 상처 하나 나지 않았던 것이다. 미간에 콩알만한 붉은 점이 찍혀 있을 뿐이다.

"아!"

장백로 양처앙이 질린 얼굴로 경악성을 터뜨렸다.

그는 흑풍객의 지력이 주운량의 미간을 뚫고 들어가 그의 머리 속을 가루로 만들어 버렸다는 걸 알았다. 겉은 멀쩡하게 두고 속을 부수어

버리는 것. 그건 흑풍객이 자신의 내가 진력을 한 점으로 응축시켰다가 원하는 곳에서 원하는 만큼의 크기로 폭발시킬 수 있는 경지에 이르렀다는 증거였다.

무거운 적막이 호은암을 뒤덮었다.

한참 만에야 양처앙이 깊은 한숨을 내쉬고 포권했다.

"돌아가겠소. 문주께 당신의 말을 그대로 전해 드리리다. 하지만 이 일은 멈추지 않을 것이오."

"좋다."

"저게 뭐야? 저놈들이 왜 빈손으로 돌아오는 거지?"

억새 숲에 숨어서 지켜보던 흑의인들이 어리둥절한 얼굴로 서로를 돌아보았다. 저만큼 앞쪽에서 백풍대의 무리들이 어깨를 늘어뜨린 채 아무런 조심성도 없이 억새를 헤치며 버석버석 다가오고 있었기 때문이다.

게다가 앞서고 있는 자가 장백노 양처앙이라는 데에는 더 이해할 수 없었다.

"서라!"

염라흑수 동청강이 불쑥 몸을 일으키며 소리쳤다.

그를 물끄러미 바라보던 양처앙이 씁쓸하게 웃었다.

"역시 너희들도 와 있었군."

"왜 빈손이지?"

양처앙이 대꾸하기도 싫다는 듯 머리를 절레절레 흔들고 저만큼 뒤에 우뚝 솟아 있는 언덕을 가리켰다.

"가보면 알 게다."

　동청강과 상문팔귀가 축 처진 어깨를 하고 앞을 지나가는 백풍대를 어리둥절해서 바라보았다.

　억새 숲 이곳저곳에서 유명밀부의 고수들이 불쑥불쑥 일어났다. 양처앙은 저쪽에 우두커니 서 있는 다섯 명의 흑의괴인을 유심히 보았다. 생기가 느껴지지 않는 차가운 것들이다.

　그가 혼잣말인 것처럼 중얼거렸다.

　"틀렸어. 그를 막을 수 있는 건 아무것도 없다. 저 마물들이라 해도 마찬가지야."

　완연히 풀이 죽은 그 모습이 뜻밖인지라 동청강은 그저 멍하니 멀어지는 그의 맥빠진 어깨를 바라볼 뿐이었다.

　"어떻게 된 거야?"

　그가 물었지만 상문팔귀가 알 리가 없다. 동청강이 잔뜩 눈살을 찌푸리고 중얼거렸다.

　"대체 저곳에서 무슨 조화가 일어났단 말인가? 그 콧대 높은 장백노가 꼬리를 만 채 달아나고 있다. 신검문이 몰락하는 건가?"

　"어떻게 된 일입니까?"

　무진이 어리둥절한 얼굴로 흑풍객을 바라보며 물었다.

　그에게는 온통 알 수 없는 일들뿐이었다. 우선 수련이 그처럼 놀라운 무공을 익히고 있다는 게 그랬다. 무광 노스님의 진전이 그녀에게 이어졌다고 했던 말이 떠올랐지만, 제가 알고 있는 수련과 강호의 여걸로 변해 버린 수련과는 하늘과 땅 만큼의 차이가 있다.

　수련과 소봉은 섬돌 위에 주저앉아 멍하니 하늘을 바라보고 있었다. 선방으로 들어오라고 몇 번이나 불렀지만 듣지 못한 것 같았다.

밤은 점점 깊어갔다. 눅눅한 이슬이 내려서 옷이며 머리카락이 젖었을 텐데도 그것마저 저렇게 잊고 있는 건 첫 싸움, 그리고 첫 살인의 충격 때문이다. 쉽게 헤어날 수 없을 것이다.

그녀들의 마음을 무진도 알고 흑풍객도 알 수 있었다. 그가 한숨을 쉬고 식어버린 차를 한 모금 마시고 난 다음에 천천히 말했다.

"무엇이 궁금한 거냐?"

"수련이 언제 저렇게 변했단 말입니까?"

"그녀에게 소림사 최고의 비전이라고 할 수 있는 대라법수(大羅法手)가 전해진 거지. 너도 기억할 텐데?"

기억하고 있다. 하나도 잊어버리지 않았다.

수련이 노스님의 명에 따라 달빛이 밝은 마당에서 긴 옷소매를 너울거리며 춤을 추던 그 모습을 어찌 잊을 수 있을 것인가.

흑풍객이 불쑥 찾아와 그것을 달라고 했을 때 무광 노스님은 너에게 인연이 있다며 수련이를 시켜서 춤을 추게 했는데, 적홍무(赤鴻舞)라는 것이었다. 그것이 바로 무량다라불수(無量多羅佛手)라고 하는 불문 최고의 산수(散手)인 대라법수의 요체였다.

소림사에 전설처럼 전해져 내려오고 있는 칠십이종절기들 중에서도 복잡하기 짝이 없는 것이고, 그래서 과거와 현재를 통틀어 제대로 익힌 자가 없다고 알려진 그것이 수련에게 고스란히 전해졌던 것이다. 그리고 흑풍객은 수련의 춤을 통해서 그 요체를 받아 가졌다.

그 일을 알고 있었지만, 그래도 수련이 저와 같이 뛰어난 고수로 변모했다는 걸 믿고 싶지 않았다. 무진의 기억 속에서 그녀는 밝고 귀여우며 정이 샘솟는 계집아이일 뿐이다. 또 그것을 원하고 있기도 했다.

흑풍객이 무거운 얼굴로 말했다.

"너는 소봉이 사용한 검법을 보았느냐?"

"네. 매우 특이하더군요."

"유룡검법이라고 하는 것이다. 모두 칠십이 식이 있는데, 곤륜파 비전의 상승 검법이지."

무진은 흑풍객이 갑자기 소봉의 검법에 대해서 이야기하는 의도가 무엇인지 알 수 없었다.

소소옥과 곤륜의 비화는 하나의 전설이 되어 강호에 떠돈 지 오래다. 무진도 당연히 그것을 들었다. 하지만 정말 유룡검법이 현세에 존재하는 것이리라고는 생각하지 못했는데 뜻밖이었다.

"유룡검보가 세상에 나오다니. 과연 자부동천이 모두가 탐낼 만한 곳이로구나."

흑풍객이 한탄했다.

흑룡보주가 자부선노에게서 받은 다섯 권의 비급 중 하나가 바로 유룡검보였음이 틀림없다. 그렇다면 동천에는 그와 같은 절세기보가 얼마나 묻혀 있을 것인가.

무진은 일찍이 아버지가 운명하시기 전에 말했고, 흑풍객과 무광 노스님이 암시했던 강호의 혈풍이 바로 이 일인지도 모른다고 생각했다. 아니, 틀림없을 것이다. 그런데 그 당시에 왜 십 년이라는 기한을 단정해서 이야기했을까? 하는 의문이 꼬리를 물고 일었다.

그것은 그들이 모두 이런 일이 일어날 때를 감지하고 있었다는 결론이 된다. 그렇다면 무광 노스님이 갑자기 소림사에서 나와 천하를 주유한 데에는 또 다른 뜻이 있었을 것이다. 어쩌면 흑풍객은 단지 대라법수를 전수받기 위해서 노스님을 찾아온 것이 아닌지도 모른다는 의심이 들었다.

그날, 노스님은 수련과 자기를 밖으로 내보내고 흑풍객과 둘이서만 오래도록 이야기했었다. 그때 그들이 한 이야기 속에 어쩌면 이 비밀을 밝힐 열쇠가 있는 건지도 모른다.

도대체 무엇부터 어떻게 풀어가야 할지 머리 속이 뒤죽박죽이 되어 어지러웠다.

한참 뒤에야 무진이 풀 죽은 음성으로 물었다. 우선 내 앞에 있는 문제부터 풀어가야겠다는 판단이 선 것이다.

"신검문주와는 아는 사이였습니까?"

"그렇다."

흑풍객이 우울한 얼굴이 되어 대답했다. 그의 어조에 슬픔과 노여움이 깃들어 있는 것이, 무언가 사정이 있는 듯했다.

하지만 흑풍객은 더 말하기를 주저했다. 그러더니 한참 만에야 탄식과 함께 중얼거렸다.

"휴— 아직은 때가 아니다. 하지만 머지않아 너도 알게 되겠지."

"어맛!"

더 궁금한 게 많았지만, 밖에서 소봉의 자지러지는 비명 소리가 들려왔으므로 무진은 깜짝 놀라 자리에서 벌떡 일어났다.

현기증이 밀려들었다. 기혈이 아직 안정을 찾지 못했던 것이다. 그가 탁자 모서리를 잡고 비틀거리자 흑풍객이 천천히 선방에서 나갔다.

"저, 저, 저것들……!"

소봉이 수련의 품에 안겨서 바들바들 떨며 손으로 가리키는 곳에 세 명의 흑의괴한이 우뚝 서 있었다. 복면으로 얼굴을 가렸으므로 본래의 면목을 알아볼 수 없다.

얼핏 보면 단지 흑의복면인들일 뿐이다. 수상한 자들이기는 하지만 소봉이 저렇게 놀랄 만한 게 아니라 수련은 오히려 이상하게 여겼다.

"왜 그래?"

"저, 저것들, 저것들이 또 왔어……."

생기가 느껴지지 않는 자들이다. 수련은 문득 살수인가? 하는 생각을 했지만 이내 머리를 가로저었다. 세 명의 흑의괴인이 천천히 다가오기 시작했다. 우두둑거리고 뼈마디 부딪치는 소리가 났다.

소봉이 새파랗게 질린 얼굴로 수련을 마구 떠밀었다.

"달아나! 저것들이 힘을 모으기 시작했어! 어서 달아나야 해!"

우두둑거리는 소리가 점점 빠르고 커졌다. 그게 흑의괴인들이 무지막지한 그 힘을 끌어 모을 때 나는 소리라는 걸 아는 사람은 소봉과 무진밖에 없다.

"아!"

천천히 걸어나와 문설주를 잡고 선 무진도 그것을 보고 경악의 외침을 터뜨렸다. 영파 고갯마루에서 겪었던 끔찍한 일이 되살아난 것이다. 등줄기에 소름이 돋았다.

"물러서라."

흑풍객도 심상치 않은 기운을 느꼈던지 무겁게 말하고 소봉과 수련을 불러들였다.

■제11장■
기벽강(奇碧羌)과 염능파(廉綾波)

기벽강(奇碧羌)과 염능파(廉綾波)

“저것들은 뭐냐?”

“어라?”

어둠 속을 더듬어오던 두 사람이 빠르게 속삭였다. 저 멀리 줄지어 언덕을 돌아 나오고 있는 흰 그림자들을 본 것이다.

“백풍대다!”

“제기랄, 늦은 거 아냐?”

“빌어먹을 놈 같으니. 그러기에 내가 뭐랬어? 계집 치마폭에 그만 매달리고 서둘러 가자고 했었지?”

“어허, 이 친구야. 지난 일을 가지고 자꾸 타박할 거야? 그것보다는 뭔가 대책을 세워야 하지 않겠어?”

“대책은 무슨. 만약 저놈들이 무진이를 잡아가고 있는 중이라면 그냥 죄다 죽여 버리고 말 테다.”

"쳇, 그것도 대책은 대책이다. 에구, 네놈의 머리통에서 나오는 생각이야 뻔하지."

어둠이 가득한 숲 속으로 뛰어들어 몸을 숨기면서도 입을 가만 놔두지 않고 있는 두 사람은 기벽강(奇碧羌)과 섬서 도화곡의 소곡주인 염능파(廉綾波)였다.

기벽강이 부리부리한 눈을 부릅뜨고 노려보는 곳에 백풍대의 무리가 천천히 다가오고 있었다. 염능파가 더욱 소리를 낮추어 속삭였다.

"앞에 있는 저 늙은이 좀 봐."

"장백노 양처앙이로군."

그들은 신검문을 감시하고 그곳에서 신비 집단과 매종칠검에 대한 단서를 캐내기 위해 무진과 헤어졌었다. 일 년 뒤에 만나기로 했는데 서둘러 이곳으로 온 것은 바로 양처앙 때문이었다.

그가 백풍대를 이끌고 급히 신검문을 떠나는 걸 보았다. 그리고 그것이 무진을 잡기 위한 것임을 알자 더 머뭇거리고 있을 수 없어서 뒤따라온 것이다.

양처앙과 백풍대가 상음현으로 향하고 있는 걸 보고 비로소 무진이 어디에 있는지 짐작할 수 있었다. 천산평의 호은암을 떠올린 것이다.

그가 있는 곳을 알았으니 이제 서두를 필요가 없었다. 그래서 어제는 상음현의 주가에 들러 그동안 참아온 술에 대한 화풀이를 하듯 실컷 퍼마시고, 기루에서 떡이 되도록 뒹굴었다. 그리고 어슬렁거리며 천산평으로 향하는 중인데 백풍대와 마주친 것이다.

"그런데 좀 이상하지 않아?"

염능파가 머리를 갸웃거리고 속삭였다.

"뭐가?"

"양처앙 말이야. 기세등등하던 늙은이가 왠지 팍 꼬부라졌다."

"음, 그리고 보니 콧대가 하늘을 찌르던 백풍대 놈들도 털 그슬린 개 꼴이 되어서 축 처져 있군."

"그런데 그냥 가는 모양이다. 무진이 없는데?"

"정말 그러네? 그새 그놈에게 된통 당하고 도망가는 길인가?"

"시끄럽다. 머리 더 낮춰."

염능파가 목을 길게 빼고 기웃거리는 기벽강의 머리통을 짓눌렀다. 백풍대의 무리가 그들이 숨어 있는 숲 아래로 다가왔던 것이다.

어둠 속에서 안력을 더욱 돋우고 살펴보았지만 장백노와 백풍대의 무리일 뿐이다. 어디에도 무진은 없었다.

"큰일날 뻔했다. 잘못했으면 무진이 그놈에게서 욕을 바가지로 얻어 먹을 뻔했구만."

그들이 멀리 사라지고 나자 염능파가 제 가슴을 쓸며 안도의 숨을 내쉬었다. 늘쩡거리며 여유를 부리는 사이에 장백노가 백풍대를 이끌고 호은암을 습격했을 줄은 꿈에도 몰랐던 것이다.

"가보자."

기벽강이 굳은 얼굴로 벌떡 일어서서 염능파의 뒷덜미를 잡아당겼다.

"응? 저것들은 또 뭐냐?"

버석거리며 억새밭을 헤쳐 나가던 염능파가 우뚝 멈추어 섰다. 하얗게 부서지는 억새꽃 무리 너머로 우뚝우뚝 솟아 나와 있는 검은 머리통들을 본 것이다.

서른 명 가까이 되어 보이는 흑의괴인들이었다.

기벽강의 눈이 긴장으로 파르르 떨렸다.

"그것들이다!"

그가 너무 놀라 저도 모르게 버럭 소리치고 말았다.

"웬 놈이냐?"

좌측에서 날카로운 호통 소리가 들려왔다. 다섯 명의 흑의인이 불쑥 몸을 일으키고 노려보고 있었다.

"유명밀부다."

염능파가 빙글빙글 웃으며 태평하게 말했다. 재미있어하는 얼굴이지만 기벽강은 그렇지 않았다. 그가 당당하고 큰 덩치에 어울리지 않게 긴장하고 꺼려하는 기색으로 잔뜩 몸을 굳혔다.

"왜 그래?"

의아해서 묻는 염능파에게 저쪽, 어둠 속에 우뚝우뚝 솟아 보이는 서른 개의 머리통을 가리키는 손끝이 가늘게 떨렸다.

"마물들이다."

"응?"

염능파의 눈에는 그저 복면을 쓰고 있는 시커먼 놈들로밖에 보이지 않았다.

"눈에 보이는 것 말고, 느낌에 집중해 봐."

"오호? 제법 속이 찬 놈처럼 말하는군."

염능파가 느물거리면서도 기벽강의 말처럼 흑의복면인들에게 의식을 집중했다. 그리고 점점 그의 얼굴도 기벽강의 그것을 닮아갔다.

"송장들이냐?"

그가 불쑥 내뱉었다.

생기가 없는 자들이다. 그리고 사악한 마기(魔氣)가 느껴졌다.

살아 있는 사람에게는 질감(質感)이 있다. 온기이면서 탄력이고 생명이 느껴지는 입체감이기도 하다.

하지만 아무리 살아 있는 사람과 똑같이 만들어놓았다고 해도, 그것이 진짜 사람이 아니라면 질감을 느낄 수 없다.

그러니 그것은 생기와도 통하는 것인데, 흑의복면인들에게서는 그게 없었다.

그렇다면 깎아놓은 인형이거나 죽어서 뻣뻣해진 송장일 것이다. 그런데 그게 아닌 모양이니 당최 알 수가 없다. 기이할 뿐이다.

"무혼불괴시(無魂不壞屍)다."

기벽강은 그것들을 한눈에 알아볼 수 있는 모양이었다. 그리고 그게 무엇인지도 알고 있었다.

"무혼불괴시?"

염능파가 어리둥절한 얼굴을 했다. 처음 들어보는 괴이한 말인 것이다.

"활강시(活殭屍)라고 알아두어라."

"살아 있는 강시라니? 쳇, 그런 게 어디 있어? 헛소리 지껄이지 마라."

핀잔을 주었지만 염능파도 잔뜩 긴장하고 있었다.

그새 유명밀부의 세 놈이 가까이 다가왔고, 우측에서도 다섯 놈이 다가와 그들을 에워쌌다.

"죽이겠다."

기벽강이 서슬 퍼렇게 말했다.

염능파도 이제는 이게 장난스럽게 넘길 일이 아니라는 걸 안다. 그의 눈빛도 매서워졌다.

기벽강이 초승달처럼 휘어진 만도를 뽑아 들면서 재빠르게 속삭였다.

"저 마물들이 움직이기 전에 끝내고 달아나야 한다."

"어디로?"

염능파가 긴장으로 갈라진 입술을 핥으며 헐떡이자 기벽강이 턱짓으로 북쪽을 가리켰다. 무진에게서 들었던 그 호은암이 있는 곳이다.

"차핫!"

마음이 통한 즉시 기벽강이 땅을 박차고 좌측으로 뛰쳐나갔고, 염능파는 우측으로 맹렬하게 부딪쳐 갔다.

씨잇―

기벽강의 만도가 희디흰 칼빛을 뿌리며 빠르게 떨어졌다.

"엇?"

그가 몇 마디 주고받는 말도 없이 이처럼 쾌속하게 쳐 나오리라는 것을 예상치 못했던 것일까?

앞섰던 놈이 놀라며 몸을 틀었지만 기벽강의 예리한 만도는 이미 그자의 목을 길게 베고 나간 뒤였다.

선연한 피가 하얀 억새꽃 위에 뿌려졌다. 그리고 달빛 부서지는 천산평의 한구석에서 기벽강의 화려한 칼춤이 펼쳐지기 시작했다.

"차합!"

염능파의 섭선이 바람을 깨뜨렸다.

땅!

검을 찔러 넣던 자가 손목을 움켜쥐고 물러섰다. 섭선과 부딪친 그것이 동강나 하늘 높이 날았고, 염능파는 그자를 놓아둔 채 팽이처럼 맴돌며 흑의인들 한가운데로 뛰어들고 있었다.

그의 섭선은 펼쳐지고 접히기를 반복했다. 그때마다 흉흉한 바람이 살기를 몰고 불어닥쳤다. 찌르고 때리며 베어가는 것이 섭선이 아니라 검이고 칼이며 몽둥이인 것 같았다.

그 신묘하고 재빠른 조화에 흑의인들이 당황하여 이리저리 몰렸다.

기벽강 쪽에서는 벌써 세 번째의 비명이 터져 나오고 있었다. 그의 만도는 거침이 없다. 달빛을 가르고 바람을 끊어내는 곳마다 비명과 선혈이 솟구쳐서 흰 꽃밭을 붉게 물들였다.

그를 힐끗 돌아본 염능파가 혀를 내둘렀다. 기벽강과 한 몸인 것처럼 붙어 다닌 지 벌써 여섯 달이 넘는다. 그동안 한 번도 그의 참된 솜씨를 보지 못했는데, 지금 이렇게 보게 되니 몸서리가 쳐질 정도였던 것이다.

기벽강은 저의 모든 것을 아낌없이 내보이고 있었다.

그것이 두려움 때문이라는 걸 염능파는 잘 알았다.

무엇인지는 모르지만, 그가 말한 저 무혼불괴시라는 것들에 대한 두려움이 그를 미치게 한 건지도 모른다고 생각했다. 그래서 오직 눈앞에 어른거리는 자들을 최대한 빨리 베어버리고 달아날 생각에만 사로잡혀 있는 것이다.

기벽강의 마음을 읽은 염능파도 더 이상 머뭇거리지 않았다. 그의 섭선에서 뿜어지는 살기가 이제는 기벽강보다 더 지독해졌다.

오른손의 섭선과 왼손의 장력이 서로 호응하면서 살초를 뿌려대기 시작하자 곧 그의 주위에서도 참혹한 비명 소리들이 쉴 새 없이 터져 나왔다.

염능파도 저의 모든 것을 다 꺼내서 흑의인들을 몰아쳤다.

여태까지 그가 보여준 것은 제가 지닌 솜씨의 반에도 미치지 않았다. 비로소 제 실력을 다 털어놓자 그의 섭선은 결코 기벽강의 칼에 뒤지지 않았다.

그의 왼손이 때로는 장력을 뽑아 후려치고, 때로는 쇠뇌같이 맹렬한 지력으로 찔러갔다.

오른손의 섭선은 무겁고 가벼운 조화를 거듭하며 흑의인들의 병장기를 말아 던지거나, 머리통을 후려쳐서 깨뜨리는데 조금의 인정도 실려 있지 않았다.

빠르고 경쾌하기가 질풍 같다는 것이 두 사람의 공통점이었다.

기벽강의 커다란 몸이 저렇게 가볍고 신속하게 움직인다는 게 불가사의하게 여겨질 정도여서, 염능파는 눈앞의 적들을 몰아치면서도 혀를 차고 감탄하지 않을 수 없었다.

몇 번 거친 숨을 내쉬는 사이에 열 명이나 되던 자들이 모두 쓰러져 여기저기 깔렸다.

삐이익—

날카로운 호각 소리가 들렸다.

"뛰어!"

부르르 몸을 떤 기벽강이 버럭 외치고 미친 듯이 북쪽을 향해 달려갔다.

염능파는 저쪽에 우두커니 서 있던 마물들 중 두 개가 몸을 돌리는 걸 보았다. 어둠을 격하고 그것들의 칙칙하게 가라앉은 눈과 마주쳤다.

처음 느껴보는 두려움과 함께 등줄기에 소름이 돋았다.

"제기랄, 뭐가 어떻게 돌아가는 거야?"

그가 그 와중에도 투덜거리며 재빨리 기벽강의 뒤를 따라 있는 힘껏 달렸다.

　엄청난 힘을 실은 암경이 쏟아져 나갔다. 주위의 어둠이 폭발하듯 사방으로 튕겨져 나가며 요란한 소리를 냈다. 공기를 뚫는 흑풍객의 장력이 벼락같다.

　꽈앙!

　그의 일장이 쿵쿵거리고 달려드는 마물의 가슴에 작렬했다.

　"끼아악!"

　고통을 느끼는 것일까?

　마물이 쇠를 갈아대는 것 같은 괴성을 터뜨리며 삼 장이나 날려가 오래된 돌담에 부딪쳤다.

　쿵, 우르르르— 하는 요란한 소리를 내며 돌담이 무너져 내려 마물의 몸을 덮어버렸다.

　"이얍!"

　차고 날카로운 기합성. 그리고 또 한줄기의 맹렬한 암경이 뻗어나간다.

　흑풍객은 제 힘을 아끼지 않았다. 비틀어 쳐내는 손이 주위의 공기를 진동시켰다.

　그가 맹렬하게 팔을 뻗을 때마다 무거운 뇌성(雷聲)이 으르렁거리는 건 그의 일장, 일권에 따라 주변의 공기가 함께 비틀리기 때문이다.

　쾅!

　쐐기를 박아 넣듯, 그의 주먹이 두 번째 마물의 가슴에 작렬했다. 커다란 돌덩이가 서로 부딪친 것처럼 둔한 충격음이 터져 나오고, 마물이 쿵쿵거리며 연신 물러났다.

“으음—”

흑풍객이 가볍게 눈살을 찌푸렸다. 주먹을 타고 은은한 통증이 밀려들었던 것이다.

마물의 가슴을 친 순간 마치 두터운 철판을 때린 것 같아서 주먹에 실렸던 힘만큼의 반탄력이 되돌아왔다. 방심했더라면 손목이 부러지고 팔꿈치가 부서졌을 것이다.

뿌드득거리는 요란한 소리를 내며 세 번째 마물이 쿵쿵거리고 달려들었다. 그것이 주먹을 뻗어 맹렬한 기세로 흑풍객을 쳐왔다.

쾅쾅쾅쾅—!

거푸 네 번의 폭음이 터졌다.

공격을 시작하자 마물의 움직임은 살아 있는 사람의 그것과 다를 게 없었다. 그 신속함과 초식의 신랄함이 절정고수의 솜씨와 같다. 게다가 엄청난 힘이 실려 있어서 마물의 권격을 막아내는 손목이 저려올 정도였다.

“살아 있단 말인가?”

문득 그런 의문이 들었다.

단순히 강시라면 이처럼 정교한 초식을 구사할 수가 없다.

흑풍객은 방금 자신이 받아낸 네 번의 그 주먹질이 강호에 유명한 뇌령십팔권(雷靈十八拳)이라는 걸 알았다.

그것은 원래 백도의 절기다. 그런데 그것이 어떻게 지독한 마기를 내뿜고 있는 이 괴물의 몸에서 쏟아져 나올 수 있단 말인가.

게다가 주먹에 실려 있는 힘이 마력(魔力)이라고 해야 할 만큼 지독한 것이라 권법은 그 위력이 몇 배나 더 무서워졌다.

우르르르—

저쪽에서 요란한 소리가 들렸다. 돌아보니 조금 전 자신의 일장을 맞고 날려갔던 마물이 돌덩이들을 헤치며 일어서고 있는 것 아닌가.

"엇?"

흑풍객의 얼굴이 놀람으로 일그러졌다.

마물이 가슴이 박살나 너덜거리면서도 비틀거리고 일어나더니 기어이 우뚝 서서 흉흉한 눈길로 노려본다. 흑풍객은 제가 본 것을 믿을 수 없었다.

"설마 금강불괴란 말인가!"

놀란 외침이 버럭 터져 나왔다.

이건 아니다! 라는 생각이 퍼뜩 들었다.

제아무리 금강불괴지신을 이룬 자라고 해도 자신의 파운장(破雲掌)을 정통으로 맞았다면 무사할 수가 없다. 겉은 멀쩡하더라도 내부가 산산이 으깨져 죽어야 옳았다.

흑풍객의 내공은 이미 화신지경에 든 터라 그것을 당할 자는 없다고 해도 과언이 아니었다. 그런데 가슴이 저렇게 으깨졌으면서도 마물은 멀쩡하게 일어나 쿵쿵거리며 달려오고 있었다.

'죽은 자는 다시 죽지 않는다.'

그 생각이 불쑥 떠올랐다.

이것들은 살아 있는 사람이 아닌 것이다. 한 번 죽은 것들이 틀림없었다.

그렇다면 강시와 같은 것인데, 강시라면 또 이렇게 민첩하고 영활하게 초식을 구사할 수 없을 것이니 참으로 모를 일이다.

어느새 세 구의 마물들이 어깨를 나란히 하고 섰다.

스스로 판단하고 움직임을 선택할 수 있을 만큼 영악하다면 도대체 살아 있는 사람과 무엇이 다르단 말인가.

"머리를 부수어야 합니다!"

무진이 악을 쓰듯 외쳤다.

'그렇지, 부수어야 하는 거지.'

그 말을 들은 흑풍객이 싸늘한 웃음을 지었다.

죽일 수 없다면 산산이 부수어 버리는 거다. 청동의 괴물이라 할지라도 열 조각, 스무 조각으로 부수어놓는다면 어찌 다시 움직일 수 있을 것인가.

"뭐, 뭐냐? 뭐 이런 것들이 다 있어?"

염능파가 거친 숨을 헐떡이며 소리쳤다.

그러면서도 섭선에 내공을 가득 실어 무섭게 후려친다.

꽝!

마물의 어깨에서 쇠종 깨지는 듯한 굉음이 터져 나왔다.

"우욱!"

염능파가 제 손목을 쥐고 물러섰다. 어깨가 박살나 무너진 마물도 쿵쿵거리며 저만큼 밀려나고 있었다.

캉캉캉캉—!

기벽강 쪽에서 쇠를 두드려 대는 듯한 격한 소리가 연거푸 터져 나왔다. 힐끗 돌아보니 그의 만도가 미친 듯 괴물을 두드려 대고 있는 중이었다.

그건 베는 게 아니었다. 베어지지 않으니 그렇다.

기벽강의 만도는 보기 드문 보도였다. 능히 신병이기의 반열에 들 만한 기병(奇兵)이다. 쇠를 진흙 잘라내듯 하는 그것이, 그러나 마물의 몸을 어쩌지 못하고 있었다.

기벽강과 염능파는 각기 한 구씩의 무혼불괴시를 맞아 악전고투하고 있는 중이었다.

전력을 다해 뛰었는데도 불과 일백여 장을 달아나지 못해서 그것들에게 붙잡히고 말았다.

그것들은 뻣뻣한 몸으로 마치 땅에서 튕겨지는 것처럼 훌쩍훌쩍 허공 높이 솟아오르며 빠르게 쫓아왔다.

한 번 오르락내리락할 때마다 무려 십여 장을 쭉쭉 접어왔으니 경공의 고수라 할지라도 그렇게 할 수는 없을 것이었다.

도저히 감당할 수 없는 지독한 마물. 그런 것이 삼십여 구나 천산평에 와 있었다.

유명밀부에서는 아예 이곳에 살아 있는 모든 것들의 씨를 말려 버리려는 건지도 모른다는 생각이 불쑥 들었다.

'도대체 무엇 때문에?'

경황 중에도 그런 의문이 불쑥 들었다.

이자들이 이처럼 세상의 이목을 두려워하지 않고 마물들까지 동원한 것을 보면 반드시 무진을 죽이거나 잡아갈 작정을 한 게 틀림없었다.

그렇다면 그 이유가 있을 것이다.

"시간이 없다! 시간이 없어!"

기벽강이 미친 듯 칼을 휘둘러 마물을 때리면서 계속 그렇게 소리쳤다. 염능파는 저놈이 혹시 너무 무서워서 미쳐 버린 건 아닌가? 하는 불길한 생각마저 불쑥 들었다.

그가 잠시 머뭇거리는 사이에 물러났던 마물이 어깨가 부서져 버린 한쪽 팔을 덜렁거리며 다시 쿵쿵거리고 달려들었다.

"끼요옷!"

기벽강이 악을 쓰듯 고함을 터뜨렸다. 그가 훌쩍 뛰어오르더니 제 몸의 체중을 실어서 칼을 힘껏 내려쳤다.

깡!

마물의 머리통에서 요란한 쇳소리가 났다. 그리고 그것이 비로소 두 쪽으로 쩍 갈라져 좌우로 벌어졌다.

검은 피와 악취가 허공에 뿌려지고, 덜렁거리는 머리통을 어깨 위에 매단 채 그제야 우뚝 멈추어 섰다.

"어서 해! 시간이 없어!"

기벽강이 기진맥진한 모습으로 헐떡이며 소리쳤다. 또 다른 마물들이 몰려들기 전에 어서 달아나야 한다는 생각뿐인 것이다.

"이얍!"

기벽강이 마물을 해치우는 걸 본 염능파도 곧장 눈앞에 밀려든 그것의 머리통을 향해 섭선을 접어 후려쳤다.

맹렬한 기운이 섭선을 통해 뻗어나가 그것의 정수리를 때렸다.

빡!

바윗덩이가 부서지는 듯한 요란한 소리가 나고, 정수리가 움푹 함몰된 그것이 보기 흉하게 된 머리통을 건들거리며 비틀거리다가 풀썩 고꾸라졌다. 손발이 아직 꿈틀거리지만 다시는 일어나지 못할 것이다.

"가자!"

염능파가 거친 숨을 헐떡이며 소리쳤다.

이제는 그의 얼굴에도 두려움과 공포가 가득했다. 마물 하나를 해치우는 데 지닌 바 내공을 모두 소진한 듯했다.

그들이 서로를 이끌고 밀며 미친 듯 억새를 헤치고 달려갔다.

"그대로 보내시렵니까?"

동청강이 분을 참지 못하는 듯 이를 갈고 나서 날카롭게 물었다.

"흐흐흐, 그만하면 단단히 혼이 났겠지."

곁에서 팔짱을 끼고 서 있던 흑의청년이 음침하게 웃었다. 유명밀부의 유소기(劉紹起)다.

그는 부주가 총애하는 제자다. 장차 부주의 뒤를 이어 밀부를 이끌 것이다.

동청강은 비록 밀부삼전(密府三殿) 중 하나인 수라전(修羅殿)의 전주라는 높은 신분이었지만 여기서는 유소기의 명을 받아야 했다. 그가 부주의 제자가 아니라 이번 일을 주관하는 총령의 신분으로 와 있기 때문이다.

그는 여산의 비무대회에서 염능파의 영악한 수법에 휘말려 망신당한 일을 잊지 않고 있었다. 그 원한을 언제고 반드시 갚고야 말리라 이를 갈고 있었는데 여기서 뜻하지 않게 그를 보았다.

"우흐흐흐, 여산오웅이라고? 흥, 너희들을 한 놈 한 놈 짓이겨 놓고 말 테다."

그가 음산한 웃음을 흘리며 기벽강과 염능파가 사라진 곳을 노려보았다.

동청강은 내심 혀를 차며 머리를 내둘렀다. 유소기가 그들을 한 번 골려준 것에 불과하다는 걸 알았기 때문이다.

그 지독한 독심에 섬뜩해지면서도, 단지 그것 때문에 두 구의 활강시를 망가뜨렸다는 건 너무한 일이라는 불만이 들었다. 부주가 안다면 매우 화를 낼 것이다.

꽝!

항아리를 내던져 깨뜨린 것처럼 머리통이 산산이 깨져 사라졌다.

흑풍객은 주먹에 전해진 충격 때문에 눈살을 찌푸리고 물러섰다. 아직 남아 있는 두 구의 활강시를 노려보는 그의 눈에서 무시무시한 살기가 쏟아져 나왔다.

씨이잇—

그의 수도(手刀)가 바람을 갈랐다. 손을 감싸고 일렁이던 푸른 수강(手罡)이 쭉 뻗어나가자 한 자루의 예리한 보도가 된 것 같았다.

꽝!

그것이 다시 한 구의 활강시를 두드렸다. 몸통이 비스듬히 절단된 그것이 역겨운 냄새와 흑혈을 뿜어대며 무너져 꿈틀거렸다.

흑풍객은 태산 같은 내력을 뿜어내 수강을 만들어내고 있었는데, 어두운 하늘을 은은히 밝히며 푸르게 일렁이고 있는 그것의 위력이 활강시를 주춤거리게 하고 있었다. 두려움을 느끼는 것이다.

"너희는 사라져야 할 마물들이다!"

엄중하게 외친 흑풍객이 다시 좌장을 뻗어 맹렬하게 밀었다. 그의 손을 떠난 강기(罡氣)의 덩어리가 그대로 마지막 남아 있는 활강시의 가슴속으로 파고들었다.

"끄아아—!"

그것이 밤하늘에 쩌르릉 울리는 괴이한 비명을 터뜨리며 펄쩍 뛰었다. 하지만 흑풍객의 단옥강(斷玉罡)을 피할 수는 없었다.

꽝!

가슴속으로 빨려 들어간 푸른 수강이 그것을 터뜨려 버렸다. 벽력탄이 가슴에 박혀서 터진 것 같았다.

몸뚱이가 형체없이 부서져 버린 마물이 비로소 잠잠해졌다.

"아!"

무진이 놀람으로 눈을 크게 뜨고 벌어진 입을 다물지 못했다.

소봉은 여전히 수련의 가슴에 얼굴을 묻은 채 바들바들 떨고만 있을 뿐이고, 수련은 처참하게 변해 버린 활강시들의 잔해에서 눈길을 떼지 못하고 있었다.

지나친 놀람과 두려움이 그녀를 사로잡아서 꼼짝할 수 없게 한 것이다.

한참의 시간이 지났다.

비로소 정신을 차리고 천천히 흑풍객을 바라보는 수련의 눈에 감탄과 놀라움이 가득해졌다. 팔 년 가까이나 함께 있었으면서도 그의 무위가 설마 이 정도로 높아졌을 줄은 몰랐던 것이다.

강기의 실체를 본 것은 무진이나 수련에게 처음이었다. 도대체 내공이 얼마나 높으면 저와 같이 기를 응축시켜 금강석도 부순다는 강기를 발출할 수 있게 되는 건지 궁금했다.

흑풍객은 분노로 세 구의 활강시를 부수어 버렸지만 소모된 내력이 적지 않았다. 그의 안색이 약간 창백해져 있었는데, 아직도 가슴속에는 분노가 남아 숨결이 거칠었다.

"도대체 이와 같은 마물이 어떻게 세상에 존재할 수 있단 말인가?"

한동안 운기해서 마음을 가라앉힌 그가 길게 탄식했다.

세 구의 활강시를 상대하는 데 피곤함을 느낄 정도이니, 다른 사람들은 어떨 것인가? 하는 생각이 들자 마음이 무거워졌다.

흑풍객은 처음 겪어보는 이와 같은 싸움을 통해 자신의 무위를 냉철하게 돌아볼 수 있게 되었다.

여태까지는 전력을 다해 싸울 상대를 찾지 못했으므로 내가 어느 정도의 성취를 이루고 있는지 측량할 수가 없었던 것이다.

'고작 이십여 구를 감당할 수 있을 뿐이란 말인가?'

그런 생각에 스스로에 대한 불만이 생겼다.

천하제일인을 자부했는데, 이와 같은 싸움이라면 무궁무진하게 샘솟던 내력도 빠르게 바닥날 것이고, 그러면 끝이다.

문득 허무하다는 생각도 들어서 흑풍객은 멍하니 어두운 하늘을 바라보고 서 있기만 했다. 그리고 불길함을 느꼈다.

남쪽 어둠이 소란해지는 것 같더니 두 사람이 미친 듯 달려와 산문을 박차고 뛰어들었다.

"웬 놈이냐!"

신경이 날카로워진 흑풍객이 사납게 외치고 번쩍 손을 들었다. 그가 막 수강을 쳐내려는데, 앞선 자가 크게 소리쳤다.

"멈추시오! 멈추시오!"

그 소리가 귀에 익다. 돌아본 무진이 아! 하고 탄성을 터뜨렸다.

"너희들이 왜 이곳으로 뛰어드는 거지?"

반갑게 소리치자 기벽강이 그를 발견하고 큰 소리로 떠들어댔다.

"저놈이 저기 있다! 하하하! 과연 이곳에 있었구나! 그래, 무사하냐?"

"제기랄, 멀쩡해 보이는구만 그래. 괜히 죽을 고생을 해가며 달려왔나 보다."

투덜거리던 염능파가 비로소 마당에 널브러져 있는 활강시들의 참혹한 모습을 보고 눈살을 찌푸렸다.

"어? 이 마물들이 여기에도 있었군?"

눈살을 찌푸렸다가 곧 놀란 얼굴이 되어서 무진을 가리키며 소리쳤다.

"그런데 어떻게 된 거야? 설마 네가 이렇게 한 건 아니겠지?"

천둥벌거숭이처럼 뛰어든 두 사람으로 인해 칙칙하게 가라앉아 있던 호은암의 분위기가 금방 왁자지껄하게 변했다.

"너희들이야말로 어떻게 된 일이냐? 산동에 있어야 할 놈들이 왜 이 밤중에 여기서 어슬렁거리고 있는 거야?"

무진이 기쁨과 반가움으로 얼굴 가득 웃음을 띠고 비틀거리며 선방에서 나왔다.

"엇? 저놈이 이상해졌다?"

"멍청한 놈 같으니. 저건 망가졌다고 해야 하는 거다."

놀란 기벽강에게 눈을 흘긴 염능파가 단숨에 선방으로 뛰어올라 무진을 부축했다.

그들의 눈에는 흑풍객도, 수련이나 소봉도 보이지 않는 것 같았다. 오직 무진을 보고, 그의 부상에 놀랄 뿐이다.

무진이 온통 웃음으로 가득 찬 얼굴을 한 채 두 팔을 활짝 벌렸다. 그리고 염능파가 굳게 그를 껴안았다.

"빌어먹을 놈. 꼭 한발 앞선단 말이야."

기벽강이 투덜거리더니 어느새 곰처럼 커다란 몸을 던져 그들을 한꺼번에 덮어 눌러 버렸다.

『바람의 길』 4권에 계속…

청 어 람 신 무 협 판 타 지 소 설

최고의 신무협 작가 『설봉』의 최신작!

다시 한번 당신을 잠 못 들게 만들
불후의 대작!

사자후(獅子吼) / 설봉 지음

깊게 깊게 빠져드는 몰입의 세계!
온몸을 전율케 하는 찌를 듯한 강렬함을 느낀다!

그에게서는 묘한 악취가 풍겼다. 그가 창을 겨눴을 때……
화염이 이글거리는 눈동자를 보았을 때……
비로소 악취의 정체를 짐작해 냈다.
피와 땀이 켜켜이 쌓여 자연스럽게 뿜어져 나오는 살인마의 냄새.
그는 허명(虛名)을 좇아 비무를 즐기는 낭인(浪人)이 아니라 야성(野性)이 살아서 꿈틀거리는 진짜 살인마였다.
투지가 끓어올라 활화산처럼 꿈틀거렸다.
그의 눈길을 정면으로 맞받으며 묘공보(妙空步)를 밟기 시작했다.
우리의 첫 만남은 그렇게 시작되었다.

- 환봉개(幻棒丐)의 회고록(回顧錄) 中에서 -

청어람 신무협 판타지 소설

『초일』,『건곤권』으로 유명해진 작가 백준의 신작!!

송백(松百) / 백준 지음

그녀의 검끝… 그 검끝에 닿은 그의 목젖… 목젖에 맺힌 붉은 피 한 방울.
그리고 그 피 한 방울이 흘러… 닿아버린 반쪽의 승룡패……

"당신… 누구?"

"너를 위해 살아왔다."

"…저의 과거는… 아무것도 없어요."

『초일』의 끈끈함, 『건곤권』의 시원화끈함!

이번 작품 『송백(松百)』에
작가 백준의 모든 것을 걸었다!